LE TRÈFLE BLEU

Chez le même éditeur

CHRISTIAN OYARBIDE
Mortel management, 2009
MATHIAS MATALLAH
Si nous ne faisons rien, nous ne pourrons plus nous soigner demain !, 2008
WILLIAM PITT, GONZAGUE PICHELIN
Boss Made in France, 2008
THIBAULT LANXADE
Jeunes & Entreprises : Réussir la connexion, 2008
GERARD LELARGE
La méthode Sarkozy - Les stratégies gagnantes du manager, 2e édition, 2008
THIBAULT LANXADE, JULIEN PAGEZY, ALEX WILSON
Neuilly Auteuil Poitou, 2007
THIBAULT LANXADE, avec la collaboration de SOPHIE GIRARDEAU
Génération 35 heures, 2006
ALEXANDRE FABBRI
Le décalogue du manager, 2006

Domaine professionnel

EMMANUELLE TRAN THANH TAM, DENIS BOULARD
Mon entreprise face à la crise
BEATRICE BON-MICHEL, GEORGES CHAPPOTTEAU
Contrôle interne bancaire : objectif conformité, 2008
PHILIPPE BLOT-LEFEVRE
Droit d'usage & protection de l'information numérique, 2007
DELPHINE JOUENNE
Nouvelles stratégies médias des métiers du conseil, 2007
AMELIE OBER
IFRS Instruments financiers, 2005

editea

Président : Julien Pagezy
45, rue de Lourmel 75015 Paris
Tél. : +33 (0)1 45 71 81 16 / Fax : +33 (0)1 45 78 12 94
www.editea.com

JEAN DEBAINS

Le Trèfle Bleu

editea

ISBN : 978-2-3520-2021-9

Couverture : *Marie Debains, Augustin de Larauze.*

Première partie

Le Royaume

I

L'IMAGE DU PRINTEMPS qu'il n'oublierait jamais mêlait le souvenir d'un frais matin ensoleillé et d'un oiseau au col d'or qui, sur la nouvelle branche d'un sureau, lançait ses trilles en balançant des touffes de fleurs blanches. La brise amenait l'odeur de la marée ramassée contre la falaise, un peu plus bas, et la fondait dans le parfum de mai. Assis sur un bloc de granit, il regardait son père tailler des feuillages sous la voûte verte de tous les arbres qui croissaient parmi ces ruines, quand l'oiseau s'était posé là, aussi près qu'il n'en avait jamais vu. Il était plus étincelant que tous ceux qu'on peut admirer dans les albums d'images et il chantait, comme en s'amusant, des notes claires et légères… Le ciel bleu, les feuilles dentelées, les frises de lumière sur les pierres écoutaient. Il n'osait bouger et retenait son souffle. Il remarqua que son père avait interrompu son travail et levait les yeux vers l'arbre.

L'image du printemps qu'il n'oublierait jamais était le début de cette matinée.

Et, soudain, tout s'était évanoui comme une bulle qui crève. L'oiseau s'était envolé et avec lui, sans doute, un peu du soleil de mai. Des pas sonnaient derrière eux. La brève scène qui suivit s'était également gravée pour toujours dans sa mémoire. Un petit homme avait émergé des buissons, écartant de ses deux bras les tiges. Il s'était avancé de quelques pas à la rencontre de son père, avait brossé rapidement, d'un revers de la main, son costume fripé et avait salué cérémonieusement en découvrant un crâne luisant :

– Monsieur, je suis heureux de vous trouver.

Or son père n'avait même pas détourné la tête, il s'était seulement penché un peu plus et avait continué de rassembler en fagots le bois coupé… Le petit homme, une seconde, était demeuré interloqué, alors l'apercevant immobile, assis sur la dalle, il s'était dirigé vers lui :

– Bonjour Yann, est-ce que votre père serait sourd ? avait-il demandé presque à voix basse, l'air sérieux.

Cette fois son père s'était redressé lentement, les poings serrés. Yann s'était senti terriblement gêné, son souffle s'était arrêté quand il avait vu le petit homme se tourner de nouveau vers son père et s'incliner encore :

– Je suis désolé de me présenter d'une manière aussi inattendue qu'un troll de la lande et j'avoue que j'aurais dû depuis longtemps chercher à vous rencontrer, ma conscience me reproche ce retard, mais…

– Qui êtes-vous ? avait coupé sèchement son père.

– Le pasteur du village.

– Que voulez-vous ?

– J'allais vous le dire… Je souhaiterais vous parler de votre fils. Il grandit comme une plante des champs, comme un champignon du matin, et Dieu…

– Cela suffit. Je sais ce que j'ai à faire. Je crains Dieu. Yann est catholique, baptisé catholique, vous entendez ! Je n'ai besoin de personne chez moi.

Et, s'étant baissé son père avait repris son travail.

– Mais, Monsieur, il lui faut une instruction… vous êtes d'accord, n'est-ce pas, qu'il faut à votre fils…

Son père avait poussé un juron et saisi sa hache. Prestement le petit homme avait fait, à reculons, trois ou quatre pas maladroits, s'était embarrassé les pieds dans les herbes, était tombé à terre, s'était relevé fébrilement, s'était éloigné d'une dizaine de mètres et avait crié :

– J'ai fait mon devoir, mais vous êtes bien ce qu'on dit, des sauvages, des sauvages… et il avait disparu.

Son père avait continué la coupe toute la matinée, farouchement. Il n'avait pas ouvert la bouche pour la moindre parole. Lui, il faisait mine de l'aider, comme à l'ordinaire, mais il l'observait sans cesse du coin de l'œil. Enfin, quand, vers midi, ils avaient regagné la maison, son père l'avait regardé en souriant. Yann avait été soulagé. Il avait compris que la vie reprenait comme avant. Alors il avait demandé :

– Qui c'est Dieu ?

Son père avait ralenti le pas, lui avait pris la main :

– Yann, c'est quelqu'un de très grand et de très puissant, et très beau. Il a fabriqué tout ce qui existe, on ne peut le voir, mais lui, il nous voit et connaît tout ce que nous faisons…

Et, après un temps d'arrêt il avait ajouté :

– Il est très bon aussi. Quand notre vie s'achève il nous prend avec lui au ciel où tout est plus magnifique que tout ce que nous pouvons imaginer.

En poursuivant la marche Yann avait songé à l'oiseau doré dans le soleil.

– Il est très beau lui aussi, avait-il dit tout haut.

– Qui donc ? s'était étonné son père.

– Mais l'oiseau qui chantait sur l'arbre.

– Ah oui ! en effet, ce doit être un oiseau migrateur de passage.

– Alors il ne reviendra pas ?

– Non sans doute, ou une autre année.

Quelques jours plus tard ils avaient été à nouveau près des ruines par une matinée aussi bruissante de lumière, et son père avait dit en riant :

– Notre royaume est le plus beau mais on ne peut y habiter qu'à deux !

Yann avait couru en battant des mains puis s'était immobilisé. Pourtant il n'avait posé sa question que le soir :

– Mais est-ce qu'il habite aussi notre royaume, Dieu ?

– Bien sûr ! avait répondu son père.

II

TOUT CELA S'ÉTAIT PASSÉ il y avait une dizaine d'années ou davantage encore. Il ne savait plus bien. Les jours avaient coulé depuis ce matin-là et voici qu'il en retrouvait maintenant tous les détails et toutes les impressions. Peut-être parce que le printemps revivait plein de promesses et que l'odeur des arbustes, dont les premières fleurs s'écloraient, se rabattait sur ce coin de plage où il rêvait étendu… Comme il aurait aimé qu'une fois encore l'oiseau se pose tout près et joue dans le soleil en chantant interminablement…

A part l'incessant clapotis des vagues pas un bruit sur la grève déserte. Devant lui la mer légèrement écumeuse, là où les multiples îlots mordaient sur les flots… pas une barque. Très loin, le ciel et l'eau se rejoignaient dans un filet de brume. Sur sa gauche une crête de rochers mouchetés de lichens verts et oranges. Le soir descendait, le soleil allait disparaître à l'horizon… et il s'attardait avant de remonter.

Enfin Yann détourna les yeux de cette immensité qui lui appartenait. Il se leva et marcha sur le sable lentement. Il avançait doucement, s'arrêtait, repartait, au gré de ses réflexions. Son père ne serait certainement pas encore rentré… rien ne le pressait.

Il avait tout juste treize ans. Il ne se souvenait pas avoir demeuré ailleurs que dans cet espace de terre nordique… Sur sa plage il n'avait jamais vu personne. Parfois il apercevait des voiliers minuscules à l'horizon. Ils restaient toujours à distance de la côte semée de récifs...

Yann suivit à rebours la trace de ses pas gravés dans le sable quand, au début de l'après-midi, il était descendu et marchait sur la plage. Il s'exerça à appliquer ses pieds bien exactement sur les empreintes. Bientôt la marée montante aura tout balayé.

Il avait tout juste treize ans. Il n'avait pas d'amis. Il ne connaissait que son père. Sa vie, c'est vrai, était celle d'un sauvage. Il en avait toujours été ainsi. Il n'était pas malheureux...

Yann prit le passage habituel qui, d'abord, attaquait en oblique la falaise par une dizaine de marches grossières taillées dans le granit. Il aboutit à un terre-plein formé par des éboulis. Des arbustes y avaient trouvé assez d'humus pour nourrir des branches étriquées.

Il n'avait pas d'amis, mais il n'était pas malheureux. Lorsqu'il n'aidait pas son père ou qu'il n'était pas retenu à la maison par des travaux, il courait jusqu'à la grève. Il ne s'y ennuyait pas. Il lui arrivait de penser au village et aux gens qu'il y avait croisés, rarement, car, surtout depuis qu'il avait grandi, il pourrait compter sur les doigts d'une main les fois où son père l'y conduisait durant une année. Le village était à deux heures de marche. Il était bien certain que son père ne voudrait pas qu'il y aille seul. D'ailleurs qu'y ferait-il ?...

Yann s'engagea dans le sentier sinueux qui à partir du terre-plein s'incurvait en pente douce jusqu'à se confondre, au sommet, avec la lande. Des tamaris et des genêts le bordaient de plus en plus nombreux. Yann se faufila à travers ces buissons familiers. En même temps il cassa quelques tiges de bois mort. Tout à l'heure il devrait allumer le feu de la cuisine.

Que ferait-il au village ? Il sentait confusément qu'il n'y serait pas à sa place. Quand il y avait accompagné son père, les gens, lui avait-il semblé, le dévisageaient curieusement. Il en gardait des impressions désagréables. Ce n'était que chez la boulangère qu'il oserait, peut-être, entrer sans son père. Une fois qu'il faisait très froid, un hiver, elle lui avait offert un bol de lait chaud. Son père l'avait remerciée et, depuis, il pensait qu'elle était la seule personne aimable au village...

La montée s'acheva. Yann déboucha sur la lande et d'instinct ses yeux se portèrent vers le toit en tuiles rouges de sa maison, au cœur de son royaume… Au-delà se développait, telle une couronne aux couleurs variées, la lisière de la forêt qui, après plusieurs kilomètres, laissait place au village… Mais avant d'aller plus loin il choisit de faire un détour pour grossir sa provision de bois mort.

La boulangère avait deux petits enfants qui revenaient de l'école ce jour-là. Ils avaient ouvert la porte de la boutique, en se bousculant et en poussant des cris heureux. Elle les avait embrassés puis conduits dans la pièce voisine. Ils l'appelaient *maman*. Il n'avait jamais vu sa maman. Son père n'en parlait pas. Il n'y avait pas de portrait dans la maison. Un jour il avait interrogé, et son père avait répondu que sa mère était morte quand il avait un an. Il n'avait rien ajouté d'autre. Alors il avait compris qu'il ne fallait pas insister. Son père n'aimait pas qu'il insiste...

Yann ficela le fagot qu'il venait de rassembler. Il avait coutume pour cela de se munir d'un brin de corde. Il balança le paquet de bois sur son dos et repartit, caressant de la main libre les herbes déjà hautes.

Il n'y avait aucun portrait dans la maison, néanmoins, à l'époque où le pasteur s'était aventuré chez eux, son père avait disposé, au-dessus du foyer de la cuisine où ils veillaient le soir avant le coucher, deux branches croisées : “Cela te rappellera ce que j'ai répliqué à l'homme qui nous a dérangés”, et il lui avait raconté une vieille histoire où il était question de Dieu et d'une autre personne venue sur la terre pour parler de Dieu. A cause de cela des méchants l'avaient tuée en la clouant sur des poteaux croisés, comme les morceaux de bois du mur. Il ne savait plus son nom maintenant. Son père lui avait dit aussi qu'il pouvait parler, même tout bas, à Dieu et à cette personne envoyée par Dieu. Mais il ne comprenait pas comment on peut s'adresser à quelqu'un qu'on ne voit pas ou qui est mort…

Yann, d'un coup d'épaule remit en place le fagot mal ajusté. Il frappa du pied une pomme de pin, se baissa pour couper une fleur, en mâchonna la tige. Il se dirigea vers des ruines au-delà desquelles était bâtie la maison. C'était, disait son père, seulement ce qui subsistait d'un très vieux château : quelques pans de murs couverts de lierre qui émergeaient à peine du sol, et un bout de tourelle que son père avait aménagé en cabanon pour y ranger ses outils. Yann avait défense d'y pénétrer car l'abri était chancelant. L'oiseau chantait près de là.

Oui, il n'avait toujours connu que son père et le royaume et, un peu, le village. Souvent, allongé sur le sable, comme tout à l'heure, il laissait aller ses pensées et s'évadait vers d'autres lieux et d'autres gens. Il fermait à demi les yeux et, parfois, il rêvait à un lointain sans fin où il respirait mille odeurs de fleurs délicieuses et devinait des présences amicales qui l'entouraient et le cajolaient, mais s'évanouissaient toujours au moment où il croyait voir des visages. Alors il se rappelait la boulangère et ses jeunes enfants...

Une mouette piqua vers le ciel et le soleil. Yann la suivit du regard. Elle revint en le frôlant. Il fit les derniers pas en ne songeant plus à rien. Il était arrivé. Il tourna la poignée de la porte qui résista. Son père n'était donc pas encore revenu. Il s'était souvent étonné, qu'à certains jours seulement, il prenait ainsi le soin de tout fermer à clef. Il déposa le fagot et eut envie de revoir le sureau, celui d'autrefois, qui poussait près des ruines… Yann le reconnut facilement, grandi et fleuri comme alors. Il le contempla avec amitié. C'était son arbre et il semblait l'attendre.

III

AU MOMENT OÙ IL SE DISPOSAIT à quitter le sureau Yann perçut un sourd grignotement. Avec précaution il se retourna et se pencha. Que de fois il avait observé durant des heures les insectes et les petits animaux du royaume ! Tout près, le long d'un amas de pierres à demi enfouies sous des broussailles, l'herbe ondulait. Puis tout redevint immobile. Avec minutie il écarta les tiges et découvrit un minuscule mulot, recroquevillé contre une pierre, qui le fixait de ses yeux brillants et apeurés. Yann tendit la main. Prestement, avec un petit cri, le mulot s'enfonça dans la mousse. Yann s'agenouilla et déplaça une pierre branlante. Elle masquait une niche dans un reste du vieux mur qui affleurait le sol. Le mulot avait disparu, échappé sans doute par quelque fissure. Yann examina le fond de la cache, machinalement d'abord, puis intrigué. Il lui paraissait déceler à travers le lichen des marbrures bleutées. Il n'avait pas souvenance d'avoir déjà vu des roches colorées de la sorte. Il prit un caillou et racla la pierre. Alors peu à peu se dévoila le dessin d'un trèfle peint sur la paroi, de la grandeur de la paume de la main et d'un bleu vif. Qui avait exécuté cette figure ? et quand ? et pourquoi ? Son père en avait-il connaissance ? Il l'interrogerait.

Yann ramena la pierre devant le creux. Quand il se releva, les broussailles se détendirent et se resserrèrent, comme mystérieusement d'accord, pour protéger la cache. Yann repartit vers la maison. Il réfléchissait à cette peur instinctive de l'animal. Son père venait au devant de lui :

– Ah ! te voilà ! Où étais-tu ?

– J'ai fait un détour jusqu'aux ruines. Il fait si bon ce soir.

Il y eut un silence. Yann s'interrogeait : son père recevait-il la mer, les arbres, les fleurs… toutes choses, comme lui ? S'était-il aussi laissé inviter par le printemps qui renaissait ? Cependant son père ne le dirait pas. Et lui ne saurait en parler…

– D'ailleurs, ajouta Yann, tu ne pouvais me voir. J'étais derrière le cabanon, près des ruines.

– Pourquoi là-bas ? Qu'y a-t-il là-bas ? répliqua son père précipitamment.

Il y a le sureau fleuri comme au jour où l'oiseau s'y était perché, pensa Yann, mais son père ne pouvait se le rappeler

– Oh ! rien ! Je suivais un mulot. J'ai presque réussi à le caresser.

– Un mulot ! Ne cherche pas de bêtes par là. La roche est friable. C'est dangereux.

Ainsi lorsqu'il était encore petit son père le mettait en garde souvent : "les pierres sont peu sûres... méfie-toi des épines...", pourtant il grandissait ! Son père ne le croyait donc pas capable de faire attention...

Ils rentrèrent à la maison. Yann ne raconta rien de plus. Il avait complètement oublié la figure bleue en forme de trèfle... Et des jours s'écoulèrent.

IV

LE PRINTEMPS MAGNIFIQUE de ce pays du nord s'épanouit au cours des semaines qui suivirent. Les ruisseaux se gonflèrent. Des fleurs multicolores parsemèrent les prés reverdis. Du royaume Yann pouvait distinguer le liseré lointain d'une crête de montagnes qu'il imaginait pleines de légendes. Il aurait aimé s'y enfoncer, à l'aventure, et il espérait le jour où son père le prendrait avec lui, et qui devrait bien arriver. Car son père s'absentait de temps à autre le laissant seul gardien du royaume. Et c'était plus fréquent ces temps-ci. Le soir il disait simplement : "Yann, je pars demain pour deux ou trois jours. Tout ce qu'il faut pour toi est dans le buffet, tu sais." L'entente était établie entre eux sans plus d'explications. Cela faisait partie de la trame de sa vie. Il savait qu'il n'avait rien à craindre puisque jamais personne ne se hasardait dans ces parages. Cependant à la tombée de la nuit il fermait la porte à clef. Son père – il le lui avait expliqué – partait vendre assez loin les objets qu'il façonnait durant les veillées, surtout l'hiver. Il excellait à tailler des pipes en merisier, des sifflets et flûtiaux aux sons aigres, ou encore à assembler et coller des coquillages et à en faire surgir d'élégantes statuettes. Il emportait aussi des peaux qu'il avait lui-même tannées, la plupart de lapins de garenne pris au collet avec une adresse que Yann admirait et enviait. Car il avait lui aussi repéré des passages de bêtes et tendu des lacets, comme son père le lui avait montré… Jusqu'alors aucune proie ne s'était laissé piéger.

V

LE MOIS D'AVRIL TOUCHAIT À SA FIN. Au début de l'après-midi, une fois encore, il avait disposé ses nœuds coulants à l'entrée d'étroits couloirs, au pied d'une haie du potager, derrière la maison, avant de descendre à la plage. La journée s'achevait. A l'horizon de la mer le soleil dilaté du soir disparaîtrait bientôt. Yann remontait par le sentier. Son père absent depuis l'avant-veille devrait être de retour. Sans doute, comme chaque fois, il aura rapporté quelques friandises qu'il étalera sur la table pour l'accueillir. Il sera heureux de voir son père sourire. Car il souriait rarement. Pourtant il ne mettait pas en doute son affection. Yann en savourait d'autant plus les marques qu'elles étaient discrètes et espacées. Avec le temps il aurait dû s'habituer à la froideur de leur vie ensemble, mais il lui paraissait que c'était plutôt le contraire. Trop souvent à son gré son père lui répétait : “Yann, tu n'es plus un petit, montre-toi un homme.” Mais cela signifiait-il qu'il faudrait vivre côte à côte en n'échangeant que de banales paroles quotidiennes ? Il ne comprenait pas. Il souhaitait autre chose sans arriver à se le définir. En même temps, c'était vrai qu'il se sentait timide devant son père… et de plus en plus.

Par le sentier il atteignit la plate-forme de la falaise lorsqu'il s'arrêta net. Un bruit de voix, venant du côté de la maison, filtrait à travers les derniers arbustes du bord du chemin, la voix de son père et celle d'un autre. Le son le rejoignait, tour à tour étouffé ou presque distinct, selon les caprices de la brise. Yann demeurait figé, surpris de cette présence étrangère, à quelques pas de lui… puis, comme il craignait de contrarier son père s'il se présentait là, devant l'inconnu, à l'improviste, il préféra attendre et s'assit, sans bruit, au bord du sentier. Il fixait la boule du soleil lointain qui changeait de parure en glissant à la rencontre de la mer, mais insensiblement son attention épiait l'échange des voix. Après tout il était chez lui. Il se mit à écouter. Il percevait des bribes de phrases : "Bientôt… Pourquoi en douter ?... La nuit de préférence… Ainsi qu'il a été convenu…", et puis très clairement :

– Ton fils, est-ce vrai ?

– Que veux-tu dire ?

– Tu le sais !

Le ton se durcissait. Son père répliqua avec un accent dont il n'était pas coutumier :

– Figure-toi ce que tu veux, cela ne change rien à nos affaires.

– Bon, pas la peine de se fâcher, grommela l'autre.

Le dialogue se poursuivit encore, mais plus bas et confus. Malgré la tension de tout son être à l'écoute, Yann ne parvenait plus à capter les mots qui s'envolaient, impossibles à rattraper.

Le gravier crissa. Sans la voir Yann se représentait la scène : les deux hommes se serrent la main, l'inconnu prend la route, son père, sur le pas de la porte, le suit des yeux… Et lui, dans un instant il l'aura rejoint, comme chaque soir, comme si rien ne s'était passé et… mais il retint son souffle et se blottit plus fort contre la terre, car l'autre s'était retourné et lançait d'une bonne voix :

– Donc, dès que tu auras reçu le trèfle bleu, comme convenu, n'est-ce pas ?

– J'ai compris, rétorqua son père, mais, parle moins fort… si le petit entendait !

Ce fut tout. C'était fini. Les pas de l'homme prirent l'allure d'une marche régulière. Il s'éloignait à la cadence tranquille de son bâton qui frappait le sol. La porte de la maison grinça sur ses gonds, comme depuis toujours, et se referma plaintive derrière son père… son père qui lui cachait quelque secret, qui se dérobait à sa confiance.

Yann était immobile, les yeux rivés à terre, incapable de bouger. Un tumulte de pensées et de sentiments l'agitaient qui se pressaient comme des vagues déferlantes. La terre paraissait se dissoudre, s'enfoncer sous lui, happée par le flot. Au loin la plage, les heures ensoleillées et insouciantes, au loin sa lande, et sa maison, et la fumée qui montait tout droit au-dessus du toit, au loin les veillées près de son père qui ciselait le bois à la lueur de l'âtre, au loin la grande mer… Le voici démuni, sans amarres, comme à la cime d'une colline sur les flancs de laquelle tout s'écroule laissant place au désert, avec le lancinant tintement d'un refrain : “si le petit entendait !” Il lui fallait se raisonner : quoi d'extraordinaire, quoi d'effrayant, son père, après tout, avait le droit d'avoir ses secrets. Mais justement voilà ce qui le bouleversait tellement. Et que venait faire cet intrus dans leur royaume ? Et ces paroles qui n'avaient aucun sens et qui cependant l'inquiétaient… mais si ! forcément elles voulaient dire quelque chose, quelque chose qui lui échappait et qu'il ne devait pas connaître… et son père était d'accord !

Yann se redressa. De son pied il traça des cercles sur le sol, il coupa du bout des doigts une tige qui s'agitait et l'énervait, il releva les yeux. Tout était encore là : la maison, la fumée violette, la couronne de la forêt… et le bruit câlin de la mer se répétait familier. Son royaume tenait comme avant, mais lui demeurait immobile, envahi d'une sourde souffrance au milieu de cet entourage qui faisait partie de sa vie et pourtant restait indifférent le laissant seul.

Enfin il se décida, marcha vers la maison, ouvrit la porte.

VI

SON PÈRE APPORTAIT LA SOUPIÈRE FUMANTE. “C'est prêt, mangeons, dit-il.” Il l'invitait comme chaque soir. Yann esquissa un mot d'accueil et bredouilla un *merci*, en remarquant sur la table un gâteau, comme ceux qui d'habitude le faisaient sauter de joie. Il prit place et tendit son assiette. Il savait qu'il continuerait ces gestes de toujours, mais, il savait en même temps, que rien ne serait plus comme avant. Depuis tout à l'heure un voile épais obscurcissait la clarté de son domaine et il s'y empêtrait malgré lui, comme un insecte prisonnier d'une toile d'araignée. Il n'avait jamais comme aujourd'hui réfléchi aussi douloureusement sur les raisons de sa vie à l'écart. Il n'avait jamais autant mesuré l'étrangeté de son exil loin du village, sans amis. S'était-il d'ailleurs interrogé pourquoi il n'avait jamais su quoi que ce soit de sa mère sinon qu'elle était morte quand il était bébé ? Et son père ? l'avait-il d'autres fois dévisagé à la dérobée – ce qu'il venait de faire – avec le même souhait irréalisable de percer ses pensées ? Quelle existence bizarre et incompréhensible que la leur ! Voici qu'il la découvrait cruellement en cet instant. Car les paroles de mise en garde, qu'il avait surprises, venaient de cristalliser ces questions en en alourdissant le mystère : "Attention, ne parle pas si fort, si le petit entendait !" Or il avait entendu. Peu importe ce qu'il ne devait pas entendre. Il comprenait seulement que, désormais, le royaume ne pouvait plus être le doux nid de son enfance puisque, aujourd'hui, avec l'assentiment de son père, un étranger en avait franchi les frontières, s'en était approprié une part, l'avait rejeté dehors par des paroles énigmatiques. "Comme le coucou qui chasse les oisillons de leur nid", pensa-t-il. Il avait envie de pleurer.

Silencieusement ils achevaient le repas, l'un en face de l'autre. Yann ressassait ses réflexions. Puis, selon son habitude, il s'assit près du foyer sur une natte de cordes. Il croisa les jambes, s'adossa au mur… comme chaque soir ! Il inclina la tête, suivit le ballet des lueurs rouges sur les dalles. Il y avait toujours du feu dans la cheminée pour cuire les aliments dans la marmite pendue à la crémaillère. Son père avait sorti les outils et attaquait le bois, avec douceur. Des copeaux dentelés glissaient à terre, parfois jusqu'à effleurer ses pieds. Son regard s'attachait à leurs courses éphémères mais le monologue intérieur s'imposait à nouveau : cet étranger, que faisait-il chez eux ? Il ne lui avait pas plu. Il avait une voix revêche. Les paroles qu'il avait attrapées au vol sonnaient sans répit à ses oreille : "dès que tu auras reçu le trèfle bleu, comme convenu... pas si fort... si le petit entendait." Qu'était-ce d'abord ce trèfle bleu ? Il avait toujours vu le trèfle vert. Bleu ! c'était la mer, le ciel, certaines fleurs. Il trouvait aussi parfois des coquillages presque bleus sur la plage. Il ne se rappelait plus s'il avait découvert des cailloux bleus, mais du trèfle bleu... Soudain il tressaillit, il se souvenait... quelques semaines plus tôt, auprès des ruines... le mulot dans une niche de pierres... il avait gratté le fond et dégagé un dessin bleu qui représentait un trèfle, puis il était retourné à la maison, son père venait à sa rencontre. Il avait paru vraiment fâché d'apprendre qu'il poursuivait un mulot en cet endroit, mais peut-être était-il au courant de cette niche et de cette peinture sûrement ancienne ? Il ne lui en avait pas parlé. S'il disait maintenant à son père ce qu'il savait et ce qu'il avait surpris de la conversation... s'il l'interrogeait tout simplement ! Ses yeux abandonnèrent les dalles et les ombres qui se faisaient et se défaisaient inlassablement au rythme des flammes. Timidement il les leva vers son père qui sculptait avec soin un bois luisant de buis. Or au moment où il a porté son regard vers lui, il a semblé s'appliquer tout spécialement à son ouvrage. Non, il ne l'a pas imaginé. Il en est certain. Donc auparavant son père l'observait. Il se rappela alors qu'un jour son père lui avait raconté l'histoire d'une personne qui perçait le secret des autres, rien qu'en les regardant. Certes il était demeuré longtemps immobile, devant avoir l'air très absorbé. Peut-être a-t-il laissé paraître son émoi quand, subitement, lui est revenu en mémoire le dessin du trèfle sur la pierre ? Non, non ! son père ne perce pas les pensées, il le saurait, pourtant il était troublé. Et il se força à se composer un air naturel. Il s'étira, se leva, ramassa des copeaux qu'il jeta un à un dans le foyer avec le geste de tous les soirs…

Tandis qu'il reprenait place le questionnement recommença. Au lieu de le distraire, la danse des lueurs du foyer l'ensorcelaient et le promenaient dans sa quête d'explications.

Et voici que son père l'a encore fixé avec insistance, il lui a dit, en essayant de prendre lui aussi un air naturel :

– Yann, remets une bûche.

Pourtant les chenets étaient bien garnis ! Puis d'un ton normal il a dit encore :

– Il est temps que tu ailles te reposer.

Pourtant il n'était pas très tard !

Il était hors de doute qu'il voulait par ces mots briser leur silence. Mais Yann ne réclama pas de prolonger un peu la soirée, ce qui lui arrivait souvent. Il obéit, embrassa son père, gagna la porte dont il souleva le loquet, lentement, et puis, sur le seuil, il ralentit hésitant, marqua le pas, ouvrit les lèvres… mais la phrase qu'il avait préparée lui parut dérisoire, impossible à exprimer. Alors il sortit brusquement.

Si seulement son père lui avait apporté l'aide qui l'eut décidé en disant calmement : “Yann, qu'y a-t-il ?”, ou des mots semblables !

Maintenant il était trop tard !

Il se retira dans sa chambre traînant son désarroi.

VII

Au matin Yann compris qu'une page de sa vie était tournée. Le sommeil pourtant l'avait apaisé. Il ouvrit la fenêtre. Deux lapins qui s'étaient enhardis jusqu'aux abords de la maison s'enfuirent précipitamment. Il se souvint des collets minutieusement installés la veille, au début d'un après-midi semblable encore à bien d'autres. Maintenant, plus que jamais, il désirait pouvoir déposer sur la table de la cuisine un gibier qu'il aurait lui-même pris. Son père reconnaîtrait ainsi qu'il n'était plus le petit garçon d'autrefois.

Il sortit. Il éprouvait un intense besoin de courir, gambader, respirer l'air du royaume. Plein d'excitation il frappait du pied les pierres du sentier, s'essayant de les projeter vers le bord de la falaise. Il sauta par dessus des buissons épineux, se suspendit à des branches basses…

Il sifflotait des airs sans suite, comme en naissaient les sons dans sa tête, puis il s'arrêtait et contemplait à travers les éclaircies de la verdure la mer immensément bleue ce matin-là, en détectant, d'aussi loin qu'il les devinait, la formation de vagues qu'il suivait jusqu'à leur déferlement, et il repartait… Il arriva à l'amas caillouteux des ruines, près de la dalle où il était assis autrefois. Il s'y reposa. Il aurait tant aimé que l'oiseau réapparaisse soudain et s'égosille de nouveau, interminablement, rien que pour lui. Il se laissa plonger dans le bruissement des milliers d'insectes alentour… Le soleil rampait à ses pieds. Toutes sortes d'éclats, comme des miniatures d'arc-en-ciel, jaillissaient des gouttes de rosée accrochées aux tiges, selon qu'il inclinait plus ou moins la tête. Il but de ces gouttes, mordilla des tiges. Il balaya de son visage les herbes d'où émanait une odeur humide et chaleureuse. Il laissait son cœur s'agrandir sans limites au contact de cette nature débordante de vie. Il pleura. Il ne savait pourquoi…

Quand il sécha ses larmes il songea à Dieu. S'il pouvait voir Dieu, lui parler ! Dieu ne s'étonnerait pas de lui… Il se demanda si c'était Dieu qui était là, très proche, si c'était Dieu qu'il goûtait peut-être à l'instant. Il se trouva bête d'avoir pleuré. Souvent son père lui avait répété qu'on ne pleure plus lorsqu'on devient grand. Et pourquoi ? Mais sans doute avait-il versé des larmes différentes, comme était différent son regard de ce matin sur son univers de tous les jours. Car il abritait désormais ce secret, de sentir qu'il n'était plus le petit garçon d'avant en même temps qu'il avait capté une phrase mystérieuse qu'il aurait dû ignorer… Un secret qui ouvrait une sorte de déchirure entre lui et son père. Et pourtant il éprouvait toujours une tendresse certaine pour cet homme un peu rude, sachant bien qu'il ne pouvait ni la lui dire ni la lui montrer… Son père !

"Je suis sot !". Cela lui échappa, puis il le redit à haute voix, comme en s'amusant, et il courut de toutes ses forces, sans autre but que de bondir le plus haut qu'il pût, comme pour atteindre des palmes inaccessibles et briser les frontières d'un monde caché, car ses yeux embrassaient d'une manière nouvelle les fleurs printanières, les arbres quotidiens, la mer miroitante… tout ! Il lui paraissait s'élancer vers un autre royaume s'enfuyant indéfiniment dès qu'il s'en rapprochait. Il tentait de rattraper d'étranges éclats de bonheur, mais ils s'évanouissaient sitôt presque atteints…

Il se trouva près de l'emplacement des collets. Il repéra le fourré où il les avait installés et remarqua que la branche à laquelle il avait noué le fil qui les retenait s'était incurvée. Son cœur battit plus fort pressentant une prise, sa première prise ! Et quand, au bruit de ses pas, la branche fut agitée de secousses répétées, il bondit. Mais que penser ? Au lieu d'un gras lapin, du calibre de ceux que son père ramenait habituellement, c'est un tout jeune lapereau qui se débattait, retenu seulement par une patte. Evidemment un sourire l'accueillerait à son retour à la maison. Il allait le relâcher mais une idée germa. Ce ne sera pas du gibier qu'il dévoilera sur la table de la cuisine, ce sera, au jour propice, un lapin savant ! Car il allait s'atteler à transformer cette petite bête craintive en un animal merveilleusement dressé qui réalisera d'étonnants tours de cirque, à l'instar de ceux qu'il admirait dans des livres illustrés. Il dissimulera le lapereau dans une caisse sous son lit. D'ailleurs son père n'entrait jamais dans sa chambre. Chaque jour, quand il s'en irait flâner, il l'emmènerait. Il connaissait une crique au pied de la falaise, bien à l'écart. Il lui apprendrait à sautiller sur deux pattes, à franchir lestement un obstacle de bonne taille, et aussi, pourquoi pas, à nager. A l'automne dernier il avait attrapé un lézard qui réagissait comiquement quand il tirait quelques notes sur un pipeau. Il redressait son museau et se tenait coi. Son père avait dit alors qu'il n'y a guère de limites à ce qu'on peut faire exécuter à des animaux, moyennant de la patience et beaucoup de signes d'affection. Là était le secret de la réussite des dompteurs. Ce jour-là il avait supplié son père d'élever un chien au royaume. Le refus avait été catégorique.

Yann caressa le mince duvet du lapereau réfugié dans sa poche. Sur le sentier il frappa de plus belle des cailloux qui dévalaient les pentes de la falaise en répercutant des "flocs" joyeux.

VIII

LE LENDEMAIN YANN REPÉRA sur la grève, au pied d'éboulis de la falaise, une petite crique, un peu à l'écart de sa plage habituelle. Elle conviendrait parfaitement pour des exercices de domptage en cachette. Il lui fut facile d'y aménager une arène en profitant de rochers bas qui émergeaient du sable et en les reliant par des murets de galets et de goémons.

Et le dressage commença.

Yann s'agenouilla, entrouvrit la besace, lissa amicalement les oreilles froides du lapin. Or, sitôt qu'il eut délacé la cage de toile, son prisonnier se dressa, tel un conquérant, les narines frémissantes, et d'un bond sauta sur le sable. Yann battit des mains.

Prenant son temps le lapereau observait. Là ce désert où ne pousse aucune herbe, tout près ce vallonnement discret, et encore ce terrain fluent… plus loin un mur abrupt. Par bonds saccadés il avançait précautionneusement, haussant tant qu'il le pouvait sa taille, s'arrêtant, se retournant avec méfiance, tantôt pressé, tantôt lambin, attentif aussi à lécher tranquillement ses pattes de devant ou à se frictionner le museau comme pour s'assurer qu'il ne rêvait pas.

Yann ne se lassait pas de le contempler. Aujourd'hui le lapin n'avait rien d'autre à faire que de prendre possession de son territoire.

Le jour suivant Yann déposa au milieu de l'arène un bouquet de trèfle relié à un fil invisible. Au matin le lapin n'avait reçu qu'une maigre pitance. A lui de la compléter… qu'il se montre docile ! Un bond, un autre… il flaira le trèfle. L'arôme éveillait des souvenirs… Enfin il se hasarda à mordiller une feuille mais le bouquet glissa sur le sable. Le lapin le rejoignit avec moins d'hésitation. Quoi ! Une nouvelle dérobade du menu…Yann, dissimulé derrière un rocher, manœuvrait l'appât à sa guise. Prochainement il enseignerait à son élève à se poster en arrêt devant les meilleurs mets et à attendre un signal pour y toucher. Ensuite il devrait s'élancer au-dessus de l'obstacle d'une grosse pierre, faire le beau sur commandement et, plus tard, peut-être, traverser à la nage une flaque laissée par la marée.

Soudain un aboiement suivi d'un cri plaintif brisa l'enchantement…

Yann tressaillit, surgit de sa cachette : un basset s'était jeté sur le lapereau, l'avait happé entre ses crocs et défendait sa proie déposée devant lui, grondant, prêt à la reprendre. Yann se précipita tandis qu'une brève et dernière convulsion agitait le corps du lapereau, et il n'y eut plus qu'une boule de poils, inerte… Alors il fonça sur le chien qui s'enfuit en hurlant. Cet animal méchant, il l'attraperait, le rouerait de coups, l'assommerait, le noierait…

– Punch, ici, Punch, Punch !

La voix venait du côté des éboulis. Mais Yann s'acharnait à poursuivre le chien qui décrivait une vaste ronde dans l'arène du lapin. Le sable était mou, il s'y enfonçait… Jamais il ne rattraperait cette bête. Alors il s'arrêta et saisit vivement un galet qu'il lança rageusement. La pierre s'en vint claquer sur un rocher. Comme il se baissait pour en ramasser une autre une poigne vigoureuse lui immobilisa le bras.

– Lâchez-moi ! rugit-il.

– Tu ne vas pas faire ça ! répliqua l'arrivant, un garçon légèrement plus grand que lui.

– Lâche-moi je te dis, je ne t'ai rien demandé, je suis ici chez moi, criait Yann avec fureur.

– La plage appartient à tout le monde, et c'est mon chien.

Ainsi il le protégeait, était donc d'accord avec lui ! D'un brusque mouvement Yann se libéra, mais la pierre lui échappa. Aussi rapidement le garçon la bloqua du pied. Yann décocha un coup de poing. L'autre le détourna et Yann ne réussit pas mieux une seconde attaque tandis qu'il encaissait un dur choc à l'épaule. Il riposta avec plus de succès. Punch, lui, aboyait comme un beau diable et quand il tenta une fois de mordre Yann à la cheville, son maître le renvoya d'un violent coup de pied.

Tour à tour l'un, puis l'autre, chancelait, ou bien ils se trouvaient momentanément écartés, esquissant une manière de danse primitive dans le guet du moment favorable pour surprendre l'adversaire. Et de nouveau empoignés corps à corps ils chutaient sur le sable et roulaient en une cadence incertaine. Ils se battaient ainsi sans un mot. Seulement les aboiements de Punch, l'éclatement des vagues, les respirations haletantes et, répété bien des fois, le choc assourdi de leurs corps sur le sable…

Un moment ils heurtèrent un rocher. Yann ressentit une douleur aiguë. Pourtant il s'arc-bouta sur les épaules de l'inconnu qui venait de basculer, mais qui se dégagea d'un coup de rein, secouant le sable de ses cheveux. Yann s'élança. Un croc-en-jambe le renversa. Alors commençant à douter qu'il puisse gagner il profita d'un instant de répit pour emplir sa main de sable et le projeter à la figure de l'autre, puis, pendant que celui-ci se frottait les yeux, il l'attaqua de dos et le renversa. Le garçon se redressa fièrement, mais Yann n'osait plus le regarder. Il se sentait lâche, en proie à une détresse extrême, assailli de rancœur envers lui-même, envers la tournure de cet après-midi qui avait pourtant si bien commencé, envers leur silence qui rendait plus tragique l'affrontement. Une larme chaude roula sur sa joue. Elle roula lentement jusqu'à ses lèvres. Il l'effaça de la langue. Elle avait le goût de la mauvaise mer. Il craignit d'avoir été vu. Il reprit vigueur et décocha un coup, mais l'autre l'amortit facilement. De plus en plus Yann se rendait compte que ce garçon dominait et qu'il ne le vaincrait pas. Il rageait de le voir se contenter d'une défense qui risquait de se prolonger indéfiniment car pour rien au monde, il n'accepterait de céder. Donc inlassablement il relançait la lutte. Ainsi ils se déportèrent encore vers la mer et firent gicler de l'écume en s'affalant sur le sable gonflé d'eau. Ils se relevèrent en hâte et se défièrent encore. Yann crut deviner un sourire sur le visage de son adversaire… Le combat se muait-il pour lui en un jeu ? Quelle ironie ! Il rejeta avec indignation cette idée qui, malgré la fatigue, lui fit trouver un sursaut d'énergie.

Soudain cela s'acheva d'une façon imprévisible.

Ils étaient de nouveau tombés, s'étaient redressés, alors l'autre se recula d'un pas et avec un sourire, peut-être un peu forcé, dit simplement :

– On s'est bien battus. Tu as gagné. Bravo ! Je me rends. Et il lui tendit la main.

Mal à l'aise Yann hésitait… Enfin sans rien dire il prit cette main et la serra. Il dévisagea l'inconnu : du sable dans les cheveux emmêlés, un nez qui saigne, une chemise déchirée, une balafre au mollet… mais lui n'était guère mieux loti. Punch recommença à aboyer. Son maître tira de sa poche une lanière de cuir et le cingla. Le chien gémit et fit le mort. Le garçon se dirigea vers le cadavre du lapin :

– Tu jouais avec ?

– Oui.

– Je ne pouvais savoir.

Bien sûr, il ne pouvait savoir, mais pourquoi se promenait-il dans le royaume ?

– Mon chien courait en avant de moi. Il court toujours devant.

Bien sûr qu'il court devant… comme tous les chiens ! Pourtant Yann, malgré lui, sentait sa colère se fondre, comme le matin, au soleil, les brumes de la nuit se dissipent par larges pans. Dans quelques minutes ce garçon retournerait chez les siens, aussi mystérieusement qu'il était apparu… et ce serait fini ! Non, cette rencontre peu ordinaire ne pouvait s'achever ainsi. Le garçon avait lutté beaucoup plus dignement que lui… Et, sans doute, il avait deviné l'impasse dans laquelle il s'engluait, ayant alors choisi chevaleresquement de s'avouer vaincu.

Tous deux demeuraient sans bouger les yeux fixés sur le lapin.

– Je le dressais, fit Yann, un lapin savant !

– Savant ?

– Oui, pourquoi pas ? Il s'approchait en gambadant quand je faisais signe. Il était sur le point de rapporter les coquillages que je lui lançais et même… de nager.

Yann se pencha, creusa un trou dans le sable, y déposa le cadavre, puis ramena doucement le sable sur lequel il plaça un galet. A son tour le garçon s'inclina silencieusement et mit un autre galet.

Sur la grève piétinée les dentelures d'ombres s'allongeaient petit à petit, rappelant le défilé inexorable du temps. L'autre allait donc partir, et lui, il reviendrait à sa maison et à sa solitude, près de son père… Il ressentait une immense tristesse tandis que le garçon attachait la lanière de cuir au collier de Punch, puis examinait la falaise.

– Sais-tu si on peut remonter facilement par là ? demanda-t-il alors, en désignant du doigt un sentier à gauche des éboulis.

– Oui, c'est possible, je pense, bredouilla Yann.

– Et toi, par où pars-tu ?

Il eut envie de répondre que c'était également son chemin, mais son père pourrait alors les rencontrer ensemble !

– Je rentre chez moi par la plage. J'habite tout près d'ici.

Au même instant il se reprocha cette réponse qui allait hâter la séparation. Il fallait dire autre chose :

– Toi, tu retournes au village ?

– Oui.

– C'est loin ?

– Une heure et demie en marchant bien ! Tu n'y vas jamais ?

Yann baissa la tête et ignora la question. Et puis, après un long moment de silence, où chacun parut désirer prolonger le temps, il entendit enfin cette phrase que, sans se l'avouer, il espérait de tout son être :

– Serais-tu content que je revienne ici d'autres fois ?

– Oh oui ! oui bien sûr ! dit-il d'un trait, le cœur battant.

– Tu ne m'en veux donc plus pour le lapin ? Je regrette, tu sais.

– Non, c'est oublié.

– Tu peux dire : *non Loïc*, c'est mon nom. Et le tien ? Tu t'appelles ?

– Yann !

Loïc le regarda avec un sourire franc :

– Alors, Yann, à bientôt !

Ils se serrèrent les mains.

IX

PENDANT LONGTEMPS YANN FLÂNA sur la plage quand Loïc l'eut quitté. Peu importait maintenant la perte du lapin, peu importaient les traces des coups et la fatigue. Tout s'effaçait au souvenir de la poignée de main et du sourire qui avaient conclu le combat, puis signé leur *au revoir*. Il n'était plus un "sauvage", comme l'avait clamé autrefois l'homme à la redingote. Désormais il avait un ami.

Cette fin de journée, il la goûtait comme un fruit nouveau d'une saveur inexprimable.

Il se posait maintes questions à propos de Loïc. Il pressentait qu'une aventure commençait qu'il saluait en sautant dans le soleil du soir. Et regardant la mer et l'horizon qui accueillait l'astre à son couchant, son cœur se gonflait comme une large voile.

Il remonta le sentier bordé de tamaris. Durant le repas il ne dit mot de l'après-midi. Il eut fallu expliquer le lapin, le dressage, la bataille, Loïc… or il ne savait rien de lui, et comment parler d'une rencontre qui n'était qu'à lui, et de ses émotions confuses et délicieuses, au risque de déflorer quelque chose de sacré ? D'ailleurs, c'était certain, son père, s'il le savait, s'opposerait à ce qu'il rencontrât Loïc de temps à autre.

Alors il se tut. Mais il portait souvent un regard anxieux sur son père, s'interrogeant sur ce que cachait le masque de cet homme qu'il chérissait depuis toujours, sur les sentiments qu'il voilait. Au-delà des mots et des gestes quotidiens il imaginait une joie ou une douleur secrète impossible à déchiffrer.

X

TROIS JOURS S'ÉTAIENT ÉCOULÉS. Donc, dès cet après-midi, Loïc, comme il l'avait laissé entendre, pouvait revenir, mais au matin son père l'avait prié de l'aider à remettre en état de navigation leur barquette, demeurée au sec depuis de longs mois, en attente des beaux jours, car prochainement ils la pousseraient à l'eau pour quelques parties de pêche. Certes le modeste bateau n'était guère de taille à affronter le dédale de la barre des récifs, et encore moins la grande mer. Il se contentait de louvoyer aux abords de la côte.

Habituellement Yann se réjouissait à la pensée des bordées sans cesse recommencées, surtout lorsque son père lui confiait la manœuvre du gouvernail. Mais pour l'instant son esprit était ailleurs car, après un repas rapide, il avait dû reprendre l'ouvrage et il ne pensait plus qu'à Loïc qui, d'un moment à l'autre, peut-être déboucherait là-bas, sur la plage où ils avaient combattu. Loïc s'étonnerait de ne pas l'y trouver. Sans doute il le chercherait… pourvu qu'il n'entreprenne pas d'explorer les alentours jusqu'ici ! Cela il ne le fallait pas.

Cachant son angoisse et son impatience Yann espérait intensément la parole qui le libérerait, quand son père jugerait que le travail d'aujourd'hui serait suffisant… mais les minutes se succédaient anormalement longues…

Enfin son père lui fit signe. Ils rassemblèrent les outils et les rapportèrent à la maison. Il était libre.

Il sortit et marcha sans hâte. Dès qu'il fut hors de vue du logis il courut à perdre haleine vers la plage du lapin. Bien qu'il ne gardât plus qu'un faible espoir d'y rencontrer Loïc, car la journée était avancée maintenant, il fut déçu en approchant de la plage de ne pas l'y apercevoir. Alors il avança plus posément voulant se replonger dans l'aventure vécue là trois jours auparavant. Bientôt son attention se porta sur un amas de goémons hors de la limite de la marée. D'un bond il fut sur place. Le tas, plutôt un grand anneau d'algues encore fraîches, encadrait une inscription tracée sur le sable… Un message de Loïc ! Mais il ne savait pas lire. Il contempla longuement et vainement les lettres écrites pour lui.

A cet instant il percevait à nouveau l'étrangeté de sa vie. Mélancoliquement, du pied, il gomma la phrase, puis envoya voler en éclats les varechs… Et Loïc ? Reviendrait-il ? Pourquoi avait-il fallu que, justement aujourd'hui, son père se fut acharné à peaufiner la barque ?

XI

LE SOLEIL ÉVEILLA LE ROYAUME, se glissa jusqu'au rebord de la fenêtre, s'enfonça dans la chambre, caressa la figure à moitié enfouie sous l'oreiller…

Yann entrouvrit les paupières. Il avait dormi si profondément qu'il n'avait pas entendu son père quitter la maison. Il s'habilla rapidement, engouffra un bol de lait, revêtit une blouse, prit de l'étoupe, un seau de goudron et des pinceaux, tout le matériel préparé par son père, qui lui avait confié le soin d'achever le calfatage de la coque du bateau et le badigeonnage d'une première couche de bitume, – car ces jours-ci il serait encore absent – Sur la plage il alluma un feu avec des brindilles et des algues sèches pour amollir le goudron… Malgré la déception de la veille il fut facilement absorbé par cette occupation qui lui plaisait vraiment et qu'il pouvait aujourd'hui mener à son rythme.

Le soleil était déjà haut lorsqu'il devina Loïc au loin qui agitait les bras. Sa silhouette se détachait sur l'arrière-fond de mer. Minuscule, Punch trottinait en avant… Une brève course et Loïc l'avait rejoint :

– Je t'aide ?

Il saisit un pinceau.

– A toi cette barque ?

– A mon père, à moi aussi. C'est pareil.

Il avait un peu hésité à dire cela.

– Tu sais tenir les rames ?

– Bien sûr, mais c'est plus souvent mon père qui les prend.

– Le mien, déclara Loïc, fait partie de l'équipage d'un chalutier. Il navigue continuellement. Maman se plaint. S'il était là, nous serions plus tranquilles, pense-t-elle. Mais mon frère est calme et Charlotte… oh ! c'est une poupée. Quant à moi ! Eh bien, en ce moment, une place est vide dans ma classe au rez-de-chaussée de l'école. Tu comprends ? Le maître, il ne sait pas rire. De toute façon Punch est le coupable.

Tout en manœuvrant avec application son pinceau Loïc raconta comment il avait parié avec un camarade qu'ils introduiraient chacun dans la classe un animal vivant, "au moins gros comme un œuf". Loïc avait caché Punch dans un large cartable. Son camarade avait préféré un poussin gardé dans une boîte. Mais il s'était échappé quand il avait soulevé le couvercle pour le lui montrer. Le flair de Punch n'avait pas failli. Sur le champ il s'était mis à secouer furieusement sa prison et ne cessait plus d'aboyer. Bref, il s'en était suivi une cascade de bousculades, de cris et de hurlements du maître. Aussi Loïc estimait plus sûr de laisser passer quelques jours avant de se retrouver sur les bancs de l'école.

– Je pense que c'est aussi le souhait du maître. Il vient parfois chez nous gémir auprès de maman, mais, que veux-tu, elle ne sait que répondre. Avec papa c'est autre chose. Il se fâche fort, ensuite il oublie vite. Je suis persuadé qu'il se rend compte que je ne peux pas demeurer toute une journée immobile ou presque… Yann, que penses-tu de tout cela ?

Yann était captivé par ces paroles. Il découvrait le monde de Loïc, tellement différent du sien, avec admiration.

– Je ne connais pas l'école, répondit-il.

– Mais où apprends-tu, où vas-tu en classe ?

– Je ne vais pas en classe, mon père ne veut pas que je sorte du royaume.

– Du royaume ?

– De ce coin-là… la plage, notre maison, et, un peu, la forêt que tu vois d'ici.

– Pourquoi ?

– Jamais il ne m'a donné de raisons, c'est comme ça, dit Yann en rougissant.

– Alors, puisque tu ne bouges pas d'ici, c'est inutile que j'écrive des messages. Tu l'as vu, sur le sable ? Tu as compris ?

Yann baissa davantage la tête. Il mettait tout son soin à bien étaler les couches de bitume.

– Tu ne l'as pas remarqué ?

– Si, mais je ne sais pas lire, lâcha-t-il d'une voix tremblante.

Stupéfait, Loïc le dévisagea :

– Tu, tu… oh ! cela s'apprend vite… Puis allègrement :

– Quelle chance ! ici je pourrai toujours te retrouver et revenir quand je voudrai.

Yann parut encore plus embarrassé. Loïc le remarqua :

– Qu'y a-t-il ? Cela t'ennuie ? Depuis que nous avons lutté je croyais que nous étions… comment dire ?… que nous étions liés à la vie et à la mort…

– Mais non, pas du tout, cela ne m'ennuie pas, repartit Yann.

– Alors ?

D'un trait Yann expliqua :

– Mon père n'accueille personne ici. Il ne sait pas que tu m'as rencontré, que nous nous sommes battus et que maintenant, oh oui ! je suis tout à fait d'accord pour te revoir. Il ne soupçonne pas tout cela. Il ne doit pas apprendre que nous sommes en train de devenir amis… il me l'interdirait et peut-être te chasserait, et pourtant il est bon, je t'assure. Aujourd'hui il est absent et demain encore et après-demain. Rien n'empêche donc que nous restions ici ensemble, mais ensuite, Loïc, nous nous attendrons à la plage du lapin. Elle est à l'écart, mon père n'y descend jamais. Il ne connaît que celle-ci, où il amarre notre bateau. L'autre sera notre coin secret.

– Mais ta mère, elle aussi, elle…

– Je n'en ai pas, ni de frères, ni de sœurs.

– Alors, quand ton père est en voyage, tu demeures seul ?

– Oui.

Vraiment étonné Loïc se tut longtemps. Ses yeux erraient sur la mer dont l'écume encerclait les îlots. Puis il se retourna et s'exclama :

– Yann, tu es un garçon extraordinaire ! Tu dresses les lapins, tu ne sais pas lire, tu vis deux jours et deux nuits, seul sur une terre du bout du monde, comme Robinson ! Tu connais ?

– Oui, mon père m'a raconté l'histoire, mais il y a longtemps.

– Que je suis content d'être venu me promener par ici et de t'avoir découvert !

Il déclara cela avec une telle sincérité que toute la gêne de Yann avait disparu, comme la rosée qui s'évapore au soleil. Il fut entraîné par Loïc dans une ronde et mille cabrioles autour de la barque. Ils jetaient en riant des sons inarticulés, plus rauques que le cri des mouettes qui s'envolaient effarouchées. Loïc prétendit que c'était une sarabande africaine.

Ils s'assirent sur le sable. Cependant Loïc ne tenait pas en place :

– Nous sommes Robinson et Vendredi, échoués sur une plage déserte. Quelle aventure !

– Notre bateau a fait naufrage, dit Yann, nous nous efforçons de le renflouer…

– Mais impossible, et sur la mer aucun navire sauveur…

– Nous sommes condamnés à stagner indéfiniment dans ce royaume,

– Et à manger des poissons crus, si nous en attrapons.

– Tu sais, dit Yann, j'ai du pain à la maison,

– Et moi un sentier pour m'évader. C'est toi le vrai Robinson !

XII

Yann s'était allongé, les coudes sur le sable, le menton sur la paume des mains. A son bonheur une ombre de tristesse se mêla. Il pensait que le soir viendrait bientôt… Et la fin de ce jour… Et un lendemain différent d'aujourd'hui. Au mieux les bons moments se suivent puis disparaissent, remplacés par d'autres, au lieu de s'ajouter. Après trois marées son père sera de retour. Il s'en réjouira aussi, mais d'une autre manière que de la présence de Loïc… La mer ne s'arrête pas, le soleil non plus. Peut-être, après la nuit, pleuvra-t-il ? Et comment s'occupera Loïc demain à cette heure ? Il regarda Loïc. A quoi songeait-il ?

Yann tendit le bras, prit un coquillage pointu et, l'air absent, dessina une fleur sur le sable, puis lentement traça un trèfle :

– Loïc, comme ce serait beau et étrange si tout se colorait en bleu, subitement, comme la mer et le ciel, par exemple les rochers, les algues, toutes sortes de fleurs et de plantes, comme,

– Comme le trèfle, continua Loïc.

Yann se redressa vivement, puis, calmement :

– Tu as déjà trouvé du trèfle bleu ? demanda-t-il.

– Non, ni rouge, ni orange, mais tu dessinais, alors…

– Oui, j'imagine parfois que ce qui est vert, je le regarde devenu bleu… ou d'une autre couleur, que tout change, se transforme… les formes et aussi les sons. Je crois qu'il existe des histoires comme cela inventées dans des contes et des légendes.

– Pour moi, dit Loïc, j'aime le monde tel qu'il est, mais, c'est vrai, j'ai remarqué que les peintres imaginent toujours pour leurs tableaux des teintes différentes de celles que je vois. Peut-être as-tu raison, peut-être y a-t-il des changements, et même continuels.

– Et nous ne nous en apercevons pas, ajouta Yann, parce que de la même manière nous aussi, à chaque instant, nous devenons autres.

– Oui, Yann, il se pourrait que Dieu renouvelle le

monde sans arrêt, et nous en même temps. Nous ne pouvons pas le savoir.

- Mais pourquoi, à quoi cela servirait-il ?

- A quoi ? Eh bien ! à divertir Dieu, repartit Loïc.

Ils se turent. Du revers de sa manche Yann effaça les dessins sur le sable. Il se demandait comment Loïc se représentait Dieu. Le ronronnement de la houle battant les rochers occupait le silence. Il reprit :

– Loïc, tu entends la mer ! souvent ici quand je contemple le ciel, je rêve que les bruits de la terre, tous réunis de partout, composent une belle musique en atteignant un autre monde.

– Moi, qu'après la mort, nous retrouverons tout ce que nous avons admiré durant notre vie, comme rassemblé sur un éventail qu'on déplie en grand… Au Paradis quel spectacle ! N'est-ce pas Punch ? Et Loïc adressa une bourrade au chien qui somnolait et qui bondit en aboyant.

– Que de bêtises nous disons, comme si nous nous connaissions depuis toujours, poursuivit Loïc ! A la maison, quelquefois, je me sens bizarre : j'enfile toutes sortes d'idées et je raconte des choses sans suite, comme elles viennent. Maman s'inquiète. Olaf me considère avec une mine pitoyable. Charlotte, elle, rit aux éclats et saute autour de moi pour appuyer la main sur ma bouche. Au début, je sais bien que ce que je déballe n'a pas de sens, et petit à petit j'en suis moins sûr… Et puis, qui ne dit jamais de sottises ? Même pas le maître qui se tient toujours raide et solennel.

Loïc se redressa et imita le maître. Yann riait heureux.

– La réalité, conclut-il, c'est encore mieux, mais pas du tout amusant.

Il se tint debout, le dos tourné à la mer et balaya du regard la plage et la dune :

– Tout de même, ne pas sortir du *royaume* ! voilà qui m'étonne. Ainsi tu ne te rends jamais au village ni au temple ?

– Non.

– Tu es protestant ?

– Je ne sais pas.

– Comment ? Tu ne sais pas ? mais on peut être protestant, catholique ou encore…

– Je suis catholique.

Loïc se laissa tomber sur le sable comme une poupée de chiffon, puis brusquement rebondit et donna une tape sur l'épaule de Yann :

– Quelle surprise, moi aussi ! Papa est devenu catholique à son mariage avec maman qu'il a connue à l'étranger. Au village, nous cinq sommes les seuls catholiques, et une voisine.

Il ponctua cette déclaration de quelques pas de danse puis se rassit.

– Donc tu es catholique !

– Oui. J'avais oublié le mot, mais, quand tu l'as prononcé, je me le suis rappelé. Mon père me l'a appris quand j'étais petit, un jour où quelqu'un l'avait dérangé pendant qu'il coupait du bois. Il m'a aussi, ce jour-là, montré une médaille où étaient gravées, m'a-t-il dit, des marques de mon nom. Peu après il a apporté un grand livre avec des images. Il me les expliquait le soir. Je me souviens que la première image représentait un vieux monsieur avec une barbe blanche, en train de fabriquer le monde du commencement. Mon père m'a lu l'inscription au-dessus : "Dieu crée le ciel et la terre." J'ai dit : "Dieu n'est pas beau." Mon père m'a repris : "Comment peux-tu parler comme cela ! Dieu est plus beau que tout ce qui est beau. Là, c'est seulement un dessin pour aider à comprendre des choses difficiles…" et il m'a embrassé. Souvent nous tournions les pages ensemble et je lui posais des questions. Il me répondait, j'écoutais, j'aimais ces moments-là, et puis, je ne sais pas bien pourquoi, nous n'avons plus continué. Pourtant, maintenant, chaque fois que je sens que le royaume est beau, je pense à Dieu.

Loïc avait écouté Yann sans l'interrompre. Il le regarda, parut songeur, puis son visage s'éclaira, mais il ne souffla mot de l'idée qu'il venait d'avoir.

XIII

LOÏC ÉTAIT REPARTI. Yann assis sur le sable repassait tous les moments, tous les détails de ces premières heures de leur amitié.

Longtemps il demeura là, les yeux errant sur la mer indéfinie. Rien ne le pressait de remonter à la maison puisque son père ne serait pas de retour avant le surlendemain. S'il arrivait que son père ne revienne pas ! Il chassa cette idée… Quels changements dans sa vie depuis une semaine à peine avec d'abord le signe bizarre du trèfle bleu et la phrase, tout aussi bizarre, de l'inconnu à son père et l'horrible veillée qui suivit… et puis la capture du lapereau et la bataille avec Loïc. Que pensait de lui Loïc ? Il s'était exclamé : "Yann, tu es un garçon extraordinaire." Certes il menait une existence à l'écart. Etait-ce cela qui intéressait Loïc ? Mais non. Ils avaient tout simplement fait connaissance d'une manière imprévue, en s'affrontant et désormais ils étaient amis. Il ne doutait pas de la sincérité de Loïc qui exprimait ce qu'il ressentait en parlant sans détour de sa famille, de ses idées, de ses farces. C'était plutôt lui le "garçon extraordinaire."

Et Yann regretta de ne s'être pas montré aussi confiant. Il lui avait caché les questions auxquelles il se heurtait et qui le préoccupaient. Le trèfle bleu ! il avait manqué l'occasion d'en dire davantage, mais ce n'était que leur première longue conversation et beaucoup d'autres allaient suivre. Peut-être aussi, attachait-il trop d'importance à ce trèfle ?

Yann ferma les yeux. Il aimait ces soirs avant-coureurs de l'été, où la nuit tardait à s'installer et semblait oublier de plus en plus de devenir tout à fait noire. Il n'attendait personne et personne ne l'attendait. Demain il serait seul, Loïc ne pouvant le rejoindre chaque jour et son père voyageant.

Demain la journée lui paraîtra bien longue. Alors il mettra de l'ordre dans le potager et cela plaira à son père.

XIV

LE POTAGER ÉTAIT UN GRAND CARRÉ de terre, défriché sur la lande proche de la maison, entouré d'une haie basse et épaisse qui barrait le vent de la mer. Yann y avait travaillé longuement le matin, puis, après un repas vite avalé, était descendu courir un peu sur la plage.

Maintenant il aménageait une plate-bande et arrachait les herbes folles qui l'avaient envahie. Il ne songeait qu'à bien préparer ce bout de terre que son père utiliserait pour des semis. Il s'y appliquait sans voir le temps passer. Le soleil affleurait presque le toit de la maison. Yann aborda une touffe de coquelicots qu'il fallait déraciner aussi. Il tardait à porter le coup de pioche. Assurément ce n'étaient que des fleurs, qui seraient bientôt fanées, mais elles se pavanaient si belles ! "Allez, murmura-t-il, je vous fais grâce", et il se pencha pour les admirer de plus près.

A ce moment il perçut l'approche de pas sur le sentier qui débouchait de la forêt. La haie le cachant, l'empêchait de bien distinguer qui arrivait. Son père aurait-il avancé son retour ? Non, car il ne chaussait pas des souliers à clous ou des sabots qui claquaient sur le sol comme ceux qu'il devinait, il ne s'aidait pas non plus d'un bâton dont la frappe rythmait ainsi les pas. Pourtant ce bruit de marche, il croyait le connaître… ah oui ! il s'en souvint, il résonnait maintenant à ses oreilles, semblable à celui qu'il entendait trois semaines plus tôt tandis qu'il demeurait figé à l'abri d'un buisson, et qu'un inconnu repartait du royaume après avoir lâché à son père des paroles énigmatiques.

Le sentier longeait le jardin. L'homme allait frôler la haie. Yann retint son souffle, s'accroupit, le visage contre les coquelicots. L'odeur de la terre remuée le distraya un instant… L'homme passa.

Les rayons obliques du soleil filtraient à travers les interstices de la haie. Avec précaution Yann écarta des branches. D'abord la lumière l'aveugla et il ne repéra qu'une vague forme. Petit à petit il voyait mieux l'homme qui s'avançait vers la maison. Aux abords il parut hésiter, puis se hasarda à soulever le loquet de la porte qui s'entrouvrit en grinçant. Il s'arrêta, se retourna. Sa casquette trop enfoncée barrait une partie du visage, mais c'était lui, reconnaissable aussi à son dos légèrement voûté. Il balança son regard de part et d'autre, considéra la petite bâtisse et, soudain, appela : "Y' a quelqu'un ?" Cette voix, comme l'autre fois, atteignit Yann en plein cœur. Avec plus de vigueur il reprit : "Y' a quelqu'un ?" Mais, dans le silence qu'il interrogeait, lui répondirent seulement la voix lointaine du ressac de la mer et des pépiements d'oiseaux. Alors l'homme entreprit de contourner la maison. Puis il réapparut, poussa la porte et en franchit le seuil. Yann avait observé tout ce manège. Quoique outré il se retenait d'intervenir. Mieux valait, pensait-il, que l'homme ne sache pas qu'il avait été vu, mais il avertirait son père.

A nouveau la porte grinça. L'intrus repartit du même pas par le même sentier. Rien n'indiquait qu'il avait dérobé quoi que ce soit, mais, dès qu'il fut hors de vue, Yann fonça vers le logis, inspecta les pièces d'en bas, gravit l'escalier, vérifia que la porte de la chambre de son père, toujours fermée à clef quand il s'absentait, n'avait pas été forcée. Donc l'homme aurait seulement désiré rencontrer son père, et rien d'autre. Ne l'ayant pas trouvé, il rebroussait chemin. Quoi de plus simple !

Pourtant Yann n'était pas apaisé. La conviction que, dans une circonstance semblable, Loïc aurait depuis longtemps bondi et réclamé des explications, s'imposait de plus en plus. Lui, il n'avait pas bougé, bien qu'il ait eu la charge du royaume en l'absence de son père. Il se sentait maintenant presque coupable. En fait l'individu, comme l'autre fois, lui semblait louche. Son père, d'ailleurs, s'était fortement fâché quand il avait fait allusion à lui, Yann… d'ailleurs ne lui semblait-il pas que depuis ce jour son père montrait un visage plus las, plus triste ?

Yann gardait les yeux braqués vers la forêt proche en train d'accueillir cet homme. Le sentier qui s'y enfonçait avait l'air de lui faire signe : qu'il fasse donc quelque chose, et vite, avant que l'apparition suspecte ne prenne impunément de la distance. En s'attachant à ses pas il découvrirait peut-être de précieuses indications que son père le féliciterait d'avoir obtenues. Il l'en remercierait, lui sachant gré de s'être ainsi déterminé à défendre l'honneur du royaume. Loïc aussi l'apprendrait et si jamais l'homme habitait le village, il l'identifierait facilement.

Ainsi allait son raisonnement et il se voyait déjà courant dans la forêt. C'est que, caressée par le printemps de retour, elle l'attirait. Il se persuadait que l'imposture de l'individu, qui avait osé franchir la frontière du royaume, l'autorisait à passer la même frontière à sa poursuite… mais surtout, un autre printemps, déjà installé en lui depuis ces derniers jours, éclorait et le poussait à s'affranchir des limites de son passé de "sauvage", avec autant de force que la vie déblaye les restes de l'hiver.

Alors il claqua la porte et s'élança.

XV

IL DÉPASSA LA FUTAIE QUI PRÉCÉDAIT les épais sous-bois et aperçut au loin le bonhomme qui allait son chemin de l'inlassable même pas. Il régla sa marche sur cette allure, profitant des lacets du sentier pour éviter d'être vu si l'autre se retournait. La traversée de la forêt s'annonçait longue, il pouvait donc se donner le temps de recevoir le chant du soir d'un oiseau, de s'arrêter pour admirer les méandres saccadés du vol d'une libellule ou les acrobaties aériennes de deux écureuils… et puis il repartait sautillant et zigzaguant, et rétablissait le bon écart.

Il se sentait libre, libre comme s'il devenait autre, comme le papillon délivré de sa chrysalide, grisé par le souffle qui le porte. Il en oubliait presque qu'il s'attachait aux pas d'un indiscret entré audacieusement dans le royaume, mais, pour lors, le royaume s'élargissait et son cœur bouillonnait d'espace rempli d'images nouvelles. Les sapins ne lui dressaient-ils pas une haie d'honneur et une voûte haut dans le ciel ? n'ouvraient-ils pas leurs rideaux pour qu'il perçoive la nappe miroitante de la mer qui se frayait des avancées profondes à l'intérieur des terres ? Les branches des résineux ne le saluaient-elles pas par de gracieuses révérences, l'invitant à se risquer toujours plus loin ?

Totalement heureux, il s'abandonnait à la griserie de cette aventure. Quand s'ouvrait une longue piste droite et qu'il avait le loisir de prendre du large il virevoltait deci de-là, tourbillonnait sur place et repartait en gambadant, s'enivrant de paroles sans retenue qui lui faisaient rejoindre – s'imaginait-il – la vie de la forêt, mais aussi son père, Loïc, n'importe qui. Il lui était impossible de se taire.

Il heurta une pierre et soudain se rendit compte qu'il parlait à haute et forte voix, comme un fou. Et même n'aurait-il pas crié ? Il fut vraiment rassuré quand, pressant le pas, il retrouva, lointaine, la silhouette dont l'allure se maintenait égale. Il n'avait donc été écouté que par les hôtes cachés de la forêt dont il avait, peut-être, emprunté un peu le langage. C'était bien ainsi. Sûrement il arrivait à Loïc de jouer de la même manière avec les mots et les phrases, au hasard de leur invention, pour exprimer, vaille que vaille, ce qui ne pouvait l'être autrement.

Progressivement les sous-bois changèrent d'aspect. Les arbres paraissaient moins serrés, des éclaircies dans les taillis découvraient au loin des pans de falaise.

Au débouché d'un tournant la forêt s'acheva brusquement et céda la place à une lande piquetée de buissons épineux. Le chemin continuait y serpentant en direction du village, planté sur un plateau qui surplombait une sorte de fjord. A peine Yann fit-il quelques pas en observant cet horizon qu'il s'immobilisa le cœur battant. Abrité par les détours du sentier et des bouquets de grandes herbes folles, il s'était rapproché dangereusement de l'homme. Il le voyait de dos, assis sur une souche, absorbé par le bourrage de sa pipe. Il en serrait le fourneau de la main gauche et Yann remarqua qu'elle portait au poignet la cicatrice d'une large coupure. Avec d'infinies précautions il se replia derrière un arbuste et attendit. L'homme alluma sa pipe et en tira d'épaisses bouffées, en fixant les yeux sur les lointaines barrières rocheuses au-delà du bras de mer. Tout indiquait qu'il était paisible et qu'il entendait faire durer ces instants de béatitude…

De fait, du temps passa qui parut très lent, très long…

Après l'exaltation de tout à l'heure chaque minute de cette attente ramenait Yann à la réalité. Que faisait-il là, épiant obstinément un fumeur de pipe sans doute sans histoire, et qui maintenant s'assoupissait ?

Il lutta contre une angoisse diffuse et repoussa la tentation de faire route arrière. Il songea à Loïc qui vivait sous un des ces toits très proches...

Enfin le bras de mer visible se couvrit de mèches oranges, scintillantes. La couleur escalada lentement la corniche d'en face. Le rouge succéda insensiblement à l'orange et, sans plus de hâte, envahit à son tour l'autre versant. Se mêlant à cette scène des fûts d'arbres, des branches, des feuilles menues parfaitement immobiles, se muaient en décor de théâtre. Un sapin, au faîte de la falaise, saisit l'ultime rayon du soleil. Il y sembla accroché pour toujours… puis il n'y était plus…

Peu après l'homme se leva et reprit la marche. Désormais Yann veillait à garder un écart raisonnable. Il atteignit les premières maisons et s'engagea dans une rue montante garnie de nombreuses échoppes. Derrière les fenêtres les lumières s'allumaient une à une. Beaucoup de gens s'attardaient encore aux devantures et, facilement, Yann se faufilait à travers les groupes. L'homme emprunta encore deux ruelles avant de gagner une avenue bordée de villas, la plupart entourées de jardinets. Il allait bon train, sans hésitation, et, quand il eut remonté la presque totalité de l'avenue, il s'arrêta devant une grille de fer rouillée. Comme habitué, il en tourna la poignée, parcourut quelques mètres sur du gravier jusqu'à un perron dont il gravit les marches. Il se trouvait au pied d'un pavillon vétuste, de deux étages. Avec des volets fermés où s'accrochaient des lianes, avec des gouttières pendantes en certains points du toit, entouré de bosquets mal taillés et de hautes herbes broussailleuses, comment se figurer que quelqu'un y habitât ? et pourtant l'homme frappa à la porte un coup, un autre coup, puis, après un instant de silence, trois coups encore. La porte s'entrouvrit. Il dut y avoir un échange de quelques paroles, et elle se referma derrière lui. Yann avait tout observé, effacé dans un coin de pénombre. Il demeurait immobile, incertain, butant là, devant un jardin clos et une maison délabrée qui ne lui apprenaient rien. Il avait espéré un autre dénouement où il aurait eu la part belle ! Il ne pouvait plus imaginer relater sa chevauchée à son père qui se moquerait de lui ou, plus probablement, se fâcherait. Pourtant il ne regrettait rien – après tout peu importait ce que trafiquait l'individu derrière ces murs – il ne regrettait rien parce qu'il avait vécu en marge de la poursuite une aventure merveilleuse où l'univers et lui-même étaient neufs. Cela non plus, il n'en parlerait pas à son père, évidemment, mais peut-être à Loïc.

Il se redressa, détendit ses membres engourdis, hésitant à repartir. Un secret instinct lui disait d'attendre encore un peu. Alors, comme dans un jeu, il s'imposa de d'abord arpenter, au moins quatre fois, l'avenue, d'un bout à l'autre, à la manière d'un banal promeneur qui flâne le soir, mais, dès qu'il s'en éloignait, irrésistiblement, son regard recherchait cette maison que seul l'état d'abandon distinguait des autres.

Des gens passèrent : une vieille femme accompagnée d'une fillette, une autre avec un chien, des jeunes qui discutaient en riant et plusieurs qui regagnaient leur demeure dans l'avenue. Instinctivement il se déportait alors vers les zones échappant à la lumière crue des réverbères.

A la troisième fois qu'il reprenait la même allée et venue, des pas, derrière lui, le surprirent. Ils sonnaient autrement que les précédents, mais étaient trop proches pour que, sans attirer l'attention, il déviât sur le côté. Il s'obligea à ne pas se retourner et continua son chemin le plus naturellement possible… Le marcheur le rattrapa, fut à sa hauteur et le doubla. Il avançait au milieu de l'avenue comme s'il en était le maître. Son allure, et plus encore sa forte carrure, étaient impressionnantes. Des boucles grisonnantes débordaient d'un bonnet bien enfoncé sur la tête. Juste avant la grille rouillée du vieux pavillon il s'arrêta et écarta les pans de sa cape. Ses mains fouillèrent des poches et en sortirent un cigare et un briquet. La flamme jaillit au moment même où Yann le dépassait à son tour, mais il avait eu le temps d'apercevoir un nez épaté au milieu d'un visage presque rectangulaire, que barraient un front creusé de rides, et d'épais sourcils dominant deux yeux noirs étincelants. Dans le jeu d'ombres et de lumières de la tremblotante flamme du briquet cette figure lui parut sur le moment surgie d'un autre monde. Peu après il entendit la grille du jardin en friche gémir puis claquer, et des coups semblables à ceux de tout à l'heure frappèrent la porte délavée.

Alors Yann se sentit las. Ses nerfs se décrispèrent. Il avait besoin de pleurer. Il se sentait ballotté par mille images qui revenaient… les moments de vie intense de l'après-midi au cœur de la forêt, et d'autres passés, mais aussi les traversées d'ombres incompréhensibles. Tout s'y mêlait et son père, et le trèfle bleu, et l'inconnu trouble-fête, en même temps que le matin lointain du sureau en fleurs avec l'oiseau envolé… Il pensa à Dieu et murmura une phrase, comme il se rappela l'avoir fait avec son père lorsqu'il était petit. Il oublia le temps puis songea à Loïc dont les jours coulaient tranquilles et simples. Il le situait dans un monde ensoleillé. L'après-midi passée avec lui avait été, oh combien ! épanouissante. Parviendrait-il à lui confier ce qui changeait sa vie depuis quelque temps, et aussi l'élan qui le soulevait, certaines fois que la mer ou une fleur ou seulement les perles fines de la rosée sur une tige d'herbe lui donnaient envie de crier de surprise ? Ne rirait-il pas un peu étonné, à moins qu'il ne redise : "Yann tu es un garçon extraordinaire", et cela serait sa manière d'avouer qu'il le comprenait.

XVI

DU TEMPS S'ÉCOULA. Blotti derrière le massif, Yann fixait une minuscule étoile. Il se figurait qu'il s'adressait à elle, qu'elle soutenait sa rêverie. Maintenant il devait quitter ces lieux. Pourtant, juste alors, les sons étouffés qui montaient du village s'estompèrent pour faire place au bruit de la marche d'un nouveau passant. Un sentiment d'angoisse s'infiltra jusqu'au plus profond de lui-même. Ce qu'il redoutait obscurément, ce qu'il avait voulu écarter comme impossible, se réalisait. Il n'était plus nécessaire qu'il scrute davantage l'identité de l'ombre qui s'avançait. Mais que venait donc faire son père dans cette maison avec l'individu qui rôdait dans le royaume, avec l'homme imposant au visage irréel ? car il le reconnaissait son père ! Il l'entendit frapper les coups sur la porte. Alors il ferma les yeux pour ne pas le voir disparaître dans le noir.

Yann se releva. Ses gestes étaient fermes et durs. Il marcha droit et, sans détourner la tête, passa devant la sinistre maison : la cinquième sur la droite après le deuxième réverbère, nota-t-il. Il retrouva la rue marchande, déserte. La vie s'était déplacée à l'intérieur des demeures, mais le léger brouhaha de familles heureuses attablées pour le repas du soir s'insinuait jusqu'à lui par des fenêtres ouvertes. Yann n'en n'avait cure. Il désirait rentrer au plus vite. Au moment de sortir du village, deux garçons, qui se poursuivaient en courant, l'évitèrent de justesse. Il avait pu entrevoir le visage du plus grand : Loïc ! qui ne s'était pas arrêté et ne l'avait donc pas reconnu. Heureusement.

Or Yann n'avait pas fait une vingtaine de mètres qu'une main l'empoigna par derrière :

– Oh là Yann ! Qu'arrive-t-il ? A cette heure-ci ! une promenade par les bois jusque chez nous ! Robinson, quelle surprise !

– Tais-toi, Loïc, repartit Yann, je ne peux t'expliquer en ce moment.

– J'ai lâché mon frère, il n'y a rien à craindre.

– Ah ton frère ! Il ne sait pas encore que tu as découvert un garçon… un peu extraordinaire ?

– Et très mystérieux, ajouta Loïc. Sois sans crainte, il ne le saura sans doute jamais, ni personne d'autre. Cela ne regarde que nous.

– Quoi, cela ?

– Nos rencontres et ce que nous nous disons… Je t'accompagne un peu ?

– Non. Il faut que je revienne seul.

– Ça va quand même ?

– Ça va supérieurement, dit Yann.

Et c'était vrai. Son âme retrouvait un espace de

lumière qu'il n'aurait échangé pour rien. Il gagnerait à tout prix la confiance de son père. Le mystère, il le percerait avec Loïc.

Ce soir, la nuit déployée sur le sentier joue avec la lune et toutes deux se montrent amicales envers le fugitif qui, à grandes enjambées, regagne le royaume.

XVII

TROIS JOURS PLUS TARD ILS ÉTAIENT sur la plage du lapin. A son père, de retour la veille, Yann n'avait soufflé mot de son expédition et son père n'avait fait aucune allusion aux affaires qui l'avaient occupé durant son absence. Il avait bonnement posé la question habituelle : "Tout s'est bien passé ? Rien d'insolite ?" et, en y répondant lui-même d'un ton enjoué : "D'ailleurs, que pourrait-il se passer ici ?" Pourtant au cours de la journée Yann remarqua plusieurs fois son air absent, absorbé.

– Tu comprends, dit Loïc, en s'essuyant la bouche du revers de la main – elle portait des traces violettes de baies sucées le long du chemin – tu comprends, je n'ai pas voulu revenir avant aujourd'hui. Olaf m'observe. Il se demande où je vais, ce que je trame quand je le quitte si longtemps… il est capable de me pister un de ces jours. Je me méfie. Tu as bien vu, l'autre soir, j'ai continué ma course après t'avoir croisé, ensuite je lui ai échappé… et puis, soupira Loïc, la marche jusqu'ici est longue…

Yann réprima un sursaut. Loïc avait raison. Alors allait-il se lasser et petit à petit l'abandonner ?

– Yann, pourquoi ne viendrais-tu pas au village comme tu l'as fait ? Je te promets que tu serais très bien reçu chez nous.

Yann baissa les yeux. Son passage dans le village avait étonné Loïc et il s'attendait à ce qu'il lui en parle… mais Loïc n'avait posé aucune question. Il en déduisait cependant que, puisque Yann avait fait ce trajet l'autre soir, il pourrait le renouveler.

– Non, balbutia Yann, mon père n'accepterait jamais. Il ignore que je suis sorti du royaume sans lui. Il était absent. C'est une lubie qui m'a pris brusquement, un coup de tête, quelque chose de spécial… j'ai eu tort. Je ne dois pas recommencer.

Loïc se taisait paraissant réfléchir. Alors Yann le regarda dans les yeux et, d'un trait :

– Veux-tu que nous concluions un pacte ? dit-il.

– Un pacte ?

– Oui, un pacte d'amis, un pacte d'alliance…

– Mais on fait alliance pour quelque chose, ou contre quelqu'un.

– Je veux dire une promesse d'entente, d'entente vraie… une assurance que chacun peut absolument compter sur l'autre.

– Ah ! dit Loïc, comme dans l'histoire sainte, quand Dieu fait alliance avec Abraham ?

– Je ne sais pas… sans doute.

– Donc ce serait très sérieux ?

– Tout à fait, s'exclama Yann. Si, un jour, tu te trouves dans le besoin… oui, que tu cherches de l'aide, pas pour une chose ordinaire mais dans un cas un peu exceptionnel, beaucoup de gens, autour de toi, te diront de bonnes paroles mais ne s'en soucieront peut-être pas beaucoup, ou, s'ils interviennent, ce ne sera pas pour longtemps, mais toi, à cause du pacte, tu seras certain que quelqu'un fait tout ce qu'il peut pour te secourir, et alors, dans un tel cas, oui, je repartirai au village si c'était nécessaire… Suppose maintenant le contraire, qu'il me faille un soutien, à moi, dans des moments difficiles, par exemple par un conseil, un avis… ou pour des choses graves, comme de partager un secret, je me rassure… ça va, je suis tranquille, il y a Loïc… tu comprends ?

Anxieux, Yann regardait Loïc. Sa réponse était tellement importante ! Car, s'il acceptait, c'était décidé, il le mettrait au courant tout de suite des faits bizarres survenus depuis plusieurs semaines et qui l'inquiétaient, sinon Loïc ne serait plus le vrai ami qu'il avait cru découvrir et dont il rêvait.

Mais Loïc ne répondait pas.

– Alors ? hasarda Yann.

– Eh bien ! dit enfin Loïc, te doutes-tu de l'idée que j'ai eue la fois où tu m'as annoncé que tu ne savais pas lire ni écrire, et aussi que tu étais catholique ?

– Non, rétorqua Yann ahuri, mais…

– J'ai pensé que je pourrai te montrer comment t'y prendre, et pour cela nous nous servirons du catéchisme…

– De quoi ?

– Du catéchisme, un livre sur Dieu.

Yann restait immobile, dérouté. Pourquoi Loïc esquivait-il l'invitation à conclure un pacte ? S'était-il bien expliqué ? Cependant pour lui enseigner la lecture et l'écriture il devrait revenir souvent. C'était donc une bonne chose…

– Il est facile d'écrire sur le sable, d'effacer et de corriger, comme sur une feuille de papier. Tu apprendras très vite… mais si tu ne veux pas…

– Je veux bien.

– Tu n'as pas l'air de t'en réjouir ?

– Si, si, mais je ne m'attendais pas à cela, pas du tout… Et le pacte ? tu n'as pas répondu.

– Oh ! je suis d'accord.

Yann était déçu. Loïc acquiesçait, sans enthousiasme. Il se rasséréna en pensant qu'au fond sa proposition de pacte et l'offre de Loïc s'accordaient assez bien.

XVIII

DÈS LORS ILS SE RETROUVÈRENT fréquemment à la plage du lapin. Loïc arrivait escorté de Punch et il expliquait. Yann s'appliquait. Ces leçons étaient de merveilleux moments entrecoupés de beaucoup de jeux. Yann s'étonnait qu'il eut pu vivre si longtemps, seul au royaume, alors que maintenant une journée d'absence de

Loïc lui pesait, longue et terne. Il réussit rapidement à déchiffrer des phrases simples et Loïc apporta un grand livre de catéchisme : “Il faut que tu connaisses puisque tu es catholique.” Quand il ne savait que répondre à une question de Yann Loïc disait : “Parfois un prêtre visite le village. Quand il reviendra je lui poserai ta question, mais il serait mieux que tu le rencontres toi-même. Ton père sera certainement d'accord pour cela...” Yann se taisait. Il ne voulait pas détromper Loïc, mais il n'imaginait pas comment cela serait possible.

Plusieurs fois durant cette longue période Yann décida de se délivrer de son secret en racontant à Loïc l'histoire du mulot, la conversation surprise entre son père et l'étranger, la nouvelle visite de celui-ci le jour où il travaillait au potager... toutes choses qui le préoccupaient, mais il tergiversait. Au moment de parler, sans qu'il sache pourquoi, les mots se bloquaient sur ses lèvres et, Loïc parti, il se reprochait son silence.

Et arrivèrent les jours plus longs et les courtes nuits laiteuses.

XIX

CE MATIN-LÀ SON PÈRE lui avait dit : “Yann, demain, aux premières heures, je pars encore pour trois jours, c'est nécessaire, mais je compte sur toi. N'est-ce pas ? “Oui”, avait-il assuré, et son père, cette fois, l'avait caressé affectueusement. L'après-midi, Loïc était venu à la plage du lapin. Selon leur habitude ils avaient joué et pris du temps pour la lecture. Loïc avait aussi expliqué que ses vacances commençaient, que Olaf était parti pour quelques jours chez des amis, qu'il serait donc plus tranquille pour mener ses escapades jusqu'ici… et puis il avait sauté en l'air : "Yann, une idée : puisque tu es seul et que je ne suis pas gêné par Olaf, je reviens demain, à cette heure, et je reste. Il fait beau, il fait chaud, nous dormirons sur le sable, sous les étoiles." Il avait ensuite souligné cette bonne idée par des cabrioles à sa manière.

Cela, c'était hier . Maintenant Yann guettait Loïc. Il se présenta comme prévu.

– Yann, si tu savais comme je me sens heureux. Je ne suis tout à fait à l'aise que dans la nature, délivré des quatre murs de la maison… et encore plus avec toi. Ne crois-tu pas que je suis fait pour bouger sur cette terre, devenir explorateur peut-être, au lieu d'être un fils de marin qu'on s'obstine à envoyer à l'école ?

– Ou bien pour oser enseigner la lecture et l'écriture…

– Oh ! avec toi seulement, et en plein air, et pas pour toujours !

Ils firent un tour auprès des ruines et coupèrent des bâtons qui soutiendraient, en forme de tente, une toile apportée par Loïc. Yann cependant évita de s'approcher de l'appentis :

– Vois Loïc, il ne demeure que des pierres enfouies sous les taillis. J'aurais aimé connaître la construction d'autrefois. Regarde ces énormes blocs alignés à ras de terre.

– Les anciennes fondations ?

– Et nous n'en voyons qu'une partie !

Punch allait et venait, le museau balayant le sol. Il débusqua un mulot, puis tenta de happer des mouches bourdonnantes. Loïc remarqua un terrier de lapin. La terre alentour était encore fraîche. Il chercha Punch.

– Punch ! cria-t-il.

L'écho de sa voix rebondit plusieurs fois.

– Ecoute comme le son revient clair, à cause du soir peut-être !

Il appela de nouveau Punch en forçant sa voix, mais Yann l'arrêta :

– Je n'aime pas trop cela .

– Mais il n'y a personne.

– Sans doute, pourtant j'ai peur d'entendre des cris dans ces endroits du royaume.

Punch resurgissait du milieu des herbes. Il se secoua violemment diffusant autour de lui un nuage de poussière.

Qu'as-tu fait encore, gronda Loïc, tu as couru après un mulot !

Yann songea au creux où s'était tapi, un autre soir, un autre mulot, non loin de là. Il repoussa ce souvenir.

En plus de la toile Loïc avait prévu des provisions enfouies dans son sac :

– Pour nous deux tout à l'heure, nous prendrons un repas au bord de l'eau.

Yann acquiesça, mais son esprit était ailleurs. Enfin il se décida :

– Loïc, auparavant, je t'emmène à la maison. Je tiens à offrir quelque chose à mon invité.

– Tu as deviné, j'avais très envie de connaître la hutte de Robinson.

Il disait cela plaisamment, plus gai que jamais.

Rien d'extraordinaire à découvrir pourtant, mais Loïc s'extasia devant tout : la grande cheminée, les statuettes sculptées rassemblées sur la garniture au-dessus de l'âtre, la chambre de Yann décorée de guirlandes de coquillages et de cadeaux rapportés par son père au retour de voyages…

Yann choisit un pot de miel dans le buffet et des friandises, puis il voulut montrer à Loïc le potager. Ses yeux se portèrent sur des coquelicots rouge flamboyant qui paraissaient lui faire des signes d'amitié, pourtant il n'en souffla mot.

– Descendons maintenant, dit-il.

Punch furetait sur le côté. Soudain il aboya furieusement comme terrorisé. Loïc s'esclaffa mais Yann remarqua :

– C'est qu'en quittant le sentier on aboutit tout près à un à pic de la falaise.

Ils arrivèrent à la plage.

– Voilà la place que je retiens, dit Yann, le sable est chaud et sec, et la marée ne monte pas jusque-là. Rien ne nous dérangera.

Ils confectionnèrent un abri avec la toile ajustée sur les bâtons croisés, puis déballèrent les sacs et, assis sur le sable, entamèrent les provisions. En même temps Loïc racontait des histoires. Yann, lui, parlait peu. Il écoutait et goûtait la simplicité de cette soirée si nouvelle. Le temps était comme suspendu, néanmoins les cris de plus en plus espacés des mouettes indiquaient l'approche de l'ombre.

Quand ils eurent fini et se relevèrent Yann assura qu'il ne se rappelait pas avoir jamais partagé, même avec son père autour d'une table de fête, un repas aussi bon et heureux. "Celui-là, c'est autre chose."

Alors Loïc sortit d'une poche un rouleau de papier ficelé par un ruban :

– Pour toi, fit-il, une surprise du maître en l'honneur des progrès de son élève.

Yann s'apprêtait à dénouer le ruban. Loïc l'arrêta :

– Ne serait-ce pas mieux d'attendre demain, il ne fait plus très clair

– Mais non, tout de suite.

– Tu n'es pas plus patient que Charlotte, repartit Loïc gentiment railleur.

– Qu'est-ce que c'est ?

– Eh bien, regarde ! Aurais-tu oublié qu'un jour tu m'as proposé un pacte ?

Certes, il n'avait pas oublié. Il déroula le papier et découvrit le dessin naïf de deux mains qui se serraient sous le mot "toujours" écrit en grosses lettres.

Comme tout était merveilleux ! Quand il avait avancé l'idée d'un pacte, Loïc lui avait à peine répondu semblant n'y accorder guère d'attention. Il s'était trompé. Maintenant il comprenait l'importance qu'au contraire son ami y attachait. Alors il n'avait pas donné son accord par quelque belle phrase, mais à sa manière, en lui offrant de l'initier à la lecture. Ce dessin ratifiait le pacte. Il le garderait précieusement comme une illumination de leur alliance à la vie et à la mort. Il leva les yeux vers Loïc :

– Tu es un vrai ami !

– Yann, scellons le pacte par le sang, comme les chevaliers d'autrefois.

Il se baissa, ramassa un coquillage ébréché et s'écorcha la paume de la main :

– A toi !

Yann s'exécuta. Ils joignirent leurs mains en riant puis coururent vers l'eau. La mer était basse, se balançant à peine. Sous leurs pieds nus des centaines d'étincelles giclèrent de tous côtés.

– Loïc, elle est phosphorescente !

Ils tapèrent de plus belle l'eau pour faire jaillir ces lueurs fugitives.

– Quelle chance, c'est rare !

– Mais ce soir, Yann, elle nous offre ce feu d'artifice sûrement en l'honneur du pacte !

Leurs silhouettes se détachaient, sautillantes sur l'arrière-fond de l'océan déroulé comme un tapis sans fin. Ils s'arrêtèrent, contemplèrent l'onde immense dont la rencontre avec le ciel était à peine esquissée par un rai clair. Yann posa le bras sur l'épaule de Loïc :

– Ce soir je sais que je pourrais aller jusqu'au bout du monde avec toi !

Longtemps encore ils demeurèrent sans rien dire d'autre, les yeux fixés sur l'horizon. Punch aboya.

– Il est temps de se reposer, dit Loïc.

A l'endroit choisi ils déplièrent des couvertures.

– Bonsoir ! dit Yann à mi-voix.

Après cette veillée, il devait parler à Loïc. Le moment était arrivé. Il le ferait donc, mais sous la tente improvisée, dans la pénombre complice.

– Bonsoir ! dit à son tour Loïc qui, pourtant demeurait debout immobile. Il se tourna vers Yann :

– Chaque soir, avant le coucher, je pense à Dieu, à son fils Jésus, à sa mère. Pour que tu apprennes à lire j'ai apporté un livre qui parle de Dieu, le catéchisme.

Cependant cela ne servirait à rien de connaître tout ce qui y est écrit si ensuite on laisse Dieu de côté, comme quelqu'un qui ne compterait pas… tu comprends !

– Oui, fit Yann.

– Sinon, nous sommes des païens, dit maman.

Avec Loïc, Yann avait découvert toutes sortes de choses dans le livre. Beaucoup étaient compliquées et Loïc avouait qu'il ne pouvait pas tout expliquer, mais que ce n'était pas grave pour l'instant. Yann se demanda si son père était un païen. Il ne saisissait pas ce que cela signifiait, tout en pressentant qu'il n'était pas souhaitable de l'être.

Loïc continuait :

– Ce soir nous allons parler ensemble à Dieu, tu répèteras après moi.

Lentement il prononça le *Notre Père,* puis des mots à Marie, mère de Dieu, et Yann les redisait. Loïc lui prit la main et conclut : "Dieu, aide Yann et moi à rester fidèles au pacte, comme les grosses vagues blanches, comme le soleil et la lune, comme beaucoup d'autres belles choses que tu as faites."

Il regarda Yann :

– Je ne sais pas si c'est bien dit, mais je sais que les vagues renaissent fidèlement et le soleil et la lune aussi. Je demande que ce soit pareil pour nous.

XX

QUAND ILS FURENT ALLONGÉS YANN ouvrit la bouche et d'une voix tremblante, détachant les syllabes, il parla :

– Loïc, je dois t'avouer deux choses avant que nous nous endormions, deux choses difficiles que depuis longtemps je voulais te dire. Je ne suis pas sûr non plus de choisir les meilleurs mots.

– Cela ne fait rien, rassura Loïc.

– Alors, écoute : souvent, surtout depuis que je te connais, j'éprouve des idées bizarres… que je suis un peu à part, différent des autres, de mon père, et de toi peut-être. Evidemment, nous sommes tous différents, toi et moi nous n'avons pas la même façon de vivre, et même on m'a traité de sauvage parce que, avant notre rencontre, je ne connaissais personne… mais ce n'est pas cela que je veux dire. Je pense à ce qui me survient, à l'intérieur, lorsque subitement – mais parfois aussi petit à petit – j'ai l'impression de m'agrandir indéfiniment comme une bulle qui gonfle, qui gonfle… pas ma taille, mais au-dedans. Alors ce que je sens, et même ce que je vois, m'envahit d'une manière toute nouvelle et remplit mon cœur tellement que je me demande si je ne vais pas éclater… il me semble que je deviens quelqu'un d'autre et pourtant c'est bien moi.

– Comme ce soir, Yann ?

– Peut-être un peu comme ce soir. Ce sont des moments où des choses ordinaires me saisissent avec force, très belles, beaucoup plus belles que d'habitude, du moins c'est ainsi que je les reçois, comme si je ne les avais encore jamais regardées pour de vrai, ou même connues. Tiens ! le lointain de la mer tout à l'heure et, certaines fois, les grandes étendues de sable, les sapins pointus, les mouettes qui planent, les coquillages… Ce monde entre en moi, se confond presque avec moi, je voudrais le retenir, car il est devenu soudain merveilleux. Alors, je suis presque sûr qu'il se montre pour moi seul de la sorte, que personne d'autre ne l'a jamais admiré aussi pleinement que moi… et puis cela ne dure pas, même si j'essaye de garder ce que j'éprouve… Loïc, je ne trouve pas comment expliquer mieux, car c'est encore autre chose et plus que cela… Comprends-tu ?

Loïc ne répondit pas mais Yann savait qu'il écoutait.

– Parfois le bleu de la mer bleue, ou la caresse du vent, ou la gentillesse d'une fleur minuscule, ou d'autres rencontres semblables sont si forts en moi que j'ai envie de crier, avec en même temps le regret de ne pouvoir arrêter ces instants pour toujours… Quand j'étais petit j'aimais me promener près des ruines qui me faisaient rêver, ou bien ne plus bouger au haut de la falaise, en écoutant les bruits qui montaient de partout. J'aimais m'asseoir en face de l'océan et ouvrir tout grands les yeux, mais je ne voyais pas encore vraiment, je n'étais pas avec ce qui m'entourait de la manière dont je parle… sauf une fois, je me rappelle, il y a très longtemps : un pasteur du village était venu rendre visite à mon père. Juste avant qu'il arrive, un oiseau s'était posé près de nous, sur une branche garnie de touffes blanches. Il était doré et il chantait. Loïc, tu ne peux imaginer comme il chantait !

Moi, j'étais davantage moi que jamais auparavant ou, peut-être qu'au contraire, j'étais devenu un autre… Je ne sais pas. Il n'y avait plus que lui et moi !

Yann fit silence quelques secondes, puis ajouta de la même voix posée :

– Tout à l'heure, tandis que tu parlais à Dieu j'ai eu la certitude que Dieu habite le royaume, comme mon père me l'a affirmé une fois. J'ai compris que tu avais raison de lui dire ces phrases que tu connais ou que tu as inventées. Lorsque le monde m'éblouit d'un coup comme un éclair, peut-être est-ce lui qui se présente un instant… ne crois-tu pas ?

– Je ne peux dire, reconnut Loïc, mais pourquoi pas ? Je me pose des questions un peu pareilles moi aussi quelquefois, par exemple quand je fais le pantin et que rien ne pourrait m'en empêcher, parce que, à ce moment-là, je vis une vie cent fois plus puissante que d'habitude, ou quand je suis seul et que je pousse de grands hurlements et bouscule tout ce que je rencontre, non que je sois fâché, mais je ne me reconnais pas et, je ne sais pourquoi, c'est un besoin auquel je réponds ainsi, et cela me rend heureux, d'un coup, sur le moment… mais, d'autres fois, et également sans raisons, c'est le contraire, j'ai envie d'envoyer tout promener… je ne saurais expliquer… Et puis souvent cela s'estompe brusquement, c'est fini… A ces moments-là je pense au ciel où n'existera plus, et sans limites, que les temps où je saute en l'air et me sens capable de tout… oui, comme maintenant, car, sais-tu Yann, ce que tu as dit, je suis très content que tu me l'aies dit…

Et prenant un ton enjoué Loïc constata :

– C'est drôle que nous parlions ainsi.

Mais Yann avait autre chose à dire encore. Il se rappelait les broussailles qu'il écartait quelques semaines plus tôt, et qui laissaient apparaître, au fond d'un trou, un vague dessin de trèfle peint en bleu. Il entendait aussi les mots surpris qu'échangeaient son père et l'inconnu. Il devait sans attendre devancer le silence nocturne de la plage, prêt à tout envelopper jusqu'au matin. C'était tout de suite qu'il fallait découvrir à Loïc ce qu'il s'était promis de lui dire :

– Non, fit-il, elle est n'est pas étonnante notre conversation, parce que nous sommes amis et unis par le pacte. Aussi Loïc, écoute-moi, ce n'est pas fini : ici tu es chez moi, dans mon royaume, le nôtre maintenant, mais comme j'aimerais me rendre dans le tien qui deviendrait aussi le mien, et connaître ta maison, et Charlotte et Olaf, et ta mère et ton père ! Hélas ce n'est pas possible !

– Pas possible ! L'autre soir pourtant tu circulais dans le village ?

– Oui, mais sans que mon père le sache, sans que personne le sache, sauf toi désormais. J'avais suivi quelqu'un en me cachant...

– J'ai été très surpris de presque me cogner contre toi.

– Bien sûr. Loïc, pourtant tu ne m'as pas demandé pourquoi je me trouvais là et, moi, j'avais peur d'en reparler, mais ce soir il n'y a plus de secrets. Eh bien ! j'épiais un bonhomme qui s'était introduit chez nous, là-haut, l'après-midi, en l'absence de mon père. Je bêchais dans le potager. Il s'est figuré qu'il était seul et est entré dans la maison. Cela m'a mis en colère. Quand il est reparti j'ai décidé de le suivre de loin et cela m'a entraîné au village, jusqu'à une demeure apparemment désertée, et là...

Yann s'interrompit. Dans la pénombre de leur abri il se tourna vers Loïc :

– Mais avant que je te dise la suite, il faut, pour que tu comprennes, t'apprendre d'abord d'autres choses plus anciennes qui me tourmentent. Rappelle-toi, un des premiers jours où nous nous sommes vus, tu m'as comparé à Robinson. Je ne savais plus très bien qui était Robinson, mais j'ai compris que c'était quelqu'un qui avait vécu une aventure à part, dans un monde isolé. Autrefois le pasteur avait reproché à mon père de me laisser pousser tel un sauvage, comme il disait. Je n'y avais jamais réfléchi. Depuis toujours j'étais seul avec mon père, comme avec un ami… oh ! pas de la même façon qu'avec toi. Nous étions heureux, et j'ai détesté ce pasteur qui avait osé nous déranger. Mais désormais tout a changé. Je me rends compte, qu'en effet mon existence est si différente de celle des autres, de la tienne. Je m'en suis d'abord aperçu, subitement, une fin d'après-midi que je remontais de la plage. Mon père bavardait avec un étranger, ce même bonhomme que j'ai suivi l'autre jour. Tous deux se tenaient sur le pas de la porte sans se douter que j'étais à côté, masqué par une haie. J'ai écouté malgré moi. Ils échangeaient des phrases bizarres et j'en ai entendu deux ou trois où il s'agissait de moi.

– Que signifiaient-elles ? demanda Loïc.

– Je ne sais pas au juste, mais il était évident que mon père tenait un secret à mon propos. Mon cœur s'est déchiré. Tout se brouillait. Je me sentais totalement écarté. Quatre ou cinq jours plus tard Punch a débouché comme un fou, et nous nous sommes battus à cause du lapin… et puis tu m'as proposé de revenir. Comme j'étais content, sais-tu ! C'est peu après que j'ai dessiné sur le sable un trèfle et que j'ai plaisanté en supposant une terre où toutes les couleurs des objets habituels changeraient, où, par exemple, le trèfle que nous voyons vert se transformerait en une plante bleue, comme toi tu as dit alors.

– Je me souviens, fit Loïc.

– En réalité, quand j'imaginais cela, j'y attachais une très grosse importance. Je désirais savoir si tu avais déjà entendu parler de trèfle bleu…

Alors, dans la semi-obscurité, Yann narra à Loïc l'incident du mulot réfugié au creux d'un rocher marqué d'un trèfle bleuté. Il lui répéta le dialogue de son père et de l'étranger, il lui avoua sa gêne d'être de plus en plus fréquemment seul quelques jours à la maison, non qu'il eut peur, mais sans en savoir la raison. Il lui détailla la fin de la poursuite qui l'avait conduit au village et à la maison mystérieuse, et surtout le grand choc d'avoir reconnu son père parmi ceux qui s'y donnaient rendez-vous.

– Mon père et moi, conclut-il, sommes timides et trop silencieux entre nous, mais je réponds de son affection. Tout était simple et bon autrefois. Que se passe-t-il maintenant ? Loïc, tu ne dis rien !

Loïc se redressa légèrement et s'accouda sur le sable :

– Mon père à moi affirme que tout devient possible pour quelqu'un qui se donne un but. Nous en avons un maintenant. Notre rencontre a été étonnante : le jour de la bataille je me promenais sur la lande en curieux, parce que, d'après des racontars de vieilles femmes de chez moi, elle serait un endroit hanté. Cela m'intriguait. Eh bien, crois-moi, si nous avons lutté et si cela s'est terminé comme tu sais, ce ne fut pas par hasard puisque tu es un ami meilleur que tous ceux que j'aurais pu souhaiter.

Maman prétend que le hasard n'existe pas du moment que Dieu veille sur tout. Là, je suis d'accord avec elle. Yann, c'est bien que tu m'aies confié tout cela. Oui, nous avons un but. Ensemble nous déchiffrerons ce que cache cette histoire de trèfle qui a la couleur du ciel ou de la mer.

– Merci, dit Yann, merci.

– Et ce sera l'œuvre du pacte.

Etendu, Yann gardait cette parole, mais soudain il se rappela :

J'avais oublié ! Loïc, le lapin n'était pas encore du tout savant.

Cette fois ils s'endormirent. Vigie fidèle, la lune amorçait au-dessus d'eux sa ronde de nuit.

XXI

LA BARQUE GÎTAIT SUR LE SABLE depuis plusieurs semaines. Son père l'avait délaissée pour d'autres travaux.

Mais à son retour, le lendemain vers midi il déclara :

– Finissons-en. Que ce soir elle soit en état de naviguer et remise à l'eau. Nous en aurons besoin très prochainement.

Ils s'employèrent donc après le repas à des dernières réparations. En fin d'après-midi son père estima qu'elle était maintenant prête à affronter les flots. A l'aide de cordes ils la tirèrent à la rencontre de la marée montante.

Quand elle se balança, fière et légère comme un bouchon, son père essaya la manœuvre des rames et vérifia le bon fonctionnement du gouvernail et l'équilibrage du mât. Il y apporta un soin étonnant et en oublia de vanter, selon son habitude, la belle allure du petit navire.

L'étrangeté de cette attitude n'échappa pas à Yann. A la table du soir, bien qu'il voulût interroger, il ne trouva rien à dire. L'atmosphère était pesante… Or, le repas achevé, son père s'approcha de lui et, avec un geste inattendu de tendresse, posa la main sur son épaule en murmurant :

– Allons, Yann, faisons un tour.

D'emblée il se sentit revenu à la douceur de plusieurs années en arrière, car de la même manière autrefois, par de beaux soirs d'été, il arrivait que son père l'invitât à se promener.

– Faisons le tour du royaume, répéta son père.

Ils partirent par le chemin qui menait au village, celui où il s'était étourdi de liberté un mois auparavant. Puis ils obliquèrent sur la gauche, par des sentiers à l'ombre des sapins. Leurs pas s'enfonçaient sans bruit dans la mousse, lentement, comme pour ne rien perdre de l'amitié de la nature. Au sommet d'une butte une trouée dans le rideau des arbres découvrit une colline à l'horizon, nimbée de lumière rose, superbe, telle le soir de son escapade. Son père ralentit encore, demeura immobile. Il contemplait… Yann, serré contre lui, goûtait ce temps d'arrêt, profondément. Son père était donc sensible à l'inexprimable bienveillance de ce qui est beau… Et la marche reprit vers d'autres sous-bois et d'autres clairières. Ainsi quand il était petit !

Leur parcours décrivait un large arc de cercle dont la maison était le centre. Ils longèrent la crête de la falaise avant de descendre vers la mer.

De temps à autre ils se donnaient la main, comme autrefois ! Ils ne se disaient rien, mais ensemble ils vivaient un silence meilleur que toute parole échangée.

Ils arpentèrent le rivage et atteignirent la plage du lapin. Son cœur battait plus fort. Son père, pourtant, ne pouvait savoir qu'en cet endroit quatre ou cinq minutes de lutte avaient changé sa vie… puis ils arrivèrent à la vaste crique. Depuis qu'ils foulaient le sable son père gardait les yeux tournés vers la mer et le disque solaire qui n'en finissait pas de plonger. Il s'arrêta longuement à le regarder s'effacer derrière la ligne d'horizon. Puis il se retourna et parut scruter la paroi de la falaise et, tout proche, le sentier zigzaguant qui ramenait à la maison. Yann se raidit, cherchant une contenance pour dissimuler son émotion. Il se força à ramasser un coquillage, mais en se redressant il ne put s'empêcher de jeter les yeux vers son père. Le temps d'une seconde leurs regards se croisèrent. Yann crut voir ses lèvres remuer. Son père se douterait-il qu'il avait dégagé là-bas, deux ou trois mois plus tôt, une sorte de trèfle peint en bleu sur un fond de roche ? Allait-il rompre le silence, parler peut-être du trèfle ? mais non, c'était impossible… D'où l'aurait-il appris ?

Ils continuèrent la lente promenade et dépassèrent leur barque qui jouait avec les vagues à quelques encablures. Enfin ils remontèrent à la maison.

Alors le sens de cette tournée se dévoila à Yann brutalement, car, sur le pas de la porte, son père le fixa droit dans les yeux et lui dit :

– Yann, demain matin, de bonne heure, nous quittons le royaume pour longtemps, très longtemps sans doute. Tu n'es plus un petit. Prépare tes affaires.

XXII

Assis sur un tas de cordes près du bastingage arrière, Yann regardait distraitement l'eau verdâtre onduler sous le soleil et l'écume des vagues naître et s'effacer sans relâche. Les mouettes qui planaient au-dessus du navire, avec leurs cris rauques, lui parlaient du royaume… un royaume qui s'éloignait, un royaume fini. Il s'y représentait Loïc, inquiet, le cherchant en vain. Leur amitié n'avait que quelques mois. Elle s'était scellée magnifiquement trois jours plus tôt. Et quel souvenir que l'immensité de la nuit qui avait abrité la conversation de leurs âmes ! Soudain leurs routes s'écartaient et comment compter sur le pacte pour franchir le fossé de cette séparation, puisque Loïc n'aurait rien qui lui indiquât où se terminerait le voyage ? Lui-même il l'ignorait. Hier soir il avait interrogé son père en tremblant : "Pourquoi partons-nous ?". "Yann, avait-il répondu tristement, comme beaucoup d'autres personnes, je ne fais pas toujours ce que je voudrais. Le moment est arrivé que tu apprennes cela aussi pour toi… Oui, Yann, j'ai actuellement des affaires très difficiles à régler et je devrai m'absenter beaucoup plus souvent. Tu ne peux rester seul au royaume des semaines et des semaines et puis tu grandis. Quand on devient un homme il faut se préoccuper de l'avenir". Son père n'avait pas expliqué davantage, mais il le serrait dans ses bras. "Alors je ne serai plus avec toi ?" avait-il demandé. Il l'avait serré plus fort et embrassé, et en le regardant droit dans les yeux, avait dit sans plus : "J'ai confiance que tu sauras te débrouiller."

Dans sa chambre il s'était étendu sur son lit. L'annonce du départ était si imprévue, si douloureuse ! Il ne reverrait plus Loïc ! Il avait pleuré. Puis l'idée lui était venue évidente : fuir dans la nuit vers le village, attendre le jour, rejoindre Loïc dont il découvrirait la demeure… seulement il fallait patienter tant que son père ne serait pas sûrement endormi. Cela l'avait apaisé. Or il n'avait pas résisté au sommeil. Au matin, quand son père l'avait réveillé, son projet n'était plus qu'un souvenir. Cette fois il n'avait pas versé de larmes, mais en rassemblant quelques effets il s'était juré de s'échapper, dès que ce serait possible, du lieu où il serait conduit… Peut-être était-ce cela d'ailleurs que son père entendait lui suggérer quand il avait dit : "Tu sauras te débrouiller." Et puis le pacte lui en faisait un devoir.

Au lever du jour ils avaient quitté la maison et gagné le bateau. Une mince vapeur baignait le royaume en en effaçant tous les détails, comme s'il devait déjà commencer à l'oublier. Ils avaient embarqué. Son père avait pris les rames et mis le cap vers la haute mer en lui indiquant comment orienter le gouvernail. Il n'avait prononcé aucune autre parole depuis leur lever. Avec le soleil montant la brume s'était dissipée, et la forme d'un navire de bonne taille s'était profilée à l'horizon. Son père l'avait désigné comme direction à prendre. Leur barque avait accosté le bateau et deux matelots l'y avaient amarrée, puis ils les avaient aidés à atteindre le pont par une échelle de corde. Un équipage de quatre ou cinq autres marins les y avaient accueillis. Aussitôt le capitaine avait entraîné à part son père à l'intérieur du navire…

XXIII

YANN FUT DISTRAIT DE SES PENSÉES par un bruit de voix. Son père remontait de la cale avec le capitaine et un autre marin, apparemment le second. L'apercevant, son père se dirigea vers lui, mais le capitaine le retint et l'emmena un peu plus loin avec le second. Ils commencèrent une discussion à voix très basse. Yann voyait le visage de son père trahir une sorte d'inquiétude grandissante. Peu à peu il inclinait davantage la tête et intervenait de moins en moins par gestes ou de la voix, comme quelqu'un qui se rend. Pourtant après un long temps de silence son père se redressa brusquement, le regarda et essaya une fois encore d'aller à lui, mais les deux hommes le saisirent par le bras et le poussèrent à l'autre bout du pont. Il avait donc voulu lui parler et ils s'y étaient opposés. Oh ! pourquoi son père n'avait-il rien dit, quand, hier soir ils étaient seuls, et aussi ce matin, dans leur barque ? Sans doute venait-il à l'instant d'apprendre du nouveau qui le poussait à changer d'attitude. Son allure d'ailleurs témoignait, qu'il était un homme différent de celui du royaume.

Yann ressentit une pitié impuissante en même temps que l'amer regret de n'avoir pas été plus courageux, plus audacieux. Il regretta de n'avoir pas pris plus tôt les devants, en lui dévoilant les mots qu'il avait surpris à propos d'un "trèfle bleu", et qui l'inquiétaient. Au contraire il s'était enfermé dans le silence, meurtri d'être ignoré et de ne pouvoir s'expliquer des agissements qui croyait-il, le mettaient à part. Or, en traitant ses affaires de son côté, son père avait probablement désiré ne pas troubler la vie tranquille qui avait toujours été la leur au royaume. Yann s'en persuada et se reprocha d'avoir mal jugé ce pauvre homme, maintenant désemparé là-bas. Ah ! s'il avait eu la force de dépasser le mur qu'il avait laissé s'élever entre eux deux, son père aurait compris qu'il n'était plus le même petit garçon de jadis s'ébattant insouciant, hors du monde, comme un sauvage.

Yann se leva, s'étira, marcha quelques pas comme pour se dégourdir les jambes. Son père était seul, c'était le moment de le rejoindre. Il ne s'écoula pas trois secondes qu'un matelot survint avec seau et brosse et s'employa à lessiver le plancher :

– Personne ne peut aller par là, fit-il, j'ai mon travail à faire.

En fait ce travail fut bref. De nouveau Yann amorça une promenade vers la proue, de nouveau un autre s'interposa prétextant des manœuvres de voile. Deux fois encore il tenta de se rapprocher de son père. Visiblement les hommes du bateau avaient reçu des consignes pour l'en empêcher.

Il se rassit et laissa errer son regard sur la mer et les franges de soleil qui s'accrochaient à la cime de chaque vague. Le roulis endormeur balançait sa tristesse. Ses yeux se fermèrent. Il glissa dans le sommeil.

Quand il rouvrit les yeux un matelot adossé au bastingage le considérait :

– Alors, mousse, comme ça on dort !

Yann ne répondit pas. Cet homme n'avait-il donc rien d'autre à dire. D'ailleurs il se mit à arpenter le pont tout en demeurant à proximité. Assez vite il s'arrêta et revint près de lui. Bien que peu âgé il paraissait usé. Ses mains posées sur son pantalon bleu étaient calleuses, les joues étaient mal rasées. Il mâchonnait une chique. Yann l'aurait souhaité à l'autre bout du monde... Loïc sera-t-il ainsi plus tard, matelot lui aussi sur un navire, quelque part en pleine mer, à attendre jour après jour, sale et sans vigueur, que le temps s'écoule ? Suffit-il de peu d'années pour que soit perdu ce qui semblait destiné à durer toujours ? car cet homme avait été jeune. Sans aucun doute il avait aimé la vie et avait parfois senti son cœur se remplir de désirs. Faut-il qu'avec le temps rien n'échappe à une fin, à l'image des vagues qui se soulèvent, attrapent un soleil tremblant, puis retombent sans qu'aucune ne puisse prolonger son élan lumineux ? Mais, au loin les vagues et ce marin ! Loïc sera toujours Loïc et pour le retrouver il se battra quoiqu'il arrive. Il serra les poings et respira profondément. Le matelot tourna la tête :

– A quoi réfléchis-tu moussaillon ?

Yann aurait pu lui poser la même question, mais il n'avait nulle envie de bavarder. Cependant le matelot insistait :

– Tu ne réfléchis à rien ?

Alors, comme s'il ne s'adressait à personne, sinon à lui-même, Yann parla à mi-voix :

– Cela arrive-t-il de se faire un ami qui restera toujours ami, même si, pendant très longtemps, on en est séparé ? Est-il possible ensuite de se retrouver unis comme avant ?

– Oh là, dit le marin en se grattant la tête, quelles drôles d'idées tu as ! As-tu peur ici ? nous sommes tous camarades, pas vrai ?

Il tapa sur l'épaule de Yann :

– Bien sûr, tous camarades !

Et, poursuivant d'une voix lente et grave :

– Le premier camarade que j'ai connu, c'était à Oslo. Tout le temps où je fus écolier nous avons joué ensemble autour du port. Nous étions inséparables. Il s'appelait Börn. Puis quand j'ai grandi j'ai choisi d'être mousse et j'ai navigué avec deux autres garçons de ton âge, sur le même bateau, pendant plusieurs années. Nous nous entendions bien... voyons ! Leurs noms à ceux-là ? Ma foi j'ai oublié.

– Il cracha sur le pont.

– Où est-il Börn aujourd'hui ? interrogea Yann.

– Est-ce que je sais ? Tout ça, ce n'était pas hier.

– Vous étiez amis ?

– Tout à fait. Il était débrouillard ce Börn ! et toujours de bonne humeur. Il vivait avec sa grand mère, pas du tout commode celle-là !

– Quand vous vous arrêtez à Oslo, vous ne cherchez pas à le revoir ?

Le matelot éclata d'un gros rire :

– Börn ! mais il y en a des quantités là-bas, et je ne le reconnaîtrais plus. Il s'allonge peut-être au fond de la mer, qui sait ? ou dans le ventre d'un requin, car il voulait être marin lui aussi.

– Est-ce que vous parliez ensemble souvent, pour vous seuls ? Est-ce que vous parliez de Dieu quelquefois ?

– Qu'est-ce que tu dis ! tu n'es pas fou !

– Parce qu'entre amis, on se parle forcément de ce qui est important.

– Je ne comprends pas ce que tu racontes.

L'homme se leva et s'adossa contre une bouée de sauvetage. Il sifflotait puis il se prit à chantonner : “Un joli bateau s'en est allé sur l'eau, mais son nom, le connaît-on ?”

Il se tourna vers Yann :

– Et toi, moussaillon, sais-tu comment se nomme le nôtre ?

– Non.

– Regarde.

Le matelot fit pivoter d'un demi tour la bouée. Trois mots que Yann déchiffra instantanément étaient peints en gros caractères sur l'anneau : *LE TREFLE BLEU*. Aussi soudainement, Yann se rappela qu'il ne savait pas lire, qu'il ne devait pas savoir lire… mais quelle stupéfaction !

Le matelot montrait toujours du doigt l'inscription, en attente d'une réponse. Il s'impatienta :

– Alors, cela te plaît ?

– Quoi ?

– Eh bien, le nom de notre bateau !

– Je ne suis jamais allé à l'école, fit-il avec un geste évasif. Qu'est-ce qui est écrit ?

– Oh ! je posais la question comme ça. D'ailleurs la phrase n'a pas de sens.

Il se rassit près de Yann et farfouilla dans sa poche. Il en tira un bout de craie :

– A l'école on se servait de cela. C'est pratique. Avec, on écrit n'importe quoi, n'importe où, même sur le plancher du pont.

Il se pencha et s'appliqua à tracer des lettres. Yann suivait des yeux les doigts malhabiles mais il comprenait : "Ton… père… est… un…"

Le matelot releva la tête laissant la phrase en suspens :

– Quel dommage que tu ne lises pas ! Ça sert dans la vie de lire. Ce que j'ai écrit là t'aurait intéressé, et j'aurais pu continuer.

– Ça m'est égal, fit Yann.

– Evidemment puisque tu ne comprends pas, reconnut-il avec un sourire moqueur.

C'est un piège, se rendait compte Yann, il cherche à vérifier que je ne mens pas, que je suis donc un illettré. Il garda une figure impassible, c'était nécessaire, mais il était écœuré. Quelques secondes auparavant il s'entretenait presque librement avec cet homme qui s'était montré plutôt sympathique, dans le seul but de se jouer de lui. Fermant les yeux il soupira :

– Laissez-moi tranquille, je suis fatigué.

Il se recroquevilla sur le banc. Une fois encore tout se brouillait en son esprit : ces trois mots sur la bouée ! Etait-ce vraiment le nom du bateau ? Pour quelle raison s'acharnait-il à contrôler qu'il ne savait pas lire ? Que signifiait la phrase incomplète ? Et aux ordres de qui obéissait-il ? Il était las. Il repoussa toutes ces questions.

Un peu plus tard le capitaine revint sur le pont et se dirigea vers Yann. Son père l'accompagnait mais dès qu'il aperçut les mots écrits sur le plancher sa figure pâlit. Il bondit :

– Qu'as-tu écrit là, fils du diable ! Que veux-tu insinuer ? s'exclama-t-il en empoignant le matelot.

– Qu'importe ! le fiston, il n'est pas capable de lire ! rétorqua l'autre en se débattant.

Le capitaine intervint :

– Arrêtez ! Si de fait le garçon n'y comprend rien, il n'y a pas lieu de s'emporter. Maintenant, toi, efface-moi ça.

Un marin apportait un panier avec un repas froid.

– Allons, il est temps de se restaurer, fit le capitaine. Il s'assit près de Yann. En même temps il désignait à son père un banc en face d'eux. Très détendu il plaisantait par quelques bons mots qui se perdaient sans succès. Il se tut. Yann n'avait pas d'appétit. Il songeait de nouveau à Loïc, retrouvait des moments merveilleux vécus avec lui dans le royaume et d'autres avec son père. Sa voix disait : "Viens Yann, partons faire un tour," et l'écho du souvenir le répétait avec tendresse. Son père cependant se tenait muet, mais à cet instant il lui sourit. Et Yann fut certain qu'il se remémorait, comme lui, ces promenades du passé. Il sentit une rage intense sourdre en lui. Ils étaient donc là tous les deux, maniés comme des pantins, contraints à se soumettre sans explications, aux mains de marins hostiles ! Alors d'un bond il se dressa et cria :

– Enfin, pourrais-je savoir où vous nous emmenez mon père et moi, pour quel motif, pour devenir quoi ?

La question avait jailli comme une délivrance. Le capitaine sursauta, mais réprima aussitôt sa surprise. Quant à son père il le considérait avec de grands yeux étonnés.

– Calme-toi, mon garçon, fit le capitaine, en affectant un air bonhomme, après tout, tu as raison, parlons-en, il n'y a pas de secret.

Il regarda tour à tour son père et les deux matelots, comme pour les prendre à témoin de sa bonne volonté, et, tout en bourrant sa pipe noircie, il débuta :

– Tu pousses encore comme une herbe folle. A ton âge tu ne peux indéfiniment imiter la mouette qui du matin au soir danse sur la plage et court par les rochers.

Il marqua une pause, visiblement satisfait de ces premiers mots. Après quoi il battit un briquet d'amadou et alluma sa pipe dont il tira plusieurs bouffées. Il reprit :

– Qui court, disais-je, et qui paresse. Cela manque de sérieux, aussi ton père s'en inquiète. Nous sommes de vieux amis. Comme lui, je suis d'avis que tu prennes un travail. J'ai la chance d'avoir de précieuses relations. J'ai contacté le chef des services du duc de Roalsforth, un des grands personnages du royaume…

Les deux matelots poussèrent un sifflement d'admiration, tandis que son père, les coudes appuyés sur les genoux, la tête entre les mains, demeurait immobile, comme absent.

– Le chef des services du duc – on l'appelle plutôt le majordome – est aussi un ami. Il m'a certifié qu'il accepterait volontiers de te compter parmi ses employés. Nous te conduisons chez lui. Voilà ! C'est clair désormais.

Crois-moi, une belle affaire ! Beaucoup envieraient ton sort.

Il tassa une pincée de tabac dans le culot de sa pipe et lorgna Yann, cherchant à mesurer le résultat de son discours. Mais Yann s'était détourné, fixant de toutes ses forces un lointain point imaginaire. La brise lui apportait en pleine figure la fumée mauve du tabac. Alors il toussota avec une mine de dégoût et se leva :

– Je vais respirer l'air pur de l'océan plus loin, et, d'une voix appuyée, il ajouta : et faire un tour.

C'était à l'adresse de son père. Il se sentait très fort, ne craignant vraiment rien, tant il éprouvait le besoin d'affirmer sa liberté vis à vis du capitaine. Il vit son père écarter les mains de son visage crispé, comme s'il avouait : “J'ai compris, mais c'est impossible.” Alors il gagna l'extrémité du pont…

Semblablement, un après-midi de printemps, plusieurs semaines auparavant, des larmes pressaient ses yeux. Ce jour-là, désespéré, il se battait avec un garçon de son âge… aujourd'hui, aussi démuni et impuissant, il serrait les dents et martelait la rampe de fer. Alors l'affrontement s'était merveilleusement terminé, aujourd'hui l'avenir paraissait irrémédiablement bouché.

Il tourna les yeux vers l'étrave du bateau qui projetait des paquets d'écume. Il aurait voulu être au ras de l'eau, éclaboussé par les embruns.

Puis son regard s'attacha aux ébats d'un oiseau de mer qui, depuis quelque temps accompagnait le navire et parfois plongeait avec un cri guttural en traversant la crête d'une vague.

Deuxième partie

Le Château de Roalsforth

I

UN CHÂTEAU PRESQUE AUSSI ANCIEN que les Vikings, bâti avec la pierre la plus résistante de la région, solidement posé sur une masse rocheuse qui plonge comme un monstre dans les eaux et s'avance en fer de lance vers la mer hargneuse... Un chemin de ronde qui, entre ciel et terre, relie cinq tours d'inégales hauteurs, des créneaux, des meurtrières. Sur les murs, encore des traces de frappes de boulets, encore des salissures d'huile bouillante déversée sur les attaquants d'autrefois. Du côté des terres, la lisière d'une forêt dentelée et légère telle une auréole de velours vert.

Depuis des siècles rien ne l'a ébranlé, toujours redoutable à quiconque a prétendu l'investir.

Combien de combats et d'assauts a-t-il affronté ! Combien d'envahisseurs a-t-il contenus qui allaient s'engager dans le fjord dont il monte la garde !

Ce soir c'est un château pacifique et fascinant. Eclairé par le soleil couchant il apparaît au loin, comme un splendide coquillage échoué là, qui sait comment. Il semble se proposer pour illustrer quelque conte ancien ou servir de cachette à une princesse de légende.

C'est le château de Roalsforth.

II

VERS LE SOIR LE NAVIRE AVAIT JETÉ l'ancre près de la côte. Aussitôt, avant même qu'il eut pu jeter un regard d'adieu à son père, deux matelots avaient contraint Yann à embarquer dans un canot qui abordait peu après une crique ensablée. Puis tous trois avaient remonté un chemin de terre pour aboutir à une vaste place au pied du château. Un pont-levis était baissé. Quelqu'un les avait probablement guettés car, lorsqu'ils se présentèrent devant la lourde porte en fer ornée d'arabesques, elle s'ouvrit instantanément. Un petit homme était là.

– Monsieur le majordome, annonça un des matelots, nous vous amenons le garçon que vous attendiez, Yann. Son père vous est reconnaissant de le prendre en charge. Voici une lettre qu'il nous a remise pour vous.

– Entrez donc vous rafraîchir.

– Merci, nous devons rejoindre au plus vite notre bateau.

La porte se referma.

Le majordome emmena Yann dans une salle basse et voûtée et lui servit du pain, du fromage, de la bière. Pendant qu'il y touchait à peine il s'entendit expliquer comment il s'emploierait à des travaux faciles, aider à la cuisine, laver des escaliers, seconder un valet et mille autres choses semblables, qui, “dans un château comme celui-ci, remplissent les journées du matin au soir, mais quand tu seras habitué – cela viendra vite – on te réservera des occupations plus importantes, signe de confiance..."

La mise du majordome indiquait un homme soigneux. Il compensait sa courte taille par un maintien rigide. Sans relâche ses yeux examinaient Yann de la tête aux pieds, tandis qu'il s'exprimait avec volubilité. Puis, tout en répétant les mêmes recommandations, il invita Yann à le suivre :

– Tu vois, nous montons deux étages. Regarde ces marches usées où tant de gens sont passés ! Maintenant nous tournons à droite dans ce vestibule et nous enfilons ce long couloir. Nous sommes dans la partie la plus récente du château, vieille cependant de plusieurs siècles... et voici ta chambre. La mienne est presque en face. Ce quartier est celui de tes compagnons d'office. Tu feras connaissance demain. Les appartements du duc et de sa famille se situent dans une autre aile du château, plus ancienne, au-delà de la grosse tour qu'on devine par la fenêtre de ta chambre. Bien entendu il ne s'agit pas d'y aller baguenauder. Je dois toujours savoir où te trouver. Je suis bon mais ferme. Je tiens à être obéi. S'il te manque quelque chose tu frappes chez moi.

Le majordome ouvrit la porte de la chambre et poursuivit :

– C'est simple mais suffisant, d'ailleurs tu n'y seras guère dans la journée, pour l'instant couche-toi vite. Tout le monde dort déjà dans le château. On te réveillera demain matin.

Le majordome le quitta. Depuis son arrivée Yann n'avait rien dit. S'il l'avait voulu il n'aurait pu placer le moindre mot, mais c'était bien ainsi.

De fait, la pièce était étroite et mansardée, le mobilier sommaire : un lit, une table de toilette, une autre table de bois blanc, une chaise, une armoire encastrée dans le mur. Il alla à la fenêtre. Elle s’ouvrait sur un toit en pente douce qui masquait vraisemblablement une cour intérieure car, plus loin devant, la vue était barrée par un imposant corps de logis que surplombait la grosse tour dont avait parlé le majordome. En redressant la tête il aperçut un coin du ciel encore clair où brillait, bien pâle, une des premières étoiles de la nuit. Il ne s’attarda pas et se mit au lit.

III

D’UN TRAIT IL AVAIT DORMI jusqu’au moment où le majordome vint l’éveiller.

– Cette fois je t’ai laissé te reposer longuement. Evidement les autres jours le lever sera plus tôt !

Le majordome le conduisit à la salle voûtée. Elle communiquait avec la cuisine par une porte qui était ouverte.

– Chef ! appela le majordome.

Une figure joviale, coiffée d’une toque blanche, apparut dans l’embrasure :

– Ah ! le voilà. J’arrive.

Le chef s’éclipsa un instant et revint en tenant un plateau avec pain, beurre, assiette de lait caillé et une soupière fumante.

– Merci, dit Yann.

– Surtout ne te prive pas, fit-il, cela m'honore quand je vois que ce que je sers est apprécié. Ici tout le monde doit être satisfait.

Il avait l'air heureux. Sans doute voulait-il ajouter autre chose mais le majordome l'interrompit :

– Je vous le confie.

– Prends ton temps quand même, glissa le cuisinier.

Il dévisagea Yann quelques secondes :

– Je sens que cela ira. Mon garçon, tu vas en apprendre des choses !

Il retourna à son office en riant de bon cœur. Le majordome se tenait toujours là :

– Oui ! tu vas apprendre un métier. Donc tu travailleras aux ordres du chef, notre cuisinier, c'est ainsi qu'on l'appelle. Il t'expliquera ce que tu auras à faire. Je le sais, tu entames une vie nouvelle. C'est la destinée de chacun un jour ou l'autre, et, s'il en est besoin, la besogne se chargera de chasser toute pensée morose. N'est-ce pas Selma ?

Une vieille femme venait d'entrer.

– Quoi ? dit-elle.

– Je lui disais qu'il est temps de grandir. Voici Yann qui est désormais chez nous et travaillera à la cuisine avec le chef.

Il désigna la vieille :

– Selma, notre aïeule à tous, au service du duc déjà quand il était enfant.

Yann se leva et esquissa un petit salut :

– Bonjour Madame.

– Oh ! Oh ! appelle-moi Selma, répliqua-t-elle en lui tendant une main plissée, j'espère que tu te plairas ici.

Elle continua ses menus pas mais Yann l'entendit marmonner : "Yann, ce n'est pas un nom de par chez nous." Elle ressortit par la porte du couloir. Le majordome la suivit de peu et Yann goûta ce moment de solitude qu'il prolongea à loisir, car, plusieurs fois le cuisinier, se détournant de son fourneau, insista :

– Prends bien le temps.

Et, du doigt il fixait l'assiette de soupe :

– Car elle est bonne, n'est-ce pas ?

– Yann acquiesçait...

Ensuite ils passèrent à la cuisine. Le chef s'en alla farfouiller dans une armoire. Il en sortit un large tablier blanc :

– Essaye, puisque te voilà de la maison !

Tout en le nouant autour de sa taille Yann comprit qu'en effet, qu'il le veuille ou non, il était désormais de la maison.

IV

AU COURS DE LA MATINÉE plusieurs personnes traversèrent la salle jetant un coup d'œil dans la cuisine. Certaines lançaient un rapide *bonjour*, d'autres s'arrêtaient et le considéraient à la dérobée, comme gênées de se montrer curieuses, ou, plus bonnement, échangeaient quelques mots à son sujet avec le cuisinier qui se montrait flatté d'attirer ainsi l'attention. C'est lui que le majordome avait choisi pour initier au métier ce jeune apprenti !

A midi le repas rassembla tout le personnel autour de la grande table ovale, au centre de la salle. D'instinct Yann prit place auprès de Selma. Elle lui avait souri en arrivant. Mais aussitôt, comme il le redoutait, il fut interrogé de toute part : son âge ? sa famille ? son travail ? d'où venait-il ? ses premières impressions ? Dérouté d'être ainsi cerné par tous, il répondait brièvement et vaguement, veillant à ne rien livrer de ce qu'avait été réellement sa vie jusqu'à ce jour. Le brouhaha lui permettait d'esquiver les questions plus précises qu'il feignait de ne pas entendre. D'ailleurs l'attention se détourna très vite de lui, chacun revenant à ce qui était sans doute ses habituels centres d'intérêts. Il observait : le cuisinier, si naturel au cours de la matinée, discourait maintenant avec emphase comme s'il jouait un personnage, un valet en face de lui s'étalait sur la table avec un insolent sans-gêne, un autre repassait sans cesse sa main dans ses cheveux lissés avec une pommade malodorante, et même Selma, il la voyait céder au tic nerveux de trop souvent cligner des yeux... Selma ! elle n'avait pas dit mot jusqu'alors, sauf une fois, où elle était intervenue, un peu brusquement, quand on le pressait de questions : "Laissez-le donc tranquille !" Il avait remarqué qu'à ce moment plusieurs s'étaient regardés avec un sourire sans gentillesse. S'en était-elle rendu compte ? En tout cas Yann pensa qu'à son exemple, il devrait choisir de rester étranger à cette foule bruyante. Il avait hâte que le repas se termine.

Soudain le silence s'établit. Le majordome paraissait à la porte. Il donna des avis au sujet des occupations de l'après-midi, puis, apercevant Yann, il se tourna vers le cuisinier. Tous deux discutèrent quelques secondes, à voix basse, en le regardant, et s'approchèrent :

– Bien, fit le majordome. Continue ainsi.

Le cuisinier approuvait de la tête.

Toute l'après midi Yann s'adonna à de modestes travaux qui ne lui accordaient aucun répit. Au fil des heures une lassitude inconnue le gagnait. Sa tête tourbillonnait. Il faillit tomber.

– Qu'as-tu donc ? s'exclama le cuisinier, et se reprenant : c'est vrai, tu n'es pas habitué. Allons, assieds-toi un peu.

Il lui avança une chaise devant la table. Yann s'y affala, enfouit sa tête entre ses bras. La cadence de l'horloge égrenait : "Tic, tac... Tic, tac..." mais il l'entendait répéter : "Pourquoi ? combien de temps ?... Pourquoi ? combien de temps ?". Il pensa à son père. Des larmes mouillèrent ses mains… Sans bouger il laissa aller le temps.

Quand vint enfin le soir il gravit les marches de l'escalier en colimaçon, fatigué, sans hâte. Il entra dans sa chambre, en ferma la porte, poussa un soupir... Cette journée indéfiniment longue s'achevait comme on tourne une page griffonnée de traits emmêlés sans signification. Il lui semblait qu'il ne l'avait pas lui-même vécue mais un automate qui aurait pris sa place. Et suivraient un lendemain, et un surlendemain, et d'autres jours encore ! Il chassa cette pensée et se sentit presque satisfait d'être seul dans cet étroit réduit, sa chambre, son refuge. Il alla à la fenêtre, l'ouvrit toute grande. A ce moment on frappa à sa porte. Il n'avait aucune envie de répondre. Il se tint coi. Les coups recommencèrent.

– Qu'est-ce qu'il fait ? Où est-il ? cria une voix et la porte fut poussée brusquement.

– Ah ! tu es là ! Tu m'as entendu. Pourquoi ne dis-tu rien ?

Le plus jeune des valets restait figé sur le seuil sans oser s'avancer :

– Je m'appelle Irdin. Je suis envoyé par le majordome t'avertir que, demain matin, c'est moi qui te réveille. Il ne faudra pas traîner. Il déteste les lambins.

Yann se taisait. Irdin hocha la tête :

– Tu n'es pas bavard, tu sais ? puis plus avenant :

– Evidemment cela te change d'être avec nous... on raconte qu'avant d'aboutir ici tu ne connaissais presque personne, que tu habitais dans une région... comment dire ? sauvage, quoi !

Yann sursauta mais ne répliqua rien. Cela ne regardait pas Irdin. Celui-ci se fit conciliant :

– Ne te tracasse pas, tu as vu.

– Quoi ? murmura Yann.

– Ben ! le travail. Tu multiplies cela par six, et voilà une semaine de passée... Bonsoir. Ah ! j'oubliais. On lâche des chiens chaque nuit dans les cours du château. Tu en entendras peut-être qui aboient. Il ne faut surtout pas sortir et vouloir les caresser. Ils sont mauvais après avoir été enfermés toute la journée... Bonsoir !

Irdin tira la porte et partit en sifflotant.

Yann se retournait dans son lit. Le sommeil le fuyait. Dès qu'il commençait à s'assoupir une image du repas dans la salle commune, ou l'écho d'une plaisanterie sonore du cuisinier, ou le tintamarre de la vaisselle qu'on rassemblait, ou n'importe quel autre souvenir de la journée, accourait en force, le bousculait et s'imposait malgré lui.

Il se leva, s'accouda à la fenêtre et fixa le coin du ciel qui échappait à la barrière des toits. Un ciel si petit qu'il n'avait plus rien de commun avec celui qui dominait le royaume, lorsque, au bord du rivage, près de Loïc, il avait dégagé son cœur de son secret. Loïc constaterait sous peu sa disparition et il ne pourrait se l'expliquer et lui, Yann, n'avait aucun moyen de le contacter, sauf à s'enfuir le plus rapidement possible… A cette heure-ci Loïc reposait dans sa maison avec ses parents, son frère, sa sœur... Loïc, jamais à court de répliques amusantes ou d'histoires inattendues qu'il rapportait avec un air mi-sérieux, comme si elles concernaient d'autres que lui. Yann ferma les yeux. C'était peu après la bataille sur la plage du lapin. Ils avaient joué avec Punch et s'étaient assis sur le sable. Loïc se montrait très en verve :

– Hier, avait-il rappelé, ça a été drôle. J'ai fait Punch. Je voulais savoir comment voit un chien. Ses yeux frisent la terre et il renifle quantité d'odeurs qui nous échappent. Je me suis mis à quatre pattes dans la maison et j'ai poussé la porte avec mon nez. Quand quelqu'un passait j'aboyais. J'étais Punch. C'est une aventure de devenir chien. Tout change. Olaf m'a donné un coup de pied. J'ai aboyé encore plus fort. Punch, moi je veux dire, s'est sauvé sous un fauteuil... Punch, l'autre, gémissait aussi. Quel vacarme ! Maman a tempêté : "Charlotte ouvre la porte pour faire sortir Punch." Aussitôt, les deux Punch, nous nous sommes précipités dehors. Maman s'écriait : "Mais qu'est-ce qu'il a, mon Dieu ! il est devenu fou." Punch, moi, humait le sol avec des grognements et sautait de-ci de-là, comme un jeune chiot. Charlotte s'est jetée dans les bras de maman en pleurant : "Maman, c'est une mauvaise fée qui l'a transformé en chien." "Tais-toi, petite sotte", a répondu maman, mais je crois qu'elle se demandait si Charlotte n'avait pas un peu raison. Alors je me suis relevé, me suis secoué, comme un vrai chien qui sort de l'eau, et j'ai annoncé simplement : "Il n'y a pas de quoi s'affoler, je faisais une expérience." Tu comprends, Yann...

Yann rouvrit les yeux. Il l'entendait encore : "Tu comprends, Yann." Lorsque Loïc parle ainsi il veut dire : "Je sais que tu comprends." Loïc est net, direct, pas seulement quand il entre dans la peau d'un clown ou invente des facéties. La dernière fois, au moment où il l'a quitté, il a affirmé : "Je trouve magnifique d'avoir un ami comme toi. A nous deux, oui, nous allons vivre quelque chose qui vaut la peine. Tu comprends, Yann !" Loïc exprime toujours sans détour ce qui pour lui est vrai. Là, évidemment, il s'agissait de l'énigme du trèfle bleu.

A la fenêtre Yann demeurait songeur, prolongeant le rappel de tant d'images qui le libéraient de son enfermement. Il faisait bon. Il retrouvait le son de la voix de Loïc et les mots à Dieu qu'il lui demandait de répéter après lui face à l'océan. Des mots, lui confiait-il, qui étaient les siens chaque soir, donc ce soir aussi, pour clore sa journée. Yann se remémora le début : "Notre Père qui es aux cieux..." Plusieurs fois il les prononça. En même temps Loïc semblait moins loin...

Le jappement d'un chien monta de la cour. Yann se pencha vainement. L'avancée du toit barrait la vue. Cette bête l'avait ramené à la réalité de son horizon bouché. Il était cependant apaisé car, c'était décidé, demain, et les jours suivants, il accomplirait consciencieusement son office, et cela le temps qu'il faudrait, puis il s'évaderait de

Roalsforth quand tous croiraient que tout allait bien pour lui. Il n'était lié à personne, sinon à son père et à Loïc qu'il rejoindrait. Oui il connaîtrait de nouveau ces matins où la rosée humectait ses jambes, où les insectes se poursuivaient en rondes bourdonnantes, où, dès les premières heures, il attendait déjà que Loïc surgisse au détour d'un bosquet… C'était juré.

Maintenant il allait dormir.

V

Au bout de trois jours les rassemblements autour des plats fumants lui parurent déjà un peu moins pesants. Restant en dehors des conversations il s'installait auprès de Selma. Elle en témoignait de la satisfaction, sans doute parce qu'elle se rendait compte qu'il n'approuvait pas les incessantes taquineries dont elle était l'objet.

Et le soir, il demeurait longuement appuyé sur le rebord de sa fenêtre. Quand il ne revivait pas des souvenirs du royaume, il imaginait des occasions qui lui permettraient un jour de se faufiler hors du château, retenant surtout la relâche du Dimanche dont Irdin lui avait parlé. Il était curieux de voir d'abord comment cela se passait. Il saurait cela bientôt.

En effet, le surlendemain de son arrivée, il avait croisé dans l'escalier Irdin qui était assis sur une marche, un balai à la main. La conversation s'était engagée :

– Irdin, depuis combien de temps es-tu à Roalsforth ?

– Depuis trois ans le mois prochain.

– Comment ! trois ans ! et tu resteras encore longtemps ici ?

Irdin l'avait regardé étonné :

– Mais oui, pourquoi pas ? Je me débrouille et le travail n'est pas très dur. Je limite la fatigue. Tu vois, je suis là depuis dix minutes déjà.

– Qu'est-ce que tu attends ?

– Oh ! rien. Je me repose... si ! j'attends dimanche. Le dimanche, je vais au bourg avec les autres. On s'amuse, on boit, on danse... tu viens avec nous dimanche ?

– Je verrai, mais dis-moi, tu ne désires pas vivre autre chose, ailleurs ?

– Quoi donc ?

– N'importe, autre chose pourtant que ramasser la poussière des escaliers et lessiver les couloirs.

– Mais puisque je te dis que je sais m'arranger, de plus je suis assez bien payé et, avec notre cuisinier, la nourriture est bonne... alors ?

Avec un air narquois il avait ajouté :

– Ça te surprend, hein ?

– Oui, cela me surprend... choisir de rester enfermé du matin au soir quand dehors il y a la mer, la forêt, le soleil !

Irdin avait haussé les épaules. Yann lui parlait un langage incompréhensible.

Ainsi les employés avaient coutume de s'égayer le dimanche hors du château ! Il se représentait le majordome le convoquant à son bureau et multipliant les recommandations : éviter de se perdre en se promenant au hasard seul... donc rester avec Irdin ou un autre... vu son âge, ne pas les suivre dans les cabarets... et, plutôt, se détendre sur la plage... bien entendu être de retour à l'heure exacte... Il écouterait avec attention et se montrerait d'accord avec tout.

VI

ARRIVA LE PREMIER SAMEDI SOIR. Un soir spécial celui-là. En tant qu'aide cuisinier le chef avait, comme d'un secret, mis Yann au courant : on allait fêter l'anniversaire de l'ancêtre, de Selma bien sûr. Toute la journée le chef avait eu à cœur de préparer un repas digne d'elle… et de lui ! En fait personne n'était dupe en sorte que dans la salle attenante à la cuisine, l'ambiance dès avant le repas était particulièrement joyeuse. Quand Yann y entra un cercle s'était déjà formé autour de Selma.

– Viens, petit, fit-elle en l'apercevant.

Epanouie, méconnaissable, elle se lançait dans des récits de souvenirs, évoquant les réceptions de jadis, les invités de marque, les belles robes, la musique, les valses. Ces fêtes se renouvelaient souvent. Le duc était jeune, comme elle. Tenant sa place de petite servante elle était fière d'être là.

– Il était charmant et il m'aimait bien... sûrement qu'il m'aimait bien ! C'était beau cette époque ! Puis tous ont grandi. Comme lui sa sœur s'est mariée, mais s'est établie au loin. Les parents, un peu plus tard, sont morts. Avant il y avait eu... mais cela je n'en parle pas.

Le visage de Selma s'était rembruni. Irdin qui avait rejoint le groupe poussa Yann du coude :

– Elle invente beaucoup de choses, lui glissa-t-il à l'oreille, et répète toujours les mêmes.

Selma continuait :

– Depuis, le château est comme vide, même si le duc veille à ce que des gens l'entretiennent et l'habitent comme nous. Une fois il m'a dit : "Selma, quand je suis absent, soyez l'âme de Roalsforth."

Yann perçut de légers rires étouffés Il souhaita de tout son cœur que la brave femme ne les aient pas remarqués. Son visage ne broncha pas, mais, de plus en plus, elle fixait le regard sur le balancier de la grosse horloge, comme s'il lui distribuait, les unes après les autres, des images du passé et elle poursuivait :

– Autrefois le duc était souvent parmi nous. Il aimait s'attarder dans la cuisine ou dans cette salle et il bavardait avec chacun. Quelle différence aujourd'hui ! Tout juste si nous sommes avertis de ses séjours ! Tenez, savez-vous qu'il sera là prochainement... n'est-ce pas Monsieur le majordome ?

Le majordome écoutait un peu en retrait. Il répondit par un signe affirmatif.

– Viendra-t-il comme les autres fois dans un carrosse ? demanda quelqu'un.

– Certainement, répartit Selma, le carrosse doré dans lequel il voyageait avec son père. Il l'amène jusqu'au portail du pont-levis. Les chevaux sont toujours harnachés comme alors. Vous en riez, vous ne vous doutez pas combien c'est important pour lui, après ce qui est arrivé, qu'il revive des moments de son enfance. Moi, quand j'entends les grelots des chevaux qui débouchent au tournant de la route, j'en ai les larmes aux yeux.

Lentement Selma releva la tête. Ses paupières battaient, elle gardait la bouche entrouverte, hésitante, et puis :

– Je vais vous avouer un secret. L'an passé, à cette même date, le duc était à Roalsforth. Il s'est déplacé pour venir me souhaiter ici mon anniversaire et il m'a dit : "Je voudrais que l'océan reflète dans nos yeux les jours où nous avions dix ans, vous rappelez-vous, ma bonne Selma ?" Je n'invente rien, je n'ai oublié aucun de ces mots, vous pensez bien.

Selma s'arrêta, émue et dodelina de la tête comme elle le faisait souvent. Elle semblait émerger d'un passé révolu. Il était évident qu'elle n'ajouterait rien de plus. Elle redevenait la Selma de tous les jours. Cependant il s'était établi un silence respectueux de tous. Irdin osa le rompre :

– C'était le bon temps, n'est-ce pas Selma ? mais le ton était ironique. Selma ne s'y méprit pas, et le dévisagea avec méfiance :

– Oui, Irdin. C'était le bon temps... tu t'imagines que je radote, mais tu ne peux savoir, ni toi, ni les autres, tu...

Sans ménagement Irdin lui coupa la parole :

– Venez avec nous demain, Selma. On vous fera danser à l'auberge du village. Il y a encore du bon temps devant vous.

Cette fois plusieurs le bousculèrent pour qu'il se taise. Yann s'en réjouit. Il considéra Selma avec affection et il se jura qu'il la défendrait. Elle avait, lui sembla-t-il, pâli et il l'entendit qui susurrait : "Moi danser ! je ne danse plus depuis des années, depuis que c'est arrivé".

Le cuisinier eut le mot de la fin :

– Tous à table, et un bon vin en l'honneur de l'anniversaire ! sans compter une surprise du chef au dessert.

VII

LA MATINÉE DU DIMANCHE se déroula comme les jours ordinaires. Mais, vers midi, autour de la table, les conversations s'entremêlaient, plus animées que d'habitude. Des groupes s'organisaient en discutant de projets pour s'amuser au village.

– Yann, tu viens avec moi ? demanda Irdin. Le grand là-bas est de la partie et Sigrid aussi. Ils sont inséparables.

Sigrid était assise auprès du valet. Elle rougit et baissa la tête. De longues nattes blondes encadraient son visage.

– Mais oui, personne ne l'ignore, renchérit Irdin.

Yann sourit à Ingrid :

– Je veux bien.

Le repas s'achevait. Fromage et fruits avaient été servis. Soudain le majordome entra en agitant une clochette. Le tintement déclencha un remue-ménage général. Presque tous se levèrent d'un bond et se précipitèrent vers la porte. Empressé comme les autres, Irdin cria à Yann :

– Toi, reste ici, attends-nous.

Le cuisinier debout, les mains sur les hanches riait aux éclats :

– Tous les dimanches cela recommence. Ils ne veulent pas perdre une minute. Ils sont montés dans leur chambre ôter leur tablier et les vêtements de travail et tu vas voir, Yann, ils vont repasser avec de beaux habits. Ça ne peut tarder.

En effet ils revenaient, fiers de la métamorphose opérée par un veston bariolé ou une robe pimpante. Irdin arborait un gilet à pois rouge et une cravate rose. Sigrid s'enveloppait d'un châle bleu léger assorti à sa chevelure blonde. Elle donnait la main au valet affublé d'une chemise flottante écarlate !

– Débarrasse-toi de ta blouse... vite, suis-nous...

Et Yann fut entraîné par Irdin dans un vestibule qui se prolongeait, par un couloir pavé, jusqu'au pont-levis. Le majordome était posté là, tel un général passant en revue ses troupes.

– Yann ! fit-il, en même temps qu'il l'arrêtait d'un geste du bras, il est préférable que toi, tu ne sortes pas... les autres, vous pouvez aller. Oui Yann, tu es plus jeune qu'eux et ton père ne serait pas d'avis que tu erres hors du château, on ne sait où. Dans la lettre, que m'a remise le marin qui t'a conduit ici, il me prie de veiller sur toi. Patiente une minute, et je te montre la bibliothèque. Tu y trouveras de quoi te distraire.

Yann ne répondit rien. Il comprenait que, de même qu'au royaume il avait été établi dans une vie de reclus, ainsi il le serait en ce château ! Il doutait tout de même que ce fut un choix de son père. D'ailleurs la lettre était-elle de lui ? Au fond il n'était pas vraiment surpris. Inconsciemment il pressentait cette déconvenue, trop bien accordée aux faits mystérieux devant lesquels il achoppait depuis l'histoire du mulot.

– C'est, dit le majordome, parce que j'ai constaté que tu es sérieux et soigneux, que je t'offre de passer l'après-midi à la bibliothèque. C'est un privilège que beaucoup envieraient.

Ils pénétrèrent dans une très grande salle. Des boiseries épaisses, imitant des colonnes, encadraient des rayons sur lesquels s'entassaient, parfaitement alignés, des centaines et des centaines de livres. Au centre du plafond, le relief doré d'un motif décoratif mettait en valeur un lustre de fer forgé, agrémenté de quantité de minuscules pendentifs en cristal. Une haute et large glace, sur l'un des murs, accentuait encore les dimensions de la bibliothèque.

Jamais Yann n'aurait imaginé dans le château une pièce semblable. Il demeura un instant bouche bée. Le majordome s'en aperçut et rehaussa instinctivement sa petite taille :

– Tu es chez toi, mais pour l'après-midi seulement. Je répète que c'est un privilège. Tu choisis les livres comme tu veux, pourtant je te conseille ce rayon-ci, à ta hauteur, facile à atteindre. Il rassemble des récits et des histoires pour tout âge. Ah ! je vois que les grands albums d'images sur la table n'ont pas été rangés. Je te les laisse. Va ! Tu découvriras beaucoup plus de choses intéressantes ici qu'en traînant au dehors. A tout à l'heure !

Yann s'enfonça dans un fauteuil. Il attrapa l'album le plus proche sur la table d'acajou, et le posa sur ses genoux sans même l'ouvrir... Qu'il puisse bientôt revoir son père et que tout s'éclaire ! Il garderait toujours l'image de ce pauvre homme, accroupi près du tas de cordages, devenu muet malgré lui. Il découvrait, maintenant plus que jamais, la tendresse que révélait ce visage quand il l'avait regardé une dernière fois, et le souvenir des cadeaux ramenés au royaume au retour de ses absences lui serrait le cœur. Il le revit aussi – il avait alors dix ans – au terme d'une promenade en barque. Le vent s'était levé subitement et les embruns avaient jailli de tous côtés. Son père s'aperçut qu'il était transi. Alors il s'était dévêtu de son gilet de laine et l'en avait couvert, puis, à terre, il l'avait frictionné longuement… Leur séparation lui faisait mesurer maintenant tout ce que ce geste contenait d'affection silencieuse ! Yann ferma les yeux... D'autres moments du passé de leur vie ensemble remontaient du fond de sa mémoire, lourds de la même affection.

VIII

MAIS VOICI QU'UN BRUIT DE PAS presque imperceptible coupa court sa rêverie. Dans la glace il vit derrière lui la porte s'entrebâiller. Sans se retourner il ouvrit l'album et parut s'y plonger. Il n'eut pas le temps d'en savoir plus, deux mains s'aplatirent sur ses épaules tandis qu'une voix le raillait :

– Alors ! on est sage, petit garçon ! on regarde gentiment un beau livres d'images !

Yann tenta de dévisager l'arrivant qui de ses bras immobilisait sa tête. La glace lui renvoya la face d'un grand jeune homme rieur.

– Lâchez-moi, cria-t-il, en se débattant. Que voulez-vous, qu'avez-vous à vous moquer de moi ?

– Je ne me moque qu'à moitié, mais je te lâcherai quand tu m'auras dit ce que tu aimes dans ce tableau.

– Quel tableau ?

– La page illustrée de l'album que tu faisais semblant de contempler.

Une large image en couleur remplissait les deux pages du livre : un paysage de marécages, des roseaux effilés, une levée de canards sauvages, leurs cous tendus vers le ciel, les pattes repliées, les ailes légèrement traînantes.

– Ne trouves-tu pas cela réussi ?

– Oui, sans doute, reparti Yann, mais...

– Mais, pour moi, il manque quelque chose.

Le jeune homme écarta les mains et se campa, assis à terre, droit devant Yann :

– Pour moi, il manque que ce soit vrai. Comprends-moi. Un garçon comme toi, qui garde un livre sur les genoux sans lire, fermant les yeux, et qui rêve tristement en pleine après-midi d'un dimanche ensoleillé, me fait penser à un canard sauvage rivé à terre, un canard sauvage raté en somme.

– Mais est-ce ma faute ? protesta Yann.

– Je sais, aussi je ne te reproche rien. J'affirme seulement, en te rencontrant ici, que l'image est trompeuse, et même qu'il faut ajouter un chien pour qu'elle devienne plus exacte, un gros chien haletant, la gueule projetée vers les canards, comme s'il rêvait lui aussi de s'élancer hardiment dans les airs, et qui sûrement les fera tous s'envoler !

Le jeune homme fixa Yann dans les yeux et continua :

– Je te semble loufoque peut-être. Je m'explique. Je suis employé au château, mais absent depuis deux semaines. Ce matin, de retour, je souhaite la bienvenue au cuisinier. Il m'informe qu'un nouveau marmiton est arrivé tout récemment, presque encore un enfant, qu'il exécute bien son travail, mais ne paraît pas heureux. Ensuite, il y a dix minutes à peine, je croise le majordome : "Ah Axel ! – c'est mon nom – te voilà, me dit-t-il, rends-moi un service, monte à la bibliothèque voir ce que devient Yann, un nouveau parmi nous qui aide à la cuisine. Je l'ai conduit là-haut, car il ne doit pas quitter le château." Or, quand j'ai poussé la porte, j'ai bien vu que tu ouvrais ton livre pour laisser croire que tu t'y intéressais.

– Et alors ? fit Yann.

– Alors, si cela te plaît, je t'emmène découvrir ce qui manque, mais, dis-moi, pourquoi es-tu ici ?

– Je l'ignore, le majordome prétend que mon père ne serait pas d'accord que je sorte. Il a peut-être raison, pourtant...

– Pourquoi es-tu ici , au château ?

– Personne ne me l'a dit. Cela s'est décidé d'un coup. Mon père n'a rien pu m'apprendre. On l'en a empêché.

– Comment cela ? En es-tu sûr ?

– Absolument. Le majordome pourrait, je suppose, vous renseigner, car il connaît ceux qui m'ont déposé ici.

– Déposé ?

– Oui. Je suis arrivé en barque...

– Avec ton père ?

– Oui... non... mon père est resté sur un grand bateau, qui s'est approché du château, au large, d'où les marins ont descendu la barque.

– Tu n'as pas interrogé le majordome ?

– Non ! , cela ne servirait à rien... mais j'ai mon idée.
– Ton idée ?
– C'est secret.

Axel se tut, songeur. Il était bien habillé, presque élégant. Quand il parlait sa figure était amicale et souriante. Cependant Yann n'allait évidemment pas lui confier son espoir de déserter un jour, en cachette, le château. Et puis ces questions le gênaient. Il détourna la conversation :

– Vous n'étiez pas au repas avec les autres tout à l'heure.

– C'est vrai. Quand je peux, je préfère me restaurer ailleurs. Je parie que cela ne t'étonne pas.

– Pas du tout.

Axel se releva, lui prit la main. Ils sortirent de la bibliothèque et s'avancèrent dans un long corridor puis descendirent les marches d'un escalier de marbre.

– Où allons-nous ?

– Voir ce qui manque : les chiens. C'est ma fonction de m'en occuper.

– Quels chiens ?

– Mais ceux du duc. Le duc a une passion pour les chiens. Il en possède de très beaux qu'il présente dans des concours. Plusieurs souvent sont primés. Tous sont gardés et élevés à Roalsforth.

– Ce sont ceux qui sont en liberté la nuit dans les cours ?

– Oui, ils ont besoin d'espace, après une journée enfermés dans leur cage. Depuis un an je les entretiens et les soigne. J'ai appris à les connaître chacun et à les aimer aussi. J'aurai du regret de les quitter.

– Vous allez partir ?

– Oui.

– Pourquoi ?

– Pour les mêmes raisons que les canards sauvages qui cherchent l'aventure, l'espace, le mouvement. Je me suis pourtant plu ici, mais on m'a indiqué un navire en transit qui accepte de m'embarquer moyennant des services à bord. Je souhaite découvrir d'autres pays et d'autres horizons... Que ferais-tu, toi ?

– Je partirais... vous m'emmenez ?

Axel éclata de rire :

– Comme tu y vas ! Suis-je un magicien ? Et que penserait ton père, et le majordome ! Moi, j'ai achevé mon temps, toi tu débutes. C'est une autre histoire.

Ils étaient arrivés à une vaste cour triangulaire. L'un des côtés était la base d'une aile du château, un autre l'assise d'une tour carrée et d'un bâtiment qui la prolongeait, le troisième un gros bloc de rochers encastrés dans une partie des remparts qui faisaient corps avec l'immense escarpement sur lequel Roalsforth avait été édifié. Plusieurs grottes naturelles, ainsi englobées dans la cour, avaient été agrandies et aménagées en spacieuses niches pour installer le chenil.

L'apparition d'Axel et de Yann déclencha une cascade d'aboiements et de grondements.

– Ils ont flairé que je ne suis pas seul.

– Combien sont-ils ?

– Six actuellement... de belles bêtes ! dont il ne ferait pas bon de rencontrer certaines sur son chemin si elles ne vous connaissent pas ! Aussi personne ne se hasarde la nuit dans les cours.

– C'est vous qui y répartissez les chiens le soir ?

– Oui, cela ressort de mon service.

Yann examinait avec attention ces lieux nouveaux pour lui .

– Ce n'est pas en un jour qu'on s'oriente à Roalsforth, dit Axel. Les bâtisseurs ont parfaitement utilisé les failles et les reliefs de la colline rocheuse pour construire une véritable forteresse qui est aussi une sorte de labyrinthe.

Il considéra les façades altières :

– Où est ta chambre ?

– Presque en face de celle du majordome.

– Je vois. Elle donne sur une autre cour, la cour principale, agrémentée en son milieu d'un vieux puits... un puits seulement décoratif. J'y laisse toujours le même chien, celui qui, selon moi, est le plus racé du lot. Je le choisirais volontiers entre tous pour compléter le tableau des canards sauvages, mais je ne crois pas que tu puisses l'apercevoir de ta chambre.

– Non, à cause de l'avancée du toit. Je l'ai déjà entendu plusieurs fois japper. Pourriez-vous me le montrer ?

Ils dépassèrent deux cages. Les chiens allaient et venaient, attentifs aux moindres gestes de leurs visiteurs.

– Ces deux lévriers-là ont mérité une médaille, l'hiver dernier. Ils sont faciles et doux, mais quelle vitesse en compétition ! Et là, regarde comme il a peur ce labrador. Il vient d'arriver et n'est pas encore acclimaté. Il est jeune et grandira. Voilà un beau cadeau offert au duc par un ami étranger.

– Oh ! s'exclama Yann, attiré par un splendide chien qui se dressait presque vertical, les pattes appuyées sur les barreaux de sa cage.

– Justement le voilà, le trouble-fête de ton sommeil, fit Axel, solennel.

– Mais non, il ne me dérange pas. Savez-vous qu'hier soir je lui ai fait cadeau par la fenêtre de morceaux de sucre que j'avais gardés pour lui. N'ai-je pas eu raison ?

– Si, pourvu que tu n'en jettes pas exagérément.

Il me fixe sans arrêt, comme s'il me remerciait !

– Peut-être bien ! Tu as porté sur toi le sucre et l'as touché. Tu n'es plus un inconnu pour lui. Il est doué d'un flair très développé.

– Vraiment ! s'extasia Yann en sautant de joie. Apprenez-moi comment on apprivoise un chien et le rend obéissant au plus petit signe. J'avais commencé avec un lapin, mais il est mort trop vite.

– On ne peut comparer un chien et un lapin, répliqua Axel, et encore moins s'il s'agit d'un berger allemand comme celui-ci. Avec beaucoup de patience et d'affection réciproque certains obtiennent des réponses admirables de chiens, mais aussi d'autres bêtes.

– Avez-vous essayé ?

– Non, ce n'est pas mon affaire. D'ailleurs les chiens ne me prennent qu'une partie de mon temps. J'ai d'autres occupations...

– Lesquelles ? Au château ?

– Je garde aussi mon secret, fit Axel d'un air gentiment moqueur.

Ils achevèrent la visite et s'assirent sur un banc de pierre à l'ombre d'un platane, le seul arbre poussé dans cette cour. Axel désigna la plus grande des tours :

– On l'appelle : la *Tour des Gladiateurs*, à cause d'un tableau qui orne le palier du premier étage. Là se rejoignent trois corridors. L'un d'eux mène aux appartements du duc : la partie du château la plus ancienne et la plus belle. Elle domine l'océan. Un autre corridor conduit à des salles de réception et à des chambres pour la famille et des amis du duc.

– La famille du duc ?

– Oui, son fils qui séjourne au château, chaque été, quelques jours avec sa femme et leur petite Christine âgée de cinq ans. Tu les apercevras certainement bientôt. Sinon le duc avait un frère cadet et une sœur plus jeune. Rodolphe, le frère, a quitté Roalsforth vers sa vingt-cinquième année pour voyager et est mort peu après. Leur sœur Elisa s'est mariée avec un Américain qui l'a emmenée dans son pays. Presque impotente, elle n'en bouge plus.

– Et Selma ?

– Ah ! Elle est quasiment de la famille et nous a tous précédés ici. Elle pourrait mieux que quiconque t'apprendre mille anecdotes sur le passé de Roalsforth. Oui, elle loge dans cette même partie du château.

– On la traite méchamment, dit Yann, tous la plaisantent sans aucun respect.

– Certes, mais peut-être en souffre-t-elle moins que tu crois. Je ne serais pas étonné qu'elle en ressente quelque flatterie. Elle est énigmatique, à part des autres, et pas seulement à cause de son âge. Elle garde des souvenirs secrets qui la figent dans le passé. Les murs de Roalsforth ont été témoins, comme toutes les anciennes demeures, de périodes heureuses et malheureuses dont nous ignorons beaucoup de moments. Selma a certainement vécu des bouleversements qu'elle se refuse à dire, je me demande d'ailleurs pourquoi.

– Mais actuellement il ne se passe rien d'insolite ? interrogea Yann.

Ce que venait d'évoquer Axel l'intriguait… Et il se taisait ! En savait-il davantage ?

– Au château tout est normal, tout est calme, n'est-ce pas ?

– Beaucoup trop calme à mon goût, aussi ai-je décidé de partir.

Axel s'étira et se releva assez vivement :

– Allons, retournons là-haut.

Ils repassaient devant le chenil. Yann courut en avant, désireux de revoir le chien de la nuit, le berger allemand. Il était tapi contre la porte de sa cage. Alors doucement il glissa la main entre les barreaux.

– Méfie-toi, il peut être agressif ! et Axel lui écarta le bras.

Le chien s'agita en grondant.

– Laissez-moi faire, insista Yann.

Délicatement il caressait le museau de la bête redevenue tranquille.

– Eh bien ! Bravo !

Axel parut réfléchir un instant, puis soudain il dit tout haut : "Mais oui !" et fixant Yann :

– Il me vient une idée. Puisque tu es déjà si ami avec lui – il montrait le chien – serais-tu d'accord pour me remplacer à l'office du chenil dès la semaine prochaine. Ces jours-ci un homme du village s'en est chargé mais il ne désire pas continuer. Le majordome et moi cherchons quelqu'un. Pourquoi pas toi ? Qu'en dis-tu ?

Yann écoutait sans trop y croire.

– Ce serait merveilleux ! s'exclama-t-il.

Il sauta au cou d'Axel puis se reprit :

– Mais le majordome... et le cuisinier !

– Je leur en parle ce soir. Je te promets que je saurai les convaincre, et, cette semaine, je serai là pour t'initier à tous les détails de cette charge.

– Je vous en prie, arrangez cela.

IX

LE MAJORDOME OBJECTA D'ABORD la jeunesse de Yann et sa très récente arrivée au château, puis il accepta la proposition qui l'arrangeait bien, étant entendu pourtant que Yann resterait à la disposition du cuisinier lors de ses moments libres.

Alors, plusieurs fois par jour il retrouvait Axel qui lui indiquait comment nourrir les chiens, quelle portion attribuer à chacun, quels soins donner pour que leur pelage se maintienne propre et élégant... où trouver la paille qui renouvellerait les litières... que faire en cas de maladie... En même temps une vraie amitié naissait entre eux deux.

Axel s'amusait souvent à le taquiner :

– Tu vois, canard sauvage, si je ne t'avais pas poussé à t'échapper du nid, dimanche dernier, tu n'aurais pas eu cette chance...

– Mais un chien féroce a débusqué le canard, relançait Yann...

– Pourtant le canard n'ira pas loin, au contraire le chien féroce, lui, foncera dans les airs, à l'aventure...

– Sans doute, pourtant le canard sauvage aura son tour et s'envolera pour de bon plus tard.

Et ils se poursuivaient comme des enfants en vacances.

Axel lui remit une brochure, sorte de guide mémoire : *Pour l'entretien des chenils et la bonne santé des chiens*, "qu'il consulterait facilement, dit-il, où il puiserait, toutes les indications nécessaires pour faire face à d'éventuels problèmes". Yann, sur le coup, pensa au piège tendu par le matelot qui écrivait sur le plancher du bateau. Il se rappela en même temps qu'Axel lui avait posé des questions sur son enfance, sa famille, son "débarquement" à Roalsforth... des questions fort normales quand on travaille ensemble et qu'on tisse des liens d'amitié. Il se rassura donc. Il était évident qu'Axel était en dehors du mystère du trèfle bleu. Cependant il était préférable de le lui dire :

– C'est que je ne sais pas lire, je n'ai pas appris.

– Eh bien, si c'est nécessaire, tu t'adresseras avec le livre au cuisinier – lui, il sait lire – ou au majordome, répliqua Axel sans marquer plus d'étonnement.

X

LE CUISINIER AVAIT ÉTÉ LE PREMIER informé de la décision du majordome. Il avait déclaré que cela ne serait pas dommageable pour lui mais qu'il était satisfait que Yann puisse encore le seconder. Yann était un bon ouvrier et sérieux et Axel avait eu une excellente idée de le proposer pour lui succéder auprès des chiens. Ensuite il ne se fit pas faute de répandre la nouvelle.

Dès qu'il en eut connaissance Irdin guetta Yann. Il l'aborda à la sortie du repas :

– Qu'as-tu manigancé pour obtenir cela ?

– Quoi donc ?

– D'être nommé pour les chiens.

– Rien, dit Yann, pourquoi me demandes-tu cela ? tu aurais désiré...

– Certainement pas ! Pour me faire écharper par ces sales bêtes !

Yann fit un pas mais Irdin s'interposa :

– Tu ne veux pas m'entendre maintenant que tu vas être payé davantage.

Yann n'y avait pas songé un instant.

– Irdin, je t'assure que je n'ai rien demandé et personne ne m'a encore parlé d'argent. Pour moi cela est égal.

– Cela t'est égal ! Ah! tu caches mal ton jeu. Tout le monde a remarqué comme tu t'accordes avec Selma. Par elle tu intéresseras le duc... je comprends pourquoi tu nous as abandonnés dimanche.

Yann était outré :

– Mais qu'imagines-tu donc ? dit-il, et comme il repoussait Irdin, celui-ci étendit brusquement la jambe. Yann chuta et son front heurta une dalle. Irdin s'était enfui.

Le soir, dans la salle, les questions fusèrent : "Où avait-il attrapé cette bosse sur la tempe ?"

Il inventa des explications, mais Irdin se moquait :

– C'est un petit chien du duc qui l'a léché un peu trop fort.

Yann mit Axel au courant de l'incident.

– Tu auras appris, dit celui-ci, que lorsque quelqu'un réussit, ou a seulement de la chance, beaucoup se persuadent que c'est une injustice vis à vis d'eux. Il y a un fond d'envie dans le cœur de chacun. Que ces misères ne t'arrêtent pas de poursuivre ce que tu entreprends. Rien ne serait pire que de vouloir se niveler à la moyenne de tous. Je sais qu'on a proposé à Irdin, il y a un an, de s'occuper des chiens. Au bout d'une semaine il a abandonné. Il avait peur d'eux.

Yann réfléchissait. Parce qu'il n'épongerait plus le plancher de la cuisine et ne serait plus uniquement marmiton il était en butte à des tracasseries. Axel quitterait Roalsforth sous peu. Il demeurerait avec Selma, mais elle était âgée et bizarre. Heureusement qu'il aurait pour lui les chiens jusqu'à ce que lui-même "s'envole", comme il le disait en plaisantant avec Axel.

Celui-ci parlait maintenant du duc :

– Un seigneur à la manière d'autrefois, souvent imprévisible, avec des caprices d'enfant, mais un homme raffiné et de grand cœur...

Yann écoutait à peine. Il songeait à son père qui n'avait jamais voulu de chien au royaume. Où était-il à cette heure ? Essayerait-il de venir le voir ? Mais lui, il avait décidé de le rejoindre, de le sauver, sans savoir pourtant de quoi exactement.

– A quoi penses-tu ? interrogea Axel.

– A bien des choses... Vous êtes sur le point de me

quitter, je le regrette, nous aurions été amis, j'en suis sûr.

– Bah ! tu en découvriras d'autres. Dis-toi que rien n'est définitivement perdu sans être un jour remplacé si le cœur reste ardent. La vie est une quête jamais achevée.

– Vous m'avez beaucoup aidé.

– J'en suis heureux. J'apprécie ceux qui, comme toi, ne se satisfont pas trop vite, telle la mer qui renouvelle sans cesse son élan.

Ils se turent. Yann retenait la comparaison d'Axel. Dans ce cas, concluait-il, Loïc aussi est semblable à la mer, et plus encore que moi. Et Irdin ? pareil à l'eau stagnante. Il chassa cette idée. Malgré son attaque et ses plaisanteries blessantes il éprouvait une vague pitié pour Irdin.

– Je souhaiterais beaucoup voir la mer, dit-il, ce doit être possible en escaladant le rocher qui surplombe les cages et, de là, le promontoire.

– L'accès n'est guère facile.

– Mais si. Je sais que je l'atteindrai si vous me hissez jusqu'à la fente là au-dessus. J'aurai des prises pour les mains et les pieds.

Il désignait une longue fissure dans la pierre. Environ deux mètres plus haut que le plafond des cages elle s'élevait verticale, en s'élargissant progressivement vers un palier légèrement pentu. Axel s'adossa à la paroi. Avec agilité Yann monta sur ses épaules, puis entama l'ascension en s'agrippant aux reliefs de la fissure et en s'en servant comme des échelons. Ainsi il parvint à la plate-forme. Dès lors il était aisé de grimper jusqu'au point le plus élevé du promontoire.

– Bravo, canard ! applaudit Axel.

– J'aperçois un bout de nappe bleue de mer – elle est basse, je crois ! – et aussi un banc de sable !

Comme si le royaume ressuscitait en ce moment ! Il s'en emplissait avidement les yeux oubliant tout autre chose. Puis il lança à tue-tête un cri et un second vers l'océan lointain. Aucun écho ne répondit mais le son joyeux courait à la rencontre de l'horizon... Enfin, d'en bas, Axel l'appela. Il fallait redescendre.

Yann sauta sur le sol et esquissa une gambade. Son cœur se gonflait de gratitude envers ce compagnon si compréhensif. Grâce à lui, il héritait du soin des chiens et les jours à venir seraient moins sombres. Alors il réalisa qu'en fait il ne lui avait pas parlé de lui-même, ou si peu ! Avec lui il s'était plutôt tenu sur une sorte de défensive, comme avec les autres personnes du château. Il allait partir et lui resterait là. Yann se prit à regretter d'avoir été si discret et sans doute trop méfiant. Il s'immobilisa face à lui :

– Si je vous pose une question, est-ce que vous en rirez ?

– Pose-la toujours !

– Peut-on s'entendre au mieux… vraiment mieux, avec quelqu'un sans jamais parler de Dieu ensemble ?

Manifestement Axel était surpris.

– Ma foi, je ne me suis encore jamais demandé cela.

– Parce que c'est important, et si on ne parle pas de ce qui est important on ne s'entend pas de la manière que je veux dire.

– Tu dois avoir raison. Moi, je n'ai pas d'idée là-dessus.

Axel n'ajoutait rien. Yann attendait... il espérait un signe qui montrerait qu'au fond de lui-même il était tant soit peu de son avis. "O Dieu, s'il pouvait ! alors je lui raconterais tout." Il rêva qu'il l'entretenait du royaume et de ses enchantements, et de la dernière promenade avant la séparation subite et mystérieuse. Il saurait bien lui expliquer comment, depuis le matin où, se souvenant du chant d'un oiseau, une image neuve du monde lui était apparue, comment il avait pris conscience de la vie recluse qu'il menait, mais sans en savoir la raison. Il lui détaillerait le combat avec Loïc surgi un après-midi sur sa plage et l'amitié qui avait suivi jusqu'à contracter un pacte. Il lui parlerait de son père... Oh ! s'il pouvait !

XI

AXEL N'AVAIT RIEN DIT. Depuis deux semaines il était parti. Chaque soir Yann attachait une laisse au cou des chiens et les conduisait, les uns après les autres, dans les cours où ils pouvaient se détendre jusqu'au matin. Alors, après avoir nettoyé les cages, il faisait avec eux le trajet inverse, puis leur distribuait leur nourriture. C'était une vieille tradition transmise par le jeune homme. Cependant dans la journée, pour se rendre au chenil, il invoquait souvent des motifs, que le cuisinier, de connivence, approuvait volontiers... "pourvu que tu ne t'attardes pas trop !" Et même parfois, il prenait les devants : "Yann, va donc voir comment cela se passe là-bas et s'il ne leur manque rien…" disait-il, d'un air détaché. Avec empressement Yann répondait à l'invitation. Il marquait une préférence pour le berger allemand qu'il avait dénommé Kiri. Il le caressait sans aucune crainte, lui tirait les oreilles amicalement, lui parlait. Kiri acceptait tout et, s'il arrivait qu'il grogne ou fasse mine de montrer les crocs, Yann le calmait par des mots très doux. Kiri repérait l'approche de Yann. A son entrée au chenil, quand il ne commençait pas la tournée par sa cage, le gros chien lui rappelait sa présence et son attachement par des grondements prolongés. S'il n'obtempérait pas il aboyait et gémissait jusqu'à ce qu'il cédât. Yann essayait de se fâcher, mais en vain. Kiri savait bien qu'il était le plus choyé et il entendait le rester. Il témoignait de ce privilège en faisant onduler sa queue avec la légèreté d'une herbe balancée par la brise et en léchant de sa langue rose les mains de Yann...

En quelques séances Yann lui avait déjà appris à se tenir comme mort et à rabattre les oreilles sur les yeux, puis à se relever d'un bond et à faire le beau. Il contrôlait alors ses muscles puissants avec une aisance étonnante. Il avait aussi compris qu'il pouvait ensuite réclamer une friandise par des câlineries de sa patte. Il semblait écouter Yann quand il lui confiait ses secrets tout en enfonçant les mains dans la fourrure de son col...

Sa vie monotone, rythmée par les travaux quotidiens et le temps dispensé auprès des chiens, alla ainsi, s'écoulant la durée d'une lunaison. Cependant ces jours-ci le majordome multipliait les interventions à tout propos, à la cuisine et ailleurs. Il s'inquiétait aussi, plus que de coutume, de la santé des chiens et de la bonne tenue du chenil qu'il visita deux ou trois fois. Yann devina assez vite que tout cela présageait la très prochaine arrivée du duc.

Sans doute l'ensemble du personnel serait peu concerné par son séjour mais lui, il aurait à présenter le chenil au duc et il redoutait que Kiri soit sélectionné et emmené pour un concours. Il s'abstint cependant d'en parler au cuisinier ou à Selma. Il avait pour elle une réelle affection. Elle en était consciente. En retour elle lui prodiguait maintes attentions. Comme elle était plus enjouée et plus gaie qu'à l'ordinaire – à cause du duc évidemment – il pressentait qu'elle ne garderait pas longtemps pour elle seule ce qu'elle apprendrait. Et, en effet, ce soir-là, où la lune pointait presque entière dans le ciel encore clair, elle arrêta Yann qui la croisait et lui désigna l'astre :

– Demain, je pense, elle sera pleine.

– La lune ?

– Oui, la lune. Donc le duc sera ici demain ou après-demain !

Yann paraissait étonné.

– Je te le dis à toi, Yann, pas aux autres qui se moqueraient. Ils ne l'ont pas remarqué et ne le savent pas : l'été, le duc attend toujours pour franchir le portail de Roalsforth que ce soit le lendemain de la pleine lune. Tu verras si je me trompe ! Je m'en suis bien aperçu. Tu vas croire, peut-être, que je suis un peu folle.

– Non, Selma, pas du tout, mais pourquoi la pleine lune ?

– C'est comme ça !

– Mais, il y a une raison ?

– Parce que, à la pleine lune, les esprits dansent et accompagnent les carrosses.

– Vraiment ?

– Mais oui ! ils les protègent et leur portent bonheur. Une fois la famille du duc a oublié cela et alors...

Brusquement Selma s'était interrompue.

– Et alors ? hasarda Yann.

– Elle n'aurait pas dû oublier.

Selma se tut. Elle ne voudrait plus rien dire. Yann la considérait. Croyait-elle sincèrement à ces interventions d'esprits ? Quelle avait été sa vie au château depuis les évènements dont elle défendait le secret ? N'avait-elle pas, elle aussi, rêvé parfois de partir ailleurs ? ou bien se forgeait-elle un devoir sacré, une mission, à tout le moins un honneur, d'être en quelque sorte gardienne de Roalsforth ?

– Je serais heureux de connaître le duc, dit Yann.

– Tu as la charge du chenil maintenant, n'est-ce pas ? alors tu le verras, mais n'en parle pas, plus personne ici ne se soucie du duc.

Une servante héla Selma. Elle adressa à Yann un clignement d'œil et s'éloigna en trottinant.

XII

SELMA NE S'ÉTAIT PAS TROMPÉE. Le matin suivant le majordome annonça l'arrivée du duc pour le soir : si quelqu'un le rencontrait dans le château il devrait s'incliner respectueusement. Peu après il pria Yann de l'accompagner au chenil. Il tenait, une dernière fois, à se rendre compte par lui-même de l'état des cages et de l'allure des bêtes. L'inspection fut minutieuse. Il reconnut que tout était en ordre :

– Tu t'intéresses davantage aux chiens qu'au reste, semble-t-il, mais puisque l'ensemble est correct, je ne dis rien. Maintenant, viens avec moi. Je veux encore vérifier si les appartements du duc ont été apprêtés comme il convient. Peut-être te faudra-t-il y retourner avec Irdin pour achever de les aménager.

Yann suivit le majordome dans un escalier en marbre. Ils prirent un couloir. De hautes baies vitrées, bordées de rideaux de velours rouge, encadraient une vue immense sur la mer bleue. Emu de se trouver soudain face au grand océan Yann ralentit et s'approcha des fenêtres. Le majordome le remarqua :

– Une belle vue, dit-il, Roalsforth, je l'accorde, est assez bien situé. Allons, ne perdons pas de temps !

Ils aboutirent à une rotonde d'où partaient deux autres galeries.

– Ici, le premier étage de la *Tour des Gladiateurs*.

Mais Yann, devant une tapisserie qui représentait un de ces combats d'autrefois, avait déjà identifié ce lieu que le jeune homme lui avait mentionné.

– A gauche, par le couloir, nous accédons à la partie du château que se réserve le duc et sa famille.

Il s'y engagea et ouvrit une porte.

– Le bureau de travail du duc. Parfait ! Bien ! je vois que Selma nous a précédés.

Sur la table un bouquet de fleurs mauves jetait une note plutôt gaie dans cette pièce aux boiseries sombres.

– Puisque les chiens te conviennent ! grommela-t-il en désignant des gravures accrochées aux murs qui représentaient des portraits de chiens et des scènes de chasse avec meutes... Mais Yann ne pouvait détacher les yeux d'un grand tableau au-dessus de la porte, un tableau de famille d'où émanait une impression d'intimité heureuse : trois enfants, en ordre de taille, entourant une jeune femme assise dans un fauteuil. D'abord une petite fille avec des nattes foncées qui retombaient sur une robe bleu roi, puis deux garçons plus grands, fort ressemblants, même regard réfléchi et volontaire, même coupe de cheveux, même costume marin, mais différents de taille. Et, le visage souriant, la dame en jaquette carmin, coiffée d'un voile de soie blanche, les deux mains posées sur les genoux. Les yeux de la dame suivaient Yann.

Le majordome se tourna vers le tableau :

– Tout cela a grandi ! dit-il, laconique.

Les autres pièces : un boudoir, des chambres, un petit et un grand salon, satisfirent le majordome.

– Inutile de s'attarder ici, dit-il, Selma et Irdin ont bien travaillé.

Yann ne douta pas que cette remarque faite à haute voix ne lui fût destinée. En redescendant le majordome pointa un doigt vers un autre tableau qui ornait un palier :

– Le duc en pied, il y a quinze ans déjà !

Yann n'eut que le temps d'apercevoir un homme robuste et de bonne taille, debout, engoncé dans un habit de cérémonie que mettait en valeur une large lavallière. Il tenait à la main un chapeau haut-de-forme. La chevelure était grisonnante.

Cette figure le poursuivit plusieurs fois durant la matinée. Il se remémorait la toile. La haute stature du duc, son visage et son regard, pourtant à peine entrevus, lui paraissaient évoquer une ressemblance, mais tellement vague et insaisissable qu'il ne pouvait la rattacher à qui que ce soit. Les occupations de la journée éloignèrent cette idée.

Comme chaque soir, dans sa chambre, il s'accouda à la fenêtre inventant pour Dieu et pour lui des phrases où se mêlaient des souhaits de son cœur et des souvenirs de ce jour et d'autrefois. Il apprécait ces moments de solitude qu'il remplissait d'images à son gré. Aujourd'hui, la *Tour des Gladiateurs,* les enfants et la dame du tableau, et Charlotte la sœur de Loïc qu'il ne connaît pas, qui a le même âge que la petite fille, et la mère de Charlotte, et Loïc qui, peut-être, comme la dame assise, portera un jour son regard sur lui en souriant…et les deux garçons côte à côte... on pourrait les appeler Loïc et... Yann ! Oui, ou plutôt Loïc et Olaf. Ils doivent bien se ressembler aussi !

Il fait bon rêver, nourrir des illusions pour s'amuser dans lesquelles on plonge sans être dupe. Mais il y a aussi le portrait du duc, debout en grand apparat. Il le revoit maintenant, il fut sans doute un de ces garçons qui a pris de l'âge... "Ils ont grandi." a dit le majordome ! C'est vrai, à trente ou quarante ans de distance, la fierté d'allure est la même, le regard aussi. Yann se coucha, détendu. Il pensait encore à Selma. Il attendra d'être seul avec elle. Il lui dira comment il a accompagné le majordome à la *Tour des Gladiateurs* et il la félicitera du bouquet sur la table, puis, après d'autres détails de la visite, il orientera la conversation vers les tableaux.

XIII

OR LE QUOTIDIEN SE RÉPÉTA sans qu'aucune occasion favorable ne se présentât. Selma ne venait plus s'asseoir, l'après-midi, dans un coin de la salle à manger, comme elle le faisait parfois en guise de sieste et, quand il la rencontrait, elle lui adressait un rapide signe de la main qui indiquait qu'elle était occupée. D'autres fois des personnes trop proches devenaient obstacle à toute confidence.

Ainsi une semaine s'écoula. Et puis, un matin, tandis qu'il disposait les couverts pour le repas, le majordome entra dans la salle, passa par la cuisine, et revint vers lui :

– Tu prépareras la table tout à l'heure. J'ai besoin de toi. On a oublié cette lettre dans le courrier du duc. Va la lui remettre. Tu frappes à la porte et, pour entrer, tu attends la réponse. Tu connais l'endroit, je t'y ai emmené l'autre jour.

Le majordome déposa le pli sur une coupe argentée. Yann partit. Il ralentit en traversant le palier. Dans quelques instants ce ne serait plus ce tableau qui s'imposerait à ses yeux mais le duc lui-même. Il aura cela aussi à raconter à Selma... Parvenu au bureau il frappa deux coups légers. Presque simultanément une clochette tinta. Yann tourna la poignée de la porte. Le duc était à sa table devant des papiers, un porte-plume entre les doigts. Yann s'inclina et :

– Monseigneur, commença-t-il, en relevant la tête et tendant le plateau, je suis envoyé par votre majordome... pour... pour vous remettre cette lettre... qui s'était égarée... égarée...

Il avait failli ne pas pouvoir achever la phrase tant il était troublé. Il découvrait avec stupéfaction que cet homme en face de lui n'était autre que celui qui, un soir, l'avait dépassé dans une rue du village de Loïc et s'était éclipsé dans la maison abandonnée… Le même front ridé, les mêmes yeux et sourcils, le même nez un peu écrasé… C'était donc ce personnage que le tableau évoquait ! Malgré ses efforts pour se ressaisir son émoi était visible. Alors, haletant, il balbutia :

– Veuillez me pardonner... je me suis dépêché et les escaliers...

Le duc sourit :

– Effectivement ils sont un peu rudes. Ne vous tracassez pas.

Yann désirait prendre congé au plus vite mais le duc continuait en le regardant avec insistance :

– Quel âge avez-vous ?

– Treize ans un peu passés...

– Treize ans ! répéta le duc lentement, et il eut un très discret mouvement des yeux vers le tableau de famille en face de lui :

– Vous paraissez timide... Vous êtes ici depuis longtemps ?

– Depuis un mois et demi environ.

Oui, le même homme, la même imposante carrure, la même figure... Le duc connaissait donc son père entré ce soir-là aussi dans l'affreuse maison. Alors ignorait-il, ou feignait-il d'ignorer qui il était lui, car il pouvait être au courant de son service au château ?

– Un mois bien passé ! et vous vous plaisez à Roalsforth ?

Yann hésitait.

– Roalsforth est un vieux domaine, accablant de souvenirs, poursuivit le duc, je m'y retrouve comme dans un songe... Que peut être Roalsforth pour vous qui pourtant le faites vivre ?

Et, silencieux, il contempla, cette fois plus longuement, le tableau, puis il revint à Yann :

– Vous êtes jeune ! Sans doute seriez-vous mieux dans un monde moins clos... Au revoir ! oui, j'aimerais vous revoir.

Yann aurait pu l'informer que ce serait bientôt, puisqu'il avait charge du chenil, mais il ne souhaitait pas demeurer là plus longtemps. Il salua et quitta la pièce. Tout était confus.

XIV

AU SOIR DE CETTE RENCONTRE Yann se sentit plus que jamais seul, loin de Loïc. Personne à qui se confier pour chercher ensemble quel jeu menait le duc. Le tête-à-tête du matin avait rappelé brutalement les faits étranges qui jalonnaient sa vie. Les réflexions se croisaient, se bousculaient : le duc était à l'évidence accueillant et bienveillant, et même s'était montré presque amical quand il lui avait demandé son âge, ses goûts, et quand il avait compati en reconnaissant que d'autres conditions de vie seraient préférables pour un jeune garçon comme lui... Yann était persuadé de l'honnêteté du langage... Il se dégageait de cet homme une présence de force contenue et en même temps de simplicité de relation et de chaleur du cœur. Yann comprenait l'admiration de Selma. Il aurait voulu la partager sans réserve mais il ne pouvait reléguer dans l'oubli la vue du duc qui s'enfouissait dans l'inconnu de la maison où son père se présenterait peu après. En réalité avait-il une preuve que la réunion d'alors avait un lien avec le trèfle bleu ? Et s'il s'était agi seulement d'un club d'amis qui s'amusaient, de temps à autre, à entourer d'un halo de clandestinité de bons moments arrangés ensemble à l'abri du reste du monde quotidien ! Cette explication s'accorderait bien avec les bizarreries que l'on prêtait au duc et elle le rassurerait à propos de son père. Il s'efforça de s'en convaincre. Alors était-il heureux ou malheureux de la surprise de ce matin ? Il n'en savait rien ne se sentant pas vraiment assuré de penser juste.

A la fenêtre Yann aspirait l'air serein qui montait des pierres tièdes de la cour. Il épiait les sons menus du soir. De temps à autre il s'y mêlaient des jappements légers comme des soupirs ou des "plocs" infiniment discrets sur le dallage, mais qu'il reconnaissait : Kiri trottinait. Il ne pouvait le voir à cause de l'avancée du toit. Il appela à voix basse : *Kiri*. Les pas se turent. Kiri grognait sourdement. Yann lança un gravier et les vieux pavés renvoyèrent un "clac" sec, suivi du bruit d'une chute adoucie et de faibles grincements. Ainsi Kiri avec une souplesse admirable avait bondi vers le petit caillou, ses griffes avaient glissé sur le sol, et puis il s'était couché juste au-dessous de la lucarne. Yann en était certain. Kiri donc l'attendait et il le lui signalait maintenant par des gémissements étouffés que nul autre que lui n'aurait compris. De la sorte s'établissaient entre eux un langage et une entente par lesquels ils se communiquaient bien des choses en secret… Après tout, rien ne s'opposait à ce qu'il allât rejoindre Kiri et qu'il lui fît part de ses soucis. Ce soir il ne pourrait dormir, et puis, même dans la cour enserrée de murs, flottait, quand la nuit s'étendait, la douceur qu'ont partout les nuits d'été...

Yann passa devant la chambre du majordome et celle d'Irdin. Il prit l'escalier en colimaçon et se guida dans l'ombre en tenant la rampe. Il pénétra dans la cour. Aussitôt Kiri vint se frotter contre ses jambes. Qui aurait soupçonné qu'il dirigeait Kiri à sa guise ? Comme il est bon d'avoir un autre que soi, ne fut-ce qu'un chien, à qui conter tout ce qui vous tient à cœur, pensait Yann. Un chien est un compagnon, tel celui-là qui se montre si affectueux ! Et pourtant fort différent de Loïc. Quelle idée ! Différent aussi d'un jouet qui serait intelligent. Oui, Kiri a de l'affection pour lui, comme lui pour Kiri. Quand le chien donne ce rapide coup de langue sur sa joue il entend le lui montrer. Avec tout autre il n'agirait pas de même…

Les yeux de Kiri, brillaient et ne quittaient pas Yann. Tout Kiri était rassemblé dans ces yeux où Yann devinait une minuscule image de lui-même – Les yeux sont tour à tour joyeux, ou tristes, ou ardents, ou même pensifs. – Les yeux de Kiri, ce soir, étaient comme des étoiles qui questionnaient...

Yann s'était approché du puits. Appuyé sur la margelle il caressait Kiri, lissait sa peau douce. Ses fines oreilles étaient moites. "Kiri, ne sais-tu pas, les hommes affirment que tu es féroce... comme ils ont tort ! Kiri, ne sais-tu pas ce qui me préoccupe, si tu pouvais m'apprendre pourquoi le duc s'est rendu au village de Loïc, il n'y a pas très longtemps, dans une maison délabrée, aux volets fermés, pourquoi y a-t-il rencontré mon père et d'autres personnes ? Ce n'étaient que des amis, n'est-ce pas ? que de bons amis ? Kiri, je voudrais tant ne pas me tromper" ! Et Yann demeura rêveur. Il ne pensait plus à rien, tranquille près du chien, s'abandonnant à la paix dont son esprit avait besoin.

Kiri s'était tapi à ses pieds. Sa queue frétillait comme en attente de quelque chose. Puis il se redressa et câlina de son museau les genoux de Yann. Yann a compris, le chien l'invitait à jouer. Certes, personne ne se risquerait à traverser la cour. De plus le château était déjà endormi. La lune, encore presque entière, entamait sa tournée ajoutant son éclat timide à la pâle clarté de la nuit nordique. Vraiment rien ne s'opposait à ce qu'il courre avec le chien, prudemment, à ce qu'il l'exerce à s'arrêter net au moindre signal, à repartir, à ramper ou à faire le mort… Et, de fait, Yann s'aperçut que Kiri acceptait tout, avec une rare intelligence, et que, à l'évidence, comme lui aussi, il y prenait grand plaisir…

Alors ils se retrouvèrent pareillement les deux soirs suivants...

XV

Et il y eut le troisième ! Ce soir-là de fin août le ciel était dégagé, le temps clément, plutôt doux. A son entrée dans la cour Yann flatta d'abord Kiri, le cajola, l'entraîna dans des tours de course avant de répéter divers exercices amorcés les nuits précédentes. Kiri avait tout enregistré. Yann était aux anges. Il lui octroyait des friandises et puis reprenait les ébats… Alors il se lança dans une sorte de danse silencieuse : il sautait, se courbait, effleurait le sol, se détendait léger, repartait en souplesse et Kiri l'accompagnait sur le même rythme, comme dans un ballet bien réglé. Yann s'arrêtait, Kiri s'arrêtait. Yann tourbillonnait deux ou trois tours, Kiri de même. Yann s'allongeait à terre, Kiri mimait le mort. Quand Yann ensuite avançait en rampant, Kiri aplatissait son échine et progressait, faisant mine de se glisser sous un obstacle. La cour était devenue une arène de cirque à deux, où chacun était acteur dans un même numéro improvisé pour eux seuls, pour leur seul plaisir...

Yann revint au puits d'agrément. Des pots de géraniums étaient disposés sur la margelle. Yann laissa ses yeux errer sur le puits. La lumière orangée qui tombait du ciel le revêtait d'une beauté mystérieuse avec ses deux arceaux en fer forgé dont les volutes évoquaient des fleurs et s'éclataient en fines arabesques avant de se croiser en leur milieu au-dessus de la dalle du fond. Kiri, à ses côtés, ne cessait de gambader. Pour lui la fête n'était pas achevée.

Yann alors se sentit mis en demeure de poursuivre leurs jeux. Le puits lui inspira une idée. Il ne serait pas dit qu'il n'était que décoratif. Avec ce nouveau partenaire, en dégageant momentanément les pots de fleurs, la danse pouvait reprendre, plus osée sans doute dans l'obscurité naissante, mais à la mesure de Kiri. Il transporta donc à l'écart la demi-douzaine de pots. "Kiri, ne bouge pas !" Il enjamba la margelle et se recroquevilla au fond du faux puits. Il donna un signal : un discret claquement des doigts. Kiri hésita, tournicota le long de la margelle, puis, d'un bond, s'aplatit auprès de Yann. "Oui Kiri ! parfait !" Et Yann de fouiller dans sa poche. Il en retira un mouchoir, le bourra avec des graviers, en noua les quatre coins. Puis il caressa le chien, le laissant flairer la balle.

– Attention Kiri, cette fois j'envoie la balle devant toi, à travers les arceaux, de l'autre côté du puits. Tu devras la poursuivre en sautant, sans heurter ni le sommet des tiges de fer ni la margelle, et tu reviens la déposer à mes pieds. Hop !

Et Yann jeta la balle vers le cintre que formaient les tiges de fer. Immédiatement, sans presque aucun élan, Kiri s'élança épousant la même trajectoire que la balle et alertement franchit de part en part le puits. Une fois, deux fois, trois fois... Les rayons de la lune décrivaient sur les murs du château des ombres ténues de plus en plus élargies car, à chaque reprise, Yann se reculait d'un bon pas. Il s'interdisait de battre des mains en "bravos" sonores, mais il était rempli d'admiration pour Kiri qui, infatigablement, dès qu'il avait rapporté la balle, se trémoussait en attente d'un nouveau coup... Le chien ne manifestait aucune lassitude et Yann en oubliait le temps le contemplant chaque fois qu'il s'élevait ainsi d'une petite détente des pattes arrières, avec une belle apparence de facilité. Ses muscles se bandaient, puis s'étiraient en un éclair. Son corps planait entre les arceaux avant qu'il se pose, comme au ralenti, sur les pavés, n'en marquant le contact que par un imperceptible cliquetis de la corne des pattes. Bientôt il ne fut plus nécessaire que Yann projette la balle. Il lui suffisait de désigner du doigt les arceaux, et le chien bondissait de la même manière. Yann était comblé… Et puisque Kiri prouvait une telle maîtrise il pouvait bien tenter d'autres exploits, comme de saisir, au moment précis où elle s'engagerait sous les arcs du puits, la balle lancée de côté à sa rencontre.

Le chien lui léchait les mains et le regardait comme s'il comprenait. Oui, car soudain, brusquement, il s'échappa de ses bras et se dirigea droit vers l'emplacement d'où il s'élançait les minutes d'avant. Il s'y tint en poussant des cris étouffés comme une supplication tout en tournant vers Yann des yeux confiants. Aurait-il pu mieux exprimer son désir de reprendre la partie ? Yann en fut tout ému : "D'accord, Kiri, mais faisons autrement."

Kiri vit alors son maître escalader la margelle et tâter les montants de fer torsadés. Ils étaient minces mais robustes, à peine rouillés en de rares plaques où la peinture s'était écaillée. Grâce aux boursouflements des motifs décoratifs Yann n'eut pas grand peine à se hisser jusqu'au croisement des arceaux. De là, à califourchon, il lui serait plus aisé de laisser tomber la balle avec précision au passage de Kiri. Quand le chien bondira et la verra – peu sans doute, mais il la sentira – frôler son museau, la gober sera un jeu pour lui. Cet exercice n'avait rien d'imprudent, pas plus que les précédents. Personne ne pouvait les voir, ni entendre quoi que ce soit. Ce grand monde nocturne qui les enveloppait était leur complice. A cette heure tous deux étaient les rois de Roalsforth... Yann sourit en imaginant la stupéfaction du majordome, du cuisinier, d'Irdin ou d'autres... s'ils savaient ! Le voilà donc installé, juché au sommet des cintres. Il serrait la balle d'une main et de l'autre se cramponnait au bâti de fer. Il se tourna vers Kiri qu'il distinguait comme une masse palpitante dont les yeux aux aguets reflétaient l'éclat de la lune, tels deux fines perles brillantes. Yann jeta un regard vers l'astre qui s'apprêtait à les quitter, déjà ébréché par la silhouette de la tour... Avant qu'il disparaisse ils allaient lui offrir le clou de la soirée... "N'est-ce pas Kiri... en l'honneur de la lune ? Alors, allons-y... hop !" Le chien frémit, s'ébroua, allongea deux foulées et s'envola magnifiquement vers le centre de la coupole dessinée par les arceaux. C'était le moment. Yann lâcha la balle en l'accompagnant d'une faible chiquenaude... "Kiri ! pour toi !" En trombe Kiri s'engouffra sous les arceaux, or, presqu'au même instant, il donna un coup de rein, courba l'échine, détourna sa gueule en arrière et plongea vers la balle qui l'avait devancé de très peu. Il la rattrapa et la happa... Quelle maîtrise !... Quoi ! soudain l'admiration de Yann se transforma en une intense inquiétude car le chien, déséquilibré par son extraordinaire virevolte, n'avait pu se redresser. Il s'était effondré au fond du puits en raclant le bord intérieur de la margelle.

"Kiri, Kiri ! n'es-tu pas blessé ?" Mais un bizarre grincement montait de la margelle tandis que les arceaux de fer vibraient et s'enfonçaient par saccades. La voix de

Yann s'étrangla, sa gorge se serra. Il éprouvait l'angoissante sensation d'un vertige qui le privait de tout repère. Simultanément, un aboiement plaintif jaillit d'en bas, appel de détresse, presque aussitôt couvert par le grondement de blocs de pierre qui s'entrechoquaient. Une bouffée d'air froid l'enveloppa des pieds à la tête...

Et subitement plus rien, plus rien que le grand calme vide de la nuit !

Yann demeurait hébété, le cœur battant à tout rompre. Enfin il se décrispa et ouvrit les yeux. Il était toujours vraiment là, au sommet du cintre. La lune poursuivait toujours sa course dispensant ses ultimes rais orangés. La *Tour des Gladiateurs* surplombait toujours la cour déserte... “Kiri !, appela-t-il, Kiri mon chien !” En dessous de lui aucun écho. “Kiri !” Le silence qui l'environnait le glaça. Maintenant il savait qu'il ne reverrait plus Kiri. Cette certitude simple et tragique s'imposait impitoyable. Il ne le reverrait plus puisque ce puits, que tous considéraient comme une ornementation de la cour, était un vrai puits dont la dalle du fond était traîtresse. Par un mécanisme mystérieux elle avait pivoté le temps que le chien tombe dans l'abîme et, en revenant à sa position habituelle, elle le gardait à jamais comme dans un tombeau. Les yeux de Yann s'embrumèrent de larmes.

Là-haut, discrètement, la lune s'en était allée.

XVI

Ce fut le visage bouffi que Yann se présenta le matin à la cuisine après avoir, comme à l'ordinaire, reconduit les chiens au chenil. Il avait passé tout exprès par la cour déserte afin que personne ne s'étonnât s'il modifiait son trajet quotidien. Sans un mot au cuisinier déjà à l'ouvrage, il prit un bol et s'attabla dans un coin. Il gardait la tête baissée, étranger à ce qui l'entourait, revoyant dans un lent défilé le déroulement de la nuit. Quand il avait repris ses esprits il était descendu de son perchoir sur les cintres. Or, dès qu'il avait lâché les arceaux, un bruit sec métallique avait claqué. Les tiges de fer libérées de son poids s'étaient relevées brusquement. Instinctivement il avait tenté d'examiner leur jointure avec la pierre, mais dans l'ombre de la nuit il était impossible de distinguer quoi que ce soit. D'ailleurs à quoi cela aurait-il servi ? A tout hasard, sans illusion, il avait pourtant cherché le chien dans la cour. Vainement... A bout de forces il s'était obligé de masquer la tragédie en veillant, d'abord, à remettre à leur place exacte les pots de géranium, puis il s'était traîné jusqu'à sa chambre accompagné de son immense tristesse.

Yann, ruminant ces souvenirs, n'en finissait pas de tourner machinalement sa cuiller dans son bol. Le cuisinier l'observait à la dérobée. Enfin il exprima son étonnement de le constater si différent des autres jours :

– Des ennuis ? Quelle tête tu fais ce matin !

– Je n'ai pas dormi de la nuit. J'ai eu cauchemars sur cauchemars... Je suis fatigué, soupira Yann, et il bailla longuement.

Le cuisinier n'insista pas. La minute d'après Yann était reparti loin de cette salle dans un univers peuplé de reproches. Pourquoi ne s'était-il pas contenté de s'amuser simplement avec Kiri ? Pourquoi s'était-il acharné à proposer au chien des tours de plus en plus osés jusqu'à tenter un exploit que lui, Yann, n'avait pas été capable de régler ni de contrôler ? Pourquoi ?

Comme autant de meurtrissures douloureuses sans remèdes, ces questions le harcelaient, et, peut-être en forme d'expiation, il ne leur faisait pas vraiment front...

Irdin traversa la cuisine.

– Tiens, Yann, où était donc tout à l'heure le chien que tu lâches dans la cour du puits chaque nuit ?

Yann pâlit. Irdin aurait-il deviné quelque chose ?

– Tu es passé par la cour ?

– Certes non ! je n'ai pas de goût à me faire cajoler par tes amis.

– Tant mieux, répliqua Yann rasséréné, sinon j'aurais été jaloux. Et il se força à sourire.

– Mais, insista Irdin, je ne l'ai pas vu derrière les carreaux me montrer ses belles dents comme il lui plaît tant de le faire !

– Il t'attendait caché sans doute derrière le puits, dit Yann, ou bien c'est toi qui verses dans la myopie.

– Dis donc ! fit Irdin avec un geste de menace.

Le cuisinier intervint :

– Halte-là les enfants, pas de chamailleries ici.

Irdin s'en alla et Yann retomba dans son mutisme et ses rêveries.

Irdin l'agaçait, il avait aussi éveillé sa méfiance. Il commençait à mesurer les conséquences de l'aventure de la nuit : dès ce soir il devrait remplacer Kiri dans la cour. Et, même si personne ne se soucierait d'identifier quel chien était ici, quel autre était là, sauf peut-être Irdin, la disparition de Kiri ne saurait demeurer longtemps secrète. Au mieux quelques jours. Car sûrement le majordome vérifiera l'état du chenil quand le duc l'aura averti de la date de sa visite, alors le vide de la cage le surprendra… et il n'aura aucune explication à donner !

Yann voudrait crier à l'injustice. Non seulement il souffrait cruellement de la perte de Kiri, ce splendide ami, mais il lui faudrait encore subir l'interrogatoire puis la colère de gens qui n'ont aucune affection spéciale pour le chien mais qui se fâcheront d'autant plus qu'il représentait une excellente bête de concours. On lui avait demandé de s'en occuper. Il y avait mis tout son cœur. C'était fatal qu'il s'attachât à un tel compagnon. Or, au lieu de le comprendre on allait l'accabler. Comme les hommes sont étranges ! Personne ne soupçonnera un instant qu'il est le plus malheureux . Et que la vie aussi est étrange ! Hier il était inondé de joie quand il tournoyait au clair de lune avec Kiri et, sans transition, le temps d'un soupir, il s'est enfoncé dans la noirceur et la détresse de sa disparition. Quand se présentent les moments radieux comment imaginer les déchirements qui leur succèderont ?

Certes il ne dévoilera à personne ce qui s'est passé, mais ce qui s'est passé brusque le destin et le presse de fuir le château au plus vite.

Comme pour s'affirmer cette décision il serra les dents et frappa la table du poing. Le bol roula et se brisa à terre. A son feu le cuisinier se retourna et s'exclama :

– De la casse ! Bah ! ce n'est pas grave. Mais toi, mon garçon, dit-il en s'approchant, ça ne tourne pas rond ce matin.

Yann se leva, penaud, les yeux rougis.

– Ramasse ça et monte te reposer dans ta chambre. Tu reviendras tout à l'heure.

Il avait parlé d'une voix calme. Il en avait tant vu de vaisselle qui se brisait !

Yann rassembla les débris lentement. Il n'avait guère envie de se réfugier dans sa chambre. Tout le monde le saurait et Irdin, quant à lui, ne manquerait pas d'en faire des gorges chaudes. Il restait là, les bras ballants, hésitant...

– Après tout, comme tu veux, reprit le cuisinier, mais pour l'instant tu n'es bon à rien. Il faut changer tes idées. Si tu préfères va bavarder avec les chiens. Et il souriait.

Normalement pour se rendre de la cuisine au chenil Yann devait traverser la cour. Pourtant il ne se décida pas tout de suite. Il était préoccupé par les mots d'Irdin. Si certains se doutaient déjà de quelque chose, si des regards curieux l'épiaient ! Il voudrait scruter de près le puits, s'expliquer son secret, mais s'il y montrait trop d'intérêt, d'aucuns pourraient juger louche son attitude. Mais non, le personnel s'adonnait à ses activités quotidiennes. Chacun vaquait à ses affaires, très éloigné de penser à lui. Alors il chassa ces chimères. La sotte réflexion d'Irdin n'était que du vent sans consistance.

Il sortit de la salle et, par le couloir, arriva à la porte qui menait à la cour. Il l'ouvrit et respira profondément. Les martinets striaient l'air au ras des toits. Pans après pans le soleil avait déjà entrepris de grignoter les ombres étalées sur le sol. Ce matin de Roalsforth était semblable à tous les autres. Personne ne songeait à lui. Personne ? Si pourtant ! sûrement quelqu'un qu'il ne pouvait voir ici mais dont la certitude de l'amitié le soutenait.

Son regard se dirigea naturellement vers le puits. Les pots de géraniums le décoraient joliment. On ne pouvait remarquer qu'ils avaient été dérangés dans la nuit, car il les avait reposés à leur place aussi soigneusement que lorsqu'on offre, avec respect et tristesse, des fleurs sur une tombe... celle de Kiri.

Yann refoula ses sentiments. Il voulait comprendre. Feignant de flâner il s'approcha de la margelle et se pencha vers une fleur comme pour l'admirer. Cependant ses yeux scrutaient la dalle du fond. Par quel mécanisme avait-elle basculé et ouvert le vide sous le chien ? Pourquoi les arceaux s'étaient-ils en même temps affaissés ? Il cherchait des indices, mais il ne décela qu'une très fine poussière de rouille et de mousse mêlées, ainsi qu'une infime fissure à la jointure des montants de fer et des pierres de la margelle. Il était imprudent de s'attarder. Pourtant, caressant la fleur, il en coupa la tige, puis la lança discrètement sur la dalle : "Pour toi, Kiri, pardonne-moi."

Peut-être parce que cela le libérait, il répéta ces mêmes mots, penché vers le puits, et avec plus de force : "Kiri, pardonne-moi, je ne voulais pas... !"

Telle une caisse de résonance la cuvette de la margelle répercutait sourdement sa voix. Or, dès qu'elle se fut évanouie, dans le silence qui revenait, il entendit, stupéfait, monter des profondeurs du puits de courts jappements, des jappements qui s'adressaient à lui comme une réponse en même temps qu'un appel. Il se redressa, se rassura… il était seul. Alors, envahi de joie, il se risqua à presque crier : "Kiri, c'est moi, tiens bon, ce soir je te tirerai de là."

XVII

CELA FUT TRÈS MALAISÉ. D'abord il eut beaucoup de difficulté à dénicher une corde de bonne qualité, indispensable pour descendre dans le puits. Il l'avait remisée dans le chenil ainsi qu'une échelle légère en bois, à toutes fins utiles. Il avait dû aussi emprunter à Irdin une lampe sous un prétexte quelconque... Toute la journée il avait imaginé le sauvetage et les imprévus possibles... et puis au repas du soir il entendit tout à coup, émergeant des propos qui s'entrecroisaient, la voix d'Irdin :

– Yann, tu te pends, cette nuit ?

Et le garçon le regardait d'un air moqueur. Que voulait-il dire ?

– Oui, à l'aide de la grosse ficelle que tu cachais sous ton tablier cet après-midi.

Ainsi, malgré ses précautions, Irdin l'avait observé. Alors il avait rétorqué avec un faux air sérieux :

– Ce serait une idée, à moins d'en faire un lasso pour encercler la lune et te l'apporter en cadeau...

Tous avaient ri. Irdin lui avait adressé une grimace et s'était occupé d'autre chose.

A la nuit il avait gagné le chenil et récupéré l'échelle de bois et la corde. Le puits ne devait pas être profond puisque le signal du chien avait paru très proche. Il l'atteindrait facilement en se pendant à la corde quand la dalle aurait pivoté. Ensuite il trouverait un moyen de le remonter, au besoin avec l'échelle. Son cœur avait battu plus fort lorsque, s'approchant de la margelle, il avait, de nouveau, entendu Kiri. Le flair du chien l'avertissait de sa présence. Pourtant, dans le sombre silence de la nuit Yann, s'était refusé à lui répondre à haute voix. Il avait seulement tapé quelques coups sur les arceaux pour l'assurer que son ami était bien là... Mais, après avoir sauté plusieurs fois sur la dalle, il avait constaté qu'elle ne tremblait pas davantage que s'il avait frappé sur les pavés de la cour. Il fallait donc inventer autre chose. Et le chien continuait à aboyer plaintivement ! Alors, avec un filet de lumière de la lampe, il avait inspecté du plus près possible les détails de la margelle, des tiges de fer et de la dalle du fond à la recherche du moindre indice qui suggèrerait un geste de salut à tenter, mais le puits se refusait à livrer son secret...

Il s'était assis sur le pavé, s'était décontracté, avait mis la tête entre ses mains et posément s'était remémoré les circonstances du dernier saut de Kiri. Il revoyait : le chien s'était élancé, puis s'était cabré sous les cintres pour gober la balle, et, après, s'était effondré au fond du puits. Au même instant les arceaux sur lesquels il s'était juché s'enfonçaient dans les pierres de la margelle et la dalle vacillait. Soudain il fit le lien : la masse de Kiri sur la dalle...

son poids à lui, juché sur les arceaux... Le secret du mécanisme serait donc cette double pression simultanée et il suffirait de reproduire une même situation… Il avait donc envisagé d'apporter de la cuisine de lourds sacs de pommes de terre, qui pèseraient sur la dalle au fond de la margelle comme l'avait fait Kiri... Mais il serait plus simple d'essayer d'abord, après avoir fixé la corde au croisement des arceaux, de la saisir à pleines mains, puis, par un petit saut, de se laisser tomber sur la dalle tout en maintenant la corde tendue le plus possible.

Dès la première tentative des vibrations avaient secoué le puits. Il avait recommencé plusieurs fois. Enfin la dalle avait pivoté d'un demi tour et la corde avait filé par l'ouverture. Alors il avait laissé glisser ses paumes le long de la corde et, après à peine un mètre de descente, ses pieds avaient buté sur un renflement de pierre. Il avait éclairé l'endroit. Le renflement était la première marche d'un escalier qui menait, un peu plus bas, à une plate-forme taillée elle aussi dans la pierre.

Kiri était posté là, immobile, silencieux, désormais conscient en son instinct qu'il devait s'abstenir d'attirer l'attention puisque son maître l'avait retrouvé, mais tout son corps frémissait, et ses yeux restaient braqués sur Yann qui, le pressant contre lui, s'efforçait aussi de distinguer, avec la faible lumière de sa lampe, ce qu'était cet endroit où il venait d'aboutir.

Très vite il avait remarqué qu'un couloir, utilisant une faille dans la roche, partait de l'étroite plate-forme et s'enfonçait dans le noir. Quoi ! le point de départ d'un chemin d'évasion ? Il n'osait trop l'espérer mais son cœur avait battu plus fort. Il devrait explorer... Pour l'instant il s'agissait du chien. Moyennant beaucoup d'efforts il était parvenu enfin à l'extirper du trou en l'amenant à prendre appui sur ses épaules. Kiri était sauvé. Alors il avait replacé les fleurs sur la margelle comme une couronne de victoire.

XVIII

LE LENDEMAIN IL NE CESSA DE PENSER à cette aventure de sauvetage... L'énigme du puits l'interrogeait de plus en plus. Quand avait-il été installé ? Dans quel but ? Mais en réalité tout Roalsforth s'avérait surprenant : autant la persistance d'une dizaine de personnes qui gardaient le château vivant pour qu'il fut possible au duc d'y séjourner à peine deux semaines par an, que le duc lui-même qui n'hésitait pas à faire fi de sa noblesse pour se retrouver avec un groupe mystérieux dans l'anonymat de la nuit... que Selma qui évoquait à tout propos un passé merveilleux, s'entêtant cependant à cacher des faits tragiques qui, selon elle, avaient mis fin à ce temps de bonheur... que le majordome qui se substituait à son père... sans compter le jeune homme apparu soudainement pour le réconforter.

A l'heure habituelle il sortit dans la cour pour se rendre au chenil. Il lui sembla que Kiri l'accueillait plus chaleureusement qu'à l'ordinaire, qu'il le fixait de ses grands yeux avec plus de ferveur. Certes, le chien aussi se souviendrait toujours de cette nuit !

En retraversant la cour il tomba sur Selma qui, comme elle le faisait souvent aux beaux jours, avait placé une chaise près du puits et tricotait. Quelle occasion aurait pu être meilleure pour bavarder avec elle !

– Bonjour Selma !

– Bonjour, petit, dit-elle en relevant la tête.

– Elles vous plaisent les fleurs du cuisinier ? et Yann désignait les pots.

– Du cuisinier ! elles appartiennent à tout le monde.

– Elles font bel effet sur ce puits... un très vieux puits n'est-ce pas ?

– Bien plus vieux que tous les vieux d'ici.

– Vous le pensez ?

– De plusieurs siècles, petit.

– Pourtant les arceaux ne sont pas rouillés... ou si peu !

– Le majordome met son honneur à ce qu'ils soient parfaitement entretenus. J'en suis bien contente. Un chaudronnier du village en prend soin de père en fils.

Elle n'ajouta rien d'autre et fit courir ses aiguilles. Yann coupa une fleur fanée.

– Savez-vous que j'ai souvent peur que le chien du duc, que je lâche la nuit, fasse des dégâts... A propos Selma, je l'ai vu le duc ! Je lui ai porté du courrier il y a trois jours, dans son bureau.

Elle abandonna son tricot, releva la tête et le regarda :

– Ah ! tu l'as vu ! et alors ?

Manifestement elle était anxieuse d'apprendre ce qu'il en avait pensé.

– Alors ! il m'a accueilli fort simplement, avec grande bonté. Je souhaitais vous le dire car vous l'estimez beaucoup.

– Oh oui ! s'exclama-t-elle en balançant la tête, le duc ! notre duc ! Quand il avait ton âge je le connaissais déjà. J'étais encore une petite fille.

– Cela vous semble très loin ?

– Non, fit-elle, en regardant la *Tour des Gladiateurs*, pour moi il n'a pas changé, comme le château qui malgré le temps reste le même. J'entends encore ses rires et ses cris de joie. Il rêvait d'aventures. Il était le soleil dans nos murs ! Elle porta la main à son front et poursuivit :

– Quel entrain ! Tout le monde l'aimait. Il avait sa manière de vous surprendre et de lancer une plaisanterie toujours gentille... jamais hautain, aussi à l'aise dans le quartier des domestiques que dans ceux de sa famille. Les fêtes organisées à Roalsforth étaient célèbres et, quand les carrosses s'alignaient nombreux sur la place devant le pont-levis et que la musique résonnait par toute la bâtisse, nous ressentions autant de joie, je l'affirme, que nos maîtres. Ils nous invitaient parfois à danser dans leurs salons, même lorsque nous avons grandi.

Selma devint grave.

– Je vais te dire quelque chose que tu ne répéteras pas : le duc, je le compris, m'avait remarquée, mais il était trop digne pour le laisser paraître. Devenue grande je fus mise au service de la duchesse sa mère. Une fois en souriant il m'a dit : "Selma, vous auriez dû naître dans un palais." L'accent de sa voix ne trompait pas. Deux jours plus tard, comme il croyait m'avoir peinée par ces paroles, il a ajouté : "Selma, dans quelques centaines d'années, quand nous verrons les choses avec d'autres yeux, pensez-vous que les palais et les châteaux seront très différents des chaumières ?", pourtant il ne m'avait aucunement froissée. Je me rappelle cela comme si c'était hier. Regarde cette fenêtre dans l'escalier de la tour et imagine un matin clair, comme celui d'aujourd'hui, et, au loin, la mer. C'était là. J'étais une simple servante, pourtant plus heureuse que la plus grande des dames du pays.

Yann avait écouté Selma qui retrouvait son passé si présent. Il ne s'étonnait pas de sa ferveur pour le duc, et aussi pour Roalsforth dont elle ne pouvait le séparer. Il s'était souvent émerveillé devant la beauté des tours, des arcades, des murailles altières. Froid et sans grande vie aujourd'hui, qu'avait dû être ce domaine au temps des toilettes somptueuses et des éclats de joyeux invités !

– Selma, dit-il, j'aime quand vous parlez ainsi. Vous me faites rêver avec vous.

– Ce n'est pas un rêve, protesta-t-elle.

– Je le sais, mais je me figure être dans ce monde que je n'ai pas connu. C'était très beau, n'est-ce pas ?

Selma lui prit les mains et le fixa avec tendresse :

– C'était magnifique !

– Continuez, demanda Yann.

– Le petit duc – on l'appelait de la sorte lorsqu'il était jeune – avait sans cesse des idées nouvelles...

– Celui sur le tableau, avec son frère et sa petite sœur ?

– Tu l'as vu ce tableau ? fit-elle en joignant les mains.

– Oui, lorsque je suis allé porter une lettre au duc.

– De tous les tableaux du château, c'est celui-là que je préfère, reconnut Selma.

– Dites-moi, lequel des deux garçons était le petit duc ?

– Mais l'aîné, bien sûr, un peu plus grand que son cadet. Je m'en souviens, continua-t-elle, le duc, leur père, invita une fois un ami artiste pour faire le portrait de la famille. Celui-là justement. Tout en peignant, il racontait des histoires passionnantes. Nous l'écoutions sans bouger. Aucun de nous ne trouvait le temps long. Je dis : "nous" parce que j'avais la permission d'assister aux séances de pose. Je jouais très souvent avec Elisa, la petite sœur, et j'étais enchantée de pouvoir écouter ces histoires. Je m'asseyais sur un coussin, aux pieds du peintre...

Selma était très émue. Elle toussota.

– Mais cela ne peut t'intéresser, dit-elle d'une voix étranglée.

– Oh si ! beaucoup ! Je vous en prie, n'arrêtez pas.

Elle ferma les yeux. Yann se la représentait, cinquante ans plus tôt, auprès des enfants du tableau, sous le charme du conteur.

– Parfois le peintre me priait de tenir un pinceau ou de lui chercher de l'eau dans un verre. Je me dépêchais pour ne manquer aucun détail des récits. Il arrivait qu'il interrompe quelques minutes son travail et se mette à mimer une légende ou une bataille avec sa palette comme bouclier et un pinceau comme lance. Il était extraordinaire. Figés sur place nous tremblions quand il se muait tour à tour en chef d'hallebardiers, ou en viking fendant les flots, ou en guetteur dans un mâchicoulis... et aussi en belle princesse enlevée par des cavaliers barbares puis délivrée par de bons génies... J'aimais surtout les légendes, le petit duc préférait les histoires d'aventures et de combats autour de Roalsforth. Il y glanait quantités d'idées pour nos jeux ensuite. Il organisait des cavalcades dans les escaliers des tours et les chemins de ronde. Nous nous transformions en guerriers qui repéraient les envahisseurs et les repoussaient vaillamment. Evidemment nous étions toujours vainqueurs. Une fois ce fut superbe : on fêtait le treizième anniversaire du petit duc. De nombreux cousins, cousines, et autres, avaient été invités. Il entraîna toute la maisonnée, jeunes et moins jeunes. Chacun s'était déguisé, leurs parents aussi, en revêtant des armures anciennes. Un vieux serviteur s'était posté aux aguets, au sommet d'une tour. Il devrait sonner du cor à la vue de l'ennemi.

Tout se passa à merveille, au milieu des cris de guerre et du tambourin qui imitait le fracas des boulets. Nous courions partout en affectant un air farouche. Lorsque au croisement de couloirs l'un d'entre nous se heurtait à un adversaire portant un heaume ou brandissant un écu il tremblait un peu, puis riait aux éclats. Le petit duc était enthousiaste. Il commandait : "renforcez la garde par ici, et vous, protégez coûte que coûte les créneaux là-bas, les autres venez avec moi, empêchons-les de surgir par le souterrain."

– Quel souterrain ? interrompit brusquement Yann.

– Il était persuadé de l'existence d'un souterrain, quelque part, qui devait rejoindre la mer. "Tous les châteaux possèdent leur souterrain, répétait-il, d'ailleurs le peintre l'a dit !" Son père partageait cet avis, mais assurait qu'il avait été comblé lors de la construction de l'aile la plus récente du château. Nous aussi, nous y croyions au souterrain à cause du peintre, et pour le jeu...

Yann écoutait avec la plus grande attention. Sans aucun doute la galerie qui se perdait dans le noir depuis la plate-forme où il avait retrouvé Kiri était ce souterrain pressenti par le duc enfant... un chemin vers la mer ? vers l'évasion !

– Ce soir-là, poursuivait Selma, nous sommes tous descendus à la plage et nous avons dansé autour d'un grand feu. Le château également dansait à la lueur des flammes. Ça, c'était Roalsforth !

Selma s'était emballée en revivant ces jours fastes. Elle s'était exprimée comme, certainement, elle ne l'avait pas fait depuis très longtemps. Son silence maintenant la promenait encore quelques instants dans ce paradis de ses souvenirs... Puis elle essuya une larme.

– Ce temps a été trop court !

– Pourquoi donc, Selma, demanda Yann, qui éprouvait une vraie pitié, vous pouvez me le dire, qu'est-il arrivé ?

Selma le considéra avec insistance et ses lèvres remuèrent, mais, comme si elle se reprenait :

– Je t'ai dit le plus beau. Garde cela. Le reste, il faut l'oublier.

Oublier quoi ? Selma refoulait-elle systématiquement des images qui ternissaient la figure idéale qu'elle s'était forgée du duc ? Il la contempla. La laine de la pelote s'agitait de nouveau entre ses doigts. La laine était bleue. Alors il songea au trèfle bleu et il se rappela comment, au royaume, il avait à ce sujet interrogé Loïc d'une manière détournée.

– Selma, fit-il, vous aimez bien la couleur bleue ?

– Pourquoi ?

– Celle du bonnet que vous tricotez.

– Oui, le bleu me plaît... comme celui du ciel ou de la mer... ou des chardons dans le sable des dunes.

– Moi aussi, dit Yann, le bleu me réjouit. Figurez-vous que parfois je rêve d'un grand changement où tout ce qui est vert devient bleu et beaucoup de ce qui est bleu devient vert. D'ailleurs qui pourrait dire si nous voyons tous les couleurs de la même manière ?

Elle hocha la tête et pointa son doigt vers Yann en semblant pourtant regarder bien plus loin.

– Une fois, le peintre a eu des idées comme toi. Il nous avait donné un papier et il a annoncé : "Vous dessinez chacun une chose très simple, je vous prêterai mes pinceaux et ensuite, vous, vous y mettrez une couleur, votre couleur, celle que vous désireriez retrouver plus souvent autour de vous." Cela l'amusait et nous étions fiers de pouvoir utiliser ses instruments. Il prétendait que, si on laisse entrer par ses yeux jusqu'au cœur n'importe quel objet, on y devine beaucoup d'autres teintes que celles que tout le monde croit voir et il affirmait que chacun a sa couleur, à lui, qui l'accompagne sa vie entière. Moi, j'ai représenté un oiseau et je l'ai peint en bleu, Elisa a crayonné une poupée qu'elle a habillée de rose, le cadet a colorié le dessin d'une grande épée avec un vilain noir sur un fond qu'il a badigeonné de rouge sang, et l'aîné, notre duc, lui, a tracé un trèfle qu'il a rempli de bleu.

Yann sursauta :

– Un trèfle ! bleu ! Etait-ce aussi sa couleur ?

– Sans doute... du moins à ce moment-là, car le peintre venait de nous raconter une histoire de chevaliers très anciens qui se réunissaient secrètement et dont l'emblème était un trèfle d'azur… et comme l'histoire avait passionné le petit duc... tu comprends ! Ça ne fait rien, j'étais ravie qu'il ait pris cette couleur car je me figurais qu'il l'avait choisie parce que c'était la mienne...

– Vous rappelez-vous l'histoire de ces chevaliers ? demanda Yann, le cœur battant.

– Hum ! fit-elle, c'est loin, très loin. Je crois qu'ils secouraient les misères du pays et il leur survenait quantité d'aventures, mais je les ai oubliées... Ah si ! le peintre expliquait encore que c'était l'époque de la construction de nombreux châteaux dont plusieurs appartenaient à ces chevaliers. La plupart n'existaient plus, tombés en ruines avec le temps ou démantelés à la suite de multiples guerres. Selon lui Roalsforth était de ceux qui avaient échappé à une destruction totale, mais la bâtisse initiale avait été depuis longtemps, et bien des fois, remaniée...

– Oh Selma ! est-ce vrai cela ?

– Pourquoi pas ? En tout cas, le noble cœur du petit duc s'en émerveillait.

A l'évidence ce qui importait à la vieille femme était la couleur que le jeune duc avait prise, sa couleur à elle. Elle gardait ce souvenir en son cœur tandis que le reste s'était presque complètement effacé de sa mémoire. Instantanément Yann en avait fait le rapprochement avec le puits à côté d'eux, qui masquait le commencement d'une galerie souterraine et, avant tout avec la mystérieuse réunion dans la maison à l'air abandonné. Même si le peintre les avait enjolivées, il ne mettait pas en doute l'existence et la geste des antiques chevaliers que le duc, fidèle à ses enthousiasmes d'enfant, avait évidemment voulu ressusciter en reprenant leur emblème ? Et dans quel but ? Le même que celui de ces anciens chevaliers ? Et son père en ferait partie ? Mais se présentait en même temps le rappel du navire marqué du même trèfle et des odieux marins qui allaient le séparer de son père.

Comment concilier cela ? Le duc – car il voulait l'innocenter – ne pouvait être complice, donc il aurait ignoré la présence de traîtres parmi ceux qui se réunissaient avec lui.

En quelques secondes il avait échafaudé ce raisonnement. Il regarda Selma, évidemment tout à fait étrangère à ces questions. Elle se taisait. La conversation menaçait de tourner court. C'était le moment de reparler du tableau.

– Selma, commença-t-il, le tableau...

La porte sur la cour s'ouvrit d'un coup. Irdin parut dans l'embrasure :

– Yann ! Ah bon tu es là ! Le majordome désire te voir dès que tu auras achevé ton travail au chenil.

– A bientôt Selma, fit Yann, je dois partir ! ce que vous m'avez raconté, c'est entre nous.

– Je sais, petit.

Elle joignit les mains et il l'entendit qui disait à voix basse : "C'est loin, mais il ne faut pas être triste... Ces beaux jours sont devant nous."

Elle avait fermé les yeux et se parlait à elle-même. Il se demanda à quoi elle croyait. Il rejoignit Irdin.

XIX

QUE VEUT-IL, LE MAJORDOME ? demanda Yann à Irdin.

– Il s'agit, je crois, du duc et des chiens.

Et Irdin se planta, goguenard, en face de Yann :

– Dis-moi. Comment les choses se sont-elles passées ?

– Quelles choses ?

– Eh bien ! ton rendez-vous avec la lune ?

– Ah oui ! Oh Irdin ! une nuit extraordinaire. Au premier lancer du lasso je la manque, au second je l'effleure, au troisième je l'accroche. Je tire, et... elle se balance comme une cloche et tinte en heurtant des étoiles qui étincellent... Tu n'as rien entendu ?

– Ça suffit, coupa Irdin.

– Ecoute encore : j'ai dû arrêter de peur de réveiller le château. Alors je me suis hissé jusqu'à un petit cratère. Après une heure de promenade elle m'a déposé sur le toit là-haut.

Irdin haussa les épaules. Yann le retint :

– Il faut que je te l'avoue : j'ai oublié ta lampe dans le cratère.

– Ah ça !

– Ne te fâche pas, j'irai la rechercher bientôt... Un ver luisant auprès du reste !

Irdin s'éloigna en maugréant, les mains dans les poches. A bonne distance il se retourna :

– Le duc ne séjourne pas longtemps cette année. Il repart dans huit jours. Tu es au courant, je suppose, il lui arrive d'emmener deux ou trois chiens, les plus beaux évidemment !

Il affichait un air de revanche.

Yann se sentit mal à l'aise, non à cause des dires du valet auxquels il n'accordait que peu de foi, mais parce que, tandis qu'il se rendait vers le chenil, la voix du garçon traînait toujours dans ses oreilles comme une défense maladroite. Il s'était encore moqué facilement d'Irdin, trop facilement.

Or le majordome confirma les propos d'Irdin. Le duc, membre d'une société canine, présentait chaque année deux bêtes à une exposition de fin d'été. Il visiterait prochainement le chenil pour faire son choix. Et lui, le majordome, en tant que premier responsable de tout ce qui concernait le château, souhaitait auparavant vérifier la bonne tenue des cages. Il y ferait un tour le lendemain... puis il interrogea Yann minutieusement sur les bêtes. Il en vint à Kiri :

– Celui que tu lâches habituellement dans la cour où se trouve le vieux puits, soigne-le particulièrement. Je sais que le duc l'a déjà sélectionné.

– Comment ! dit Yann, mais il n'a pas encore fait la visite.

Le majordome s'esclaffa :

– Ce chien ne t'a pas attendu pour faire partie de l'élevage et le duc le connaît. Sans être spécialiste, je comprends qu'il l'ait remarqué. Il me paraît très racé. Lors de son dernier séjour le duc, accompagné d'un ami, s'est attardé longuement devant sa cage. Ils ont beaucoup discuté et le duc a conclu qu'il le garderait un an avant qu'il concoure, ensuite il serait disposé à le lui céder à un bon prix.

Yann blêmit :

– Le lui céder ! Cela veut dire que...

– Qu'il vit ses dernières heures à Roalsforth. Il en est passé bien d'autres comme lui.

Et le majordome déclina une liste détaillée de chiens qui avaient été primés. Le portrait de la plupart ornait le bureau du duc. Yann n'écoutait plus. Il imaginait mal que, sous peu, Kiri ne le fixerait plus de ses yeux profonds, ne lui lécherait plus les mains. Jusqu'alors, quand il ruminait ses projets d'évasion, il avait toujours écarté, malgré l'évidence, la perspective de la séparation d'avec Kiri. Il avait même imaginé des projets de fuite avec lui...

Le majordome inspecta donc le chenil, le lendemain. Au milieu d'un flot de paroles, qui répétaient sous toutes les formes les mérites des chiens d'autrefois dont s'honorait Roalsforth, il se contenta de quelques remarques sans conséquences... ici il faudra regarnir la cage d'une paille plus abondante, là, dans ce recoin, épousseter les toiles d'araignées. C'était son rôle d'examiner même les détails, mais, somme toute, il était satisfait.

Yann l'écoutait poliment. Que savait-il aussi, cet homme, de l'histoire secrète du château ? Il avait grandi entre ses murs, son père l'ayant précédé dans la même charge du soin de Roalsforth. Il avait ainsi eu largement le temps, et sans doute le goût, d'en fouiller la mémoire. Pour des raisons différentes de celles de Selma, Roalsforth était aussi toute sa vie, son affaire. Yann aurait souhaité l'interroger, mais il ne décelait aucune brèche dans son assurance trop intimidante pour qu'il osât poser des questions, qui ne devraient paraître ni déplacées ni anormalement curieuses.

A quoi bon, d'ailleurs, puisque maintenant il l'avait décidé – et cela depuis la veille, depuis que les souvenirs de Selma avaient évoqué un souterrain reliant la mer, depuis qu'Irdin et le majordome lui avaient annoncé le transfert imminent et définitif de Kiri – Il l'avait décidé : ce soir, quand le peuple du château sera endormi, il s'évadera par le chemin du puits.

XX

La nuit, pas vraiment noire malgré de larges traînées nuageuses, enveloppait toutes choses. Roalsforth baignait dans le silence... Yann avait rassemblé dans un sac un minimum d'effets en plus de la corde et de la lampe gardées depuis l'autre soir. Il avait jugé bon aussi de se munir d'un couteau et d'un caillou crayeux.

Les souliers à la main, il s'avança dans le couloir, sur la pointe des pieds, et dépassa la chambre du majordome. Aucune lumière ne filtrait sous la porte. Il atteignit l'escalier en colimaçon et descendit posément les marches. Kiri l'accueillit dans la cour. Il l'avait senti venir et se frottait contre lui quémandant des câlineries.

“Kiri, murmura Yann en se chaussant, c'est fini. Tu ignores encore que le duc te choisira bientôt, t'emportera, et que tu ne retourneras plus à Roalsforth, alors, moi aussi, je pars. Mais sache que je ne t'oublierai jamais !”

Yann approcha ses lèvres du museau froid de Kiri. Puis il se dirigea vers la margelle et dégagea les pots de fleurs. Il arrima la corde au croisement des arceaux, et, la tenant d'une main ferme, répartit, autant qu'il le put, sur les tiges de fer, une forte traction, et sur la dalle, la pression de son poids qu'il augmenta par quelques sauts sur place. Elle bascula. Il se laissa aller le long du câble, qui ensuite empêcherait le puits de se refermer, et il se posa sur le palier de pierre où aboutissaient les marches. Au-dessus de lui il percevait la respiration haletante de Kiri arc-bouté sur la margelle. De sa lampe il éclaira l'espace. Kiri, en haut, émit une plainte prolongée. Sa gueule inclinée vers le trou se détachait sur le fond du ciel. Ses yeux brillaient intensément illuminés par la lampe. "Adieu Kiri, fais bonne garde !"

Et Yann orienta le faisceau de lumière vers l'escalier qui s'enfonçait sous terre. Lentement il aborda les premiers gradins. De part et d'autre se dressaient des escarpements de parois rocheuses qui tantôt se réunissaient en forme de voûte, tantôt se perdaient dans les sombres hauteurs. Le monde de ces roches s'animait et projetait des figures fantastiques au gré des mouvances de la lampe. Il s'arrêta. Le couloir tourmenté était l'œuvre de la nature mais les marches grossières, en cailloux ajustés, attestaient que quelqu'un, un jour, avait aménagé cet étonnant chemin...

Yann repartit avec précaution. Parfois ses pieds entraînaient une pierre qui déboulait en égrenant des échos profonds et longs. Le moindre bruit déclenchait une cascade de résonances inattendues, tel un monde qui chuchoterait, tiré à l'improviste de son sommeil. Des insectes s'enfuyaient à la recherche d'une cachette. Quelle avait été la dernière personne qui des années, peut-être des siècles, plus tôt, avait déjà troublé ces bestioles de la nuit ? Quels évènements inattendus... ou quelle volonté délibérée avait relégué dans l'oubli ce souterrain ?

Il ralentit, marqua une autre pose. Il attacha son attention à l'ombre démesurée d'une araignée affolée. Ainsi se distrayait-il de la peur qu'il sentait rôder autour de lui, prête à l'assaillir. Il respira profondément. Il pensa à

Dieu “qui sait tout, qui le voit, dont les yeux du cœur ne se ferment pour personne.” C’étaient les mots de Loïc .

L’araignée ne courait plus. Elle étendait calmement ses pattes interminables. Elle avait retrouvé ses habitudes de toujours. Brusquement elle disparut dans un interstice de la paroi...

Yann poursuivit la descente, devenue plus douce en amorçant un tournant. Les marches s’élargirent et une bifurcation se présenta. Tandis que l’escalier continuait en virant sur la droite, une piste à peu près plate s’incurvait sur sa gauche. Il tira de son sac la pierre crayeuse et marqua le sol d’une flèche en direction du puits. L’air se rafraîchissait, agité d’un faible courant, avec des moments de senteurs qui rappelaient la mer. Curieux de découvrir d’où elles émanaient il opta pour la voie de gauche. Il n’avait pas marché une vingtaine de mètres qu’il aboutit à une grotte, spacieuse comme la cuisine du château, mais avec, pour seule ouverture, un trou, à hauteur d’homme, de la taille de deux ou trois paumes de la main, aux contours mal définis, qui s’ouvrait sur le grand large, car il en provenait un lointain bruit de ressac. Le sol était jonché de pierres détachées de la voûte. Yann en rassembla plusieurs et, debout sur le monticule, cherchait à scruter un horizon qui se dérobait. Il avait éteint la lampe. Il emplit ses poumons d’un air annonciateur déjà de liberté. Ses yeux, progressivement, s’adaptèrent au voile de la nuit et distinguèrent péniblement, au loin, des bandes un peu plus claires ou grisâtres, peut-être des franges d’écume ? peut-être quelques traînées de brouillard ? Un instant, deux étoiles scintillèrent. Il sourit, voulant les remercier, mais elles ne reparurent pas.

Il fit demi-tour, parcourut encore deux ou trois mètres, puis, brusquement se cabra, alerté par un craquement sous ses pieds... rien d'autre pourtant que des coquilles d'œufs qu'il venait d'écraser ! "Allons, allons, s'encouragea-t-il, ne sois pas bête !", et sa lampe éclaira un nid délabré dans une anfractuosité du plafond. Un oiseau y aurait, dans le passé, repéré un havre de tranquillité. Que le monde est simple et tout à la fois mystérieux !

Il retrouva la bifurcation et la lente descente. De nouveau, à chaque pas, d'étranges ombres naissaient, s'étiraient, mourraient, reprenaient vie dans un festival de danses qui donnaient le vertige. La tête lui tourna. Les parois de pierre oscillèrent, se resserrèrent, convergèrent vers lui, le pressèrent d'expliquer comment il avait l'audace de profaner le cœur de Roalsforth et sa mémoire. Les énormes surplombs rocheux frémirent et s'apprêtèrent à l'écraser. Il lui sembla que le sol tremblait et que des craquements lui râpaient les oreilles. Il poussa un cri et s'affaissa. Replié en boule, la tête sous les bras, haletant il attendit...

Et le calme se rétablit, et doucement l'angoisse se dissipa.

"Ne suis-je pas fou !", s'exclama-t-il ! "Fou, fou..." répercutèrent les échos. Alors il rouvrit grands les yeux et s'obligea à regarder paisiblement les figures difformes des reliefs totalement silencieux. Ils n'avaient pas bougé, demeurés en place, stables pour toujours. C'est qu'il était le roi ici parce qu'il le savait, tandis qu'eux, sans vie et sans âme, méconnaissaient sa présence. Il n'y avait donc pas lieu d'avoir peur de ces monstres insensibles. Et il n'était pas seul. Du fond de son cœur monta une prière. Alors il repartit, fredonnant une mélodie inventée, que lui renvoyaient, maintenant amicales, les murailles de la galerie. Il chanta, comme bien des fois, quand il gambadait vers la mer et sur les plages du royaume…

Cependant, au bout d'une cinquantaine de mètres, ce ne furent pas des bordures de sable ni l'océan vivant qu'il aborda mais une salle immense. A la lumière même faible de sa lampe, il en mesura d'emblée les dimensions impressionnantes. Elle aurait pu facilement, jugea-t-il, contenir presque deux fois la bibliothèque du château. Sa stupéfaction fut si forte qu'il demeura un moment immobile, les yeux écarquillés, au seuil de cette merveilleuse bulle de pierre… puis, au hasard, il laissa courir, des rayons de lumière sur le pourtour des parois et sur la voûte recommençant plusieurs fois. Simultanément, et comme tout à l'heure, mais moins distinctement, il crut percevoir plus loin en avant, des sons, un peu semblables aux sons familiers de la houle et des vagues sur les brisants. En maîtrisant avec peine le tremblement de sa main, il orienta le faisceau de la lampe en direction de la sourde rumeur. Alors, d'abord il éclaira, presque à ses pieds, une sorte de large caniveau dont le fond était parsemé de dépôts de sable, de graviers et, ici ou là, des cernes de poussière blanche étincelante... Du sel ? Il en porta une pincée sur sa langue… Oui, c'était du sel ! Donc parfois, au moins, un filet de mer parvenait jusque là… donc le grand large était proche, et, peut-être aussi une issue de sortie. Fébrilement Yann suivit le caniveau sur plusieurs mètres, tandis que petit à petit le faisceau laissait mieux voir la paroi du fond de l'immense grotte découvrant une petite ouverture en forme de tunnel.

Aux abords l'air était plus frais. Le caniveau s'y enfonçait. En se baissant il devrait pouvoir s'y engager... Vraiment la nature avait bien fait les choses et des hommes avaient su en profiter, car, s'il y avait très longtemps, certains avaient été assez ingénieux pour creuser le puits et y adapter un mécanisme secret, ce n'était pas sans raison. Il fallait qu'ils aient aussi, auparavant, reconnu qu'ils pourraient utiliser le dédale du souterrain pour s'échapper du château en cas exceptionnels, tels des assauts d'ennemis. Et maintenant c'est lui qui allait s'en servir. Le "canard sauvage" s'apprêtait à prendre l'envol vers le large. Ainsi raisonnait Yann, mais son cœur battait si violemment qu'il éprouva le besoin de prendre un temps de calme...

Il s'assit sur un bloc et examina à loisir la salle. Avec sa lampe, qu'il faisait tourner comme un phare, il ne se lassait pas d'admirer cette corolle renversée d'une géante fleur de nuit à jamais pétrifiée.

Il songea à Selma qui, ce matin, lui décrivait les fêtes d'autrefois. Si le duc, au temps où il inventait mille divertissements, avait su les arcanes de Roalsforth, combien de folles parties n'aurait-il pas lancées dans un pareil décor ! Et Yann imaginait : la caverne s'illumine à la lueur des torches. Les vieux uniformes rutilants, les cuirasses étincelantes qui croisent d'élégantes toilettes ressortent du passé... Selma est présente, jeune, souriante, parée d'un fichu noir et de rubans arc-en-ciel flottant autour de ses boucles blondes. Elle rougit au passage, pas tout à fait fortuit, du duc en uniforme blanc brodé de motifs or et argent... de multiples silhouettes bariolées vont et viennent, se dévisagent, s'esclaffent... Partout des clameurs, des rires, des appels répercutés en d'interminables rebondissements... Et...

Soudain un cri strident déchira l'air. Yann sursauta. La férie s'évanouit... Ce n'était qu'un oiseau jailli du tunnel qui voletait maintenant à travers la salle. L'oiseau se posa enfin. Yann le repéra sur un mince relief de la paroi. Une seconde à peine, et brusquement il quitta son perchoir... Mais alors, le faisceau de la lampe qui le poursuivait, dévoila à Yann un large enfoncement de la paroi de pierre abritant en son centre, une porte ! une porte en bois de même teinte que la roche. Un grand espoir envahit Yann. Cacherait-elle une sortie plus facile ? Il s'approcha. La porte, curieusement, n'avait pas de poignée. Il la poussa, elle s'ouvrit sans résistance découvrant une pièce exiguë. Ebloui par la clarté des murs couleur sable que la lampe éclairait de plein fouet, il ne distingua d'abord rien, mais quoi ! l'instant d'après s'imposa face à lui la vision d'une mosaïque carrée d'une quarantaine de centimètres de côté, incrustée dans le mur... elle représentait un trèfle bleu, sur fond or encadré de grenat ! Debout dans l'embrasure de la porte Yann demeura pétrifié, la respiration coupée, les yeux rivés à la figure azur...

Puis il revint à la réalité : le petit local était meublé d'une table de sapin entourée de quatre ou cinq tabourets, et deux hautes bottes de caoutchouc, vieilles et craquelées, fort usées, étaient reléguées à terre dans un coin. Cependant pas de trace d'une nouvelle entrée ou sortie... Mais il ne servait à rien à Yann de rester là plus longtemps, ébahi devant ce trèfle une fois encore sur sa route. Mieux valait quitter au plus vite l'antre souterrain de Roalsforth en s'engageant par la piste du caniveau sous le tunnel.

Pourtant durant quelques instants Yann marcha doucement à reculons, fasciné par la mystérieuse mosaïque. Il lui semblait qu'elle avait quelque chose à lui apprendre qu'il ne déchiffrait pas, car elle se présentait vraiment aussi fraîche que si elle avait été installée là la veille. Et son bon état prouvait, tout comme celui de la table et des tabourets, que des gens d'aujourd'hui se réunissaient là, des gens qui ne pouvant descendre par le puits – ne serait-ce qu'à cause des chiens – débouchaient nécessairement de la mer. Ainsi, à sa manière, ce beau trèfle l'encourageait à utiliser lui aussi le tunnel à la rencontre de l'océan certain, de même que l'avait encouragé le sel détaché de l'eau évaporée...

Alors qu'attendait-il ?

Or, voilà qu'au moment même où il s'y déterminait, un second oiseau, avec le même cri d'effroi que le premier, surgit à tire-d'aile de l'obscurité du trou, le frôla et disparut dans les hauteurs de la voûte... Quelle nuit ! Yann frissonna d'une peur qui renaissait. Elle s'amplifia encore quand il crut avoir entendu – était-ce une illusion ? – des faibles bruits de voix qui ne pouvaient provenir que de l'autre extrémité du tunnel. L'angoisse le gagna, le paralysait, ses jambes claquaient... A tout prix il devait se raisonner : ce n'était que son imagination qui venait de prendre le dessus et l'avait ainsi persuadé et agité... Si près du but il devait faire face… Péniblement il serra les poings, respira fort, tendit l'oreille... Non, aucun autre son que, peut-être, le vague bruissement étouffé d'un lointain ressac... Il n'avait donc rien à craindre… Alors, très posément, il marcha vers l'entrée du tunnel, se baissa, et tendit sa lampe pour en éclairer la profondeur le plus loin possible… Mais quelle déception ! La mosaïque s'était jouée de lui ! L'oiseau était un oiseau de malheur ! En effet, à quelques mètres, la lumière butait sur un amoncellement de grosses pierres qui obstruaient presque totalement cette voie de salut. Plusieurs hommes, unissant leurs efforts, auraient été sans doute à même de les déplacer pour se frayer un passage, mais lui, seul, en serait – c'était évident – tout à fait incapable Yann comprit alors, comme soulagé de devoir suspendre maintenant l'expédition, il se retourna, traversa rapidement la grandiose salle, retrouva la galerie qui l'y avait conduit, dépassa l'embranchement marqué à la craie d'une croix, et remonta le couloir jusqu'à la plate-forme où pendait la corde du puits. Il la saisit et se hissa vers l'ouverture du puits.

Kiri était toujours là, en attente, les pattes avant appuyées sur le rebord de la margelle. Il n'avait pas bougé. Il savait bien que Yann ne le quitterait jamais.

XXI

DES SECOUSSES AGITAIENT SON LIT. Il se retourna à moitié endormi mais une sensation humide et fraîche le tira complètement du sommeil. Irdin était penché au-dessus de lui, les mains recroquevillées en coquille d'où s'échappaient des gouttes d'eau. D'un bond Yann fut sur pied. Irdin sauta sur le côté et saisit un broc dans un geste de défense.

– Qu'est-ce qui te prend ? s'exclama Yann, cesse tes bêtises.

En même temps il s'apercevait qu'il était tout habillé...

– On m'envoie te chercher. Il est déjà huit heures.

– Tu n'es donc pas venu ce matin ?

– Si. J'ai frappé à la porte comme d'habitude et même tu as poussé un grognement.

Un temps de silence suivit. Yann s'était assis sur le rebord du lit et chaussait ses souliers. Irdin le contemplait béatement :

– Au moins tu seras vite prêt, dit-il enfin.

Cette fois Yann réalisait... Il était tellement las quand il était remonté de la cour dans sa chambre qu'il s'était affalé tel quel sur le lit et s'était aussitôt assoupi. Sans doute était-ce vrai qu'Irdin avait frappé à la porte, mais il ne se rappelait plus... Irdin le contemplait toujours, puis, avec un sourire un peu forcé :

– Tu es encore parti jouer avec la lune ? demanda-t-il.

– Oui. C'est tellement beau que là-haut, crois-moi, on oublie le temps qui passe.

– Et ma lampe ?

– Ta lampe... ta lampe... ?

Un instant Yann fut inquiet. S'il avait posé la lampe sur la table Irdin allait la reprendre mais il en aurait peut-être encore besoin bientôt. Puis il se souvint : il l'avait glissée dans sa poche. Il fit semblant de se fouiller...

– Oh ! Je l'ai encore oubliée. Rassure-toi, je referai le voyage une de ces nuits.

– Tu es drôle ! répliqua Irdin maladroitement.

– Parce que je me balade sur la lune et qu'au retour je me couche habillé ! Ecoute, Irdin, cela ne t'est jamais arrivé à toi de dormir tout habillé ?

Irdin écarquillait les yeux :

– Bien sûr que non.

– Eh bien, tant mieux !

– Pourquoi ?

– Parce que chacun doit avoir ses différences, fit Yann catégoriquement.

Ils descendirent sans autre mot.

XXII

QUAND, APRÈS AVOIR RAMENÉ les chiens au chenil, Yann gagna la cuisine, Selma s'y trouvait déjà attablée devant un bol de lait. Il s'assit près d'elle. Elle mâchonnait un morceau de pain, comme perdue dans un rêve. Il aurait aimé percer ses pensées. Pourtant elle poussa vers lui un autre bol et le servit souriant, de cet air familier, presque complice, qu'elle ne prenait qu'avec lui.

Yann ne prêta guère attention au boulanger qui arrivait avec sa livraison du jour. Mais quand le cuisinier l'apostropha en manière de bonjour : "Alors, il y a de l'aide aujourd'hui !" il remarqua la présence d'un gamin d'une dizaine d'années qui portait lui aussi quelques pains.

– Un neveu de passage, il a voulu m'accompagner, expliqua le boulanger.

Selma se leva et prépara deux bols. Les hommes plaisantaient bruyamment entre eux. Le garçon se taisait. Il demeurait debout inspectant la vaste cuisine, puis il se dirigea vers la fenêtre qui s'ouvrait sur la cour.

– Viens donc boire, petit, dit Selma, que cherches-tu par là ?

– Est-ce qu'on peut voir les chiens d'ici ?

– Les chiens ! non, à cette heure ils sont enfermés, dit le cuisinier.

Mais Selma se tourna vers Yann :

– Tu pourrais lui montrer le chenil ?

– Ce serait gentil, renchérit le boulanger, j'ai amené le gamin un peu pour ça, il le désire beaucoup, mais je le laissais vous le demander.

C'était bien le moment ! Pourtant, à cause de Selma, Yann se retint de maugréer.

– Allons, viens, dit-il.

– Faites vite, lança le boulanger, je n'ai pas fini ma tournée.

Tous deux franchirent la porte et passèrent dans le couloir à arcades. Ils n'avaient pas fait dix pas que le petit saisit le bras de Yann :

– C'est bien toi Yann ?

– Oui, pourquoi, comment le sais-tu ?

– Bon, écoute, j'ai une commission pour toi : demain soir vers dix heures, quand il fera nuit, il faut que tu sois au premier étage de la *Tour des Gladiateurs*. Ton père y viendra.

Yann eut un haut-le-corps. Le gamin avait débité cela d'un trait, comme une leçon apprise parfaitement.

– Quoi ! Qu'est-ce que tu racontes ?

– Chut ! Avançons, comme si nous ne parlions de rien de sérieux... Eh bien ! voilà : tu dois aller la nuit prochaine à la *Tour des Gladiateurs* pour rencontrer ton père.

– Mais qui t'a dit cela ? Mon père ? Quand l'as-tu vu ?

– Ton père ? ou peut-être est-ce un autre que j'ai vu, je

ne sais pas, pourtant il m'a assuré que son fils s'appelait Yann , comme toi. Ce qui est sûr c'est que ce matin je suis passé sur la place près du pont-levis du château. Un homme s'est approché de moi et m'a abordé un peu brusquement : "Es-tu déjà entré dans ce château ?" m'a-t-il demandé. Je réponds : "Non". Il a poursuivi : "Ah ! si tu pouvais y pénétrer ! mais nous trouverons un moyen, et tu te chargerais d'une commission, n'est-ce pas ?" L'homme tremblait. Il a tout de suite ajouté : "Cependant il y a une condition" "Quelle condition ?" ai-je dit. Il a hésité, a tourné la tête de tous côtés. Il semblait avoir peur, puis il a baissé la voix : "Ce sera un secret... sauras-tu garder un secret ?" J'ai promis : "Ça oui, je peux garder un secret."

Yann et le garçon atteignaient le bout du couloir. Au loin s'éleva un bruit de voix. Yann reconnut celle du majordome :

– Prenons un autre chemin pour aller au chenil. Par là il y a du monde.

– Oh ! les chiens, cela ne fait rien, ce n'est pas important, c'était seulement une idée pour te faire la commission.

– Alors, restons ici. Continue vite.

– Je disais que l'homme hésitait à parler et que je lui ai promis le secret. Je crois qu'il a balbutié : "Comment le saurai-je ?". A ce moment il m'a regardé droit dans les yeux et m'a questionné : "Est-ce que tu crois en Dieu ?" J'ai répondu : "Oui." Il a insisté : "Il faut que tu jures par Dieu de tenir le secret." J'allais le faire. Il m'a arrêté : "Récite d'abord une prière." Cette fois il m'a fixé tout drôlement, comme s'il voulait aller au plus profond de moi. Je me suis appliqué et j'ai commencé le "Notre

Père." Il tendait l'oreille et ses lèvres remuaient en même temps. A la fin il a redit trois fois : "Ainsi soit-il, ainsi soit-il, ainsi soit-il", en balançant la tête de haut en bas, à la manière de quelqu'un qui veut affirmer très fort une chose. J'ai juré. Après il m'a confié le message et m'a conseillé, pour m'introduire au château, de demander au boulanger de me faire passer pour son neveu, car, tu sais, je ne le suis pas...

Yann l'interrompit anxieusement :

– Il t'a vraiment assuré que c'était pour moi ?

Le cuisinier se montrait au bout du couloir et faisait signe de revenir.

– Oui, oui ! "Pour Yann, il s'occupe des chiens au château." C'est ce que l'homme a répété deux fois.

Ils arrivaient à la cuisine. En franchissant la porte le petit s'écria :

– Ils sont magnifiques, surtout le plus grand , et ses oreilles bougeaient quand je lui parlais.

Avec un large sourire le cuisinier dit adieu à ce jeune amateur de chiens. Il l'invita même à une nouvelle visite, une autre fois "parce que, aujourd'hui, il n'avait pas eu beaucoup de temps, mais si Yann était d'accord, bien entendu..."

Le boulanger était parti. Plus personne à la cuisine ne pensait à lui, ni à son "neveu", sauf Yann qui se répétait les paroles surprenantes du petit : "C'est toi Yann ?... j'ai une commission pour toi," et puis : "Demain soir, vers dix heures, à la *Tour des Gladiateurs*". Il n'en doutait pas, cet homme qui avait peur et qui tremblait était son père. Yann le revoyait, semblablement désemparé et aux abois, à l'arrière du bateau qui l'amenait à Roalsforth. Ce jour-là son père avait voulut lui parler et ce fut impossible. C'était pour cela qu'il tentait de le joindre maintenant pour lui dire... lui dire quoi ?... Yann n'en avait aucune idée, mais il le saurait, car il n'était plus question, pour l'instant, de redescendre par le puits. Demain il irait au lieu et à l'heure indiqués. Oh ! si son père venait pour le reprendre et le ramener avec lui au royaume ! il aurait alors arrangé le rendez-vous dans ce but ! Pourvu qu'il ne rêvât pas !

Il songea encore à ce qu'avait rapporté le garçon qui avait une voix amicale. Elle lui avait rappelé celle de Loïc. Il n'avait même pas eu le temps de le remercier ! Le garçon disait qu'il avait fait une prière à laquelle l'homme – son père – s'était associé et qu'à la fin il avait hoché trois fois la tête comme s'il voulait marquer plus fortement la dernière phrase de la prière Il se remémora le "Notre Père". La dernière phrase, la voilà : "Délivre-nous du mal." "De quel mal ?", se demanda Yann.

XXIII

SITÔT LE REPAS DU SOIR ACHEVÉ Yann partit en direction du chenil, puis, une fois hors de vue de tout regard, il tourna sur sa gauche vers l'escalier qui menait à la *Tour des Gladiateurs*. Il souhaitait examiner soigneusement les lieux et repérer, au premier étage, un emplacement où, le lendemain, il se posterait guettant son père. Il parvint au couloir et reconnut les épais rideaux de

velours vermillon de part et d'autre de chaque fenêtre. tombaient jusqu'à terre. Rien ne serait plus facile que se dissimuler derrière l'un de ces rideaux les plus proch de la rotonde. Il en choisit un à l'avance.

Beaucoup d'estampes anciennes garnissaient le m d'en face. Quand il était venu par là, rapidement avec majordome, il ne leur avait guère prêté attentic maintenant il avait le temps... Il se dirigea d'abord vers c dessins et des planches naïves du Roalsforth d'autref celui évoqué par le peintre. Une gravure le retenait q examinait en détail. L'artiste avait très minutieusem dessiné l'enceinte fortifiée avec le pont-levis assailli des ennemis, le chemin de ronde des remparts occupé des défenseurs, un corps de bâtiments d'habitation, et tours, dont celle "des Gladiateurs", où flottait un drape Il lui était facile d'y situer la répartition des cours ir rieures et, bien en place, le promontoire rocheux s lequel avait été installé plus tard le chenil. Le puits perspective de l'ensemble du dessin ne permettait pa vérifier s'il était déjà là. D'ailleurs les murailles du pren plan l'auraient caché aussi. Il tenta d'imaginer où plaçaient, invisibles, le long tracé du souterrain, la sall le débouché vers la mer. Il scrutait les moindres trai quête d'indices...

– Qui es-tu d'abord toi ? dit soudain une voix m et chantante derrière lui.

Il se retourna vivement. Il n'avait rien entendu Une petite fille, de cinq ans peut-être, le dévisageai timidité. Sa bouche restait entrouverte et portait enc question. Elle était habillée d'une robe soyeuse o Elle avait un nœud blanc dans les cheveux et par

fragile comme une fleur. Sa main gauche tenait une poupée. Elle se mit à rire :

– Je t'ai fait peur d'abord, moi ?

– Un tout petit peu, dit Yann.

– Ah ! un tout petit peu !

Elle redevint sérieuse puis respira profondément :

– Est-ce que tu sais où est Mademoiselle, d'abord, toi ?

– Non, dit Yann. Je ne la connais pas !

Elle glissa un doigt à sa bouche et garda un silence étonné, dévisageant Yann. Puis elle désigna la gravure :

– Tu regardes ça... Qu'est-ce que c'est ?

– C'est le château où nous sommes...

Elle secoua la tête :

– Oh non ! il est bien plus grand d'abord !

Et elle s'éloigna de quelques pas pour s'arrêter au milieu du couloir en considérant toujours Yann. Il observait de nouveau le tableau mais il pensait à la petite fille tout près... à la sœur de Loïc qui sautait autour de son frère pour lui mettre la main sur la bouche quand il disait des bêtises.

– On dirait que tu es triste, toi, reprit la voix claire.

Yann ne répondit pas. Comme elle devinait !

– Ce n'est pas vrai alors ?

– Si, dit Yann, j'ai été enlevé d'un beau royaume, un beau royaume avec...

– Je l'ai vu, interrompit la petite fille, j'y suis allée une fois avec Mademoiselle quand j'étais moins grande et alors...

Elle agitait le bras et la poupée tomba. Elle la ramassa :

– Tu sais comment elle s'appelle ?

– Un joli nom ?

– C'est Mademoiselle qui me l'a donnée d'abord, et toi comment tu t'appelles ?

– Je m'appelle Yann.

Elle ouvrit la bouche comme tout à l'heure et répéta avec admiration :

– Yann ! Oh !

Elle regarda sa poupée et l'embrassa :

– Alors maintenant c'est un garçon et il s'appelle Yann aussi...

Et elle la tendit à Yann. Au bout du couloir une voix cria : "Mademoiselle Christine, mademoiselle Christine, où êtes-vous encore passée ? venez vous coucher". Une dame arriva et se montra surprise de les voir tous les deux :

– Vous voilà donc, Mademoiselle, il est tard, c'est l'heure de dormir.

La petite fille fit deux ou trois pas hésitants, puis se mit à courir vers la dame qui la prit par la main et l'emmena tandis que Yann entendait : "Mademoiselle Christine, je vous ai déjà dit que vous ne deviez pas parler à des personnes que vous ne connaissez pas". "Pourquoi ?" répliquait la voix menue et chantante. Il crut aussi qu'au loin elle ajoutait : "Il s'appelle Yann".

Il reprit l'étude de la gravure cherchant l'endroit probable de l'issue du souterrain. Mais cela n'avait pas tellement d'intérêt. Son père ne pourrait s'introduire par là dans Roalsforth...

"Pourquoi ?" interrogeait l'écho d'une voix lointaine. "A cause, bien sûr, de la dalle du puits".

En quittant le corridor, alors qu'il traversait la rotonde de la *Tour des Gladiateurs*, il essaya de retrouver quelle senteur avaient les cheveux de la petite fille quand elle lui montrait la poupée... un parfum léger qui ne lui était pas inconnu, et d'emblée il fut transporté au royaume lorsque son père, de retour à la maison, déballait sur la table un pot de miel et l'ouvrait en respirant lentement : "Yann, proclamait-il, hume cela, l'odeur des fleurs du monde entier est rassemblée là !"

XXIV

Il attendait derrière le grand rideau. L'abri était favorable. Par le coin de la vitre il avait loisir d'embrasser l'infinie étendue de la mer sous le ciel qui pâlissait. Ainsi certains soirs d'autrefois, lorsque, du haut de la falaise, il guettait la tranquille prise de possession par la nuit du royaume et de son entourage.

Petit à petit l'horizon s'évanouit et la nuit s'installa, bercée par le perpétuel refrain de la houle. Au plus près il devinait encore les avancées rocheuses de la butte sur laquelle était dressé le château. La mer les bordait d'écume, de même que la base de la tour carrée dont la maçonnerie des angles plongeait dans l'eau.

Personne n'était passé par le couloir depuis qu'il s'était réfugié derrière le rideau.

Yann pensait au gamin, à son assurance, à ses paroles directes : "J'ai un message pour toi." Par quel concours de circonstances s'était-il trouvé sur le chemin de son père ?

Et son père qui, donc, avait délaissé le royaume et errait hier autour du château ! Il n'avait pu apprendre qu'il était préposé au soin des chiens qu'au cours d'une conversation avec un familier de Roalsforth. Lequel ? Yann songea d'abord au duc. Lui et son père se connaissaient... Néanmoins il repoussa cette explication. Si le duc avait su qu'il avait une responsabilité au chenil, soucieux comme il l'est de son élevage, il lui en aurait évidemment parlé quand, dans son bureau, il lui avait demandé comment il se plaisait à Roalsforth. D'ailleurs le duc n'était probablement pas au courant de la parenté de son compagnon d'un soir déjà lointain, dans une maison abandonnée, et du nouvel employé, récemment embauché au château, que le majordome avait dépêché pour lui remettre du courrier.

Dans l'obscurité propice à toutes sortes d'imaginations les interrogations et les tentatives de réponse s'enchaînaient et meublaient son attente...

Ainsi son père désirait le voir à tout prix. Peut-être s'était-il déjà présenté au portail de l'entrée et la visite qu'il sollicitait lui aurait été refusée, alors, en désespoir de cause, il aurait monté cette ruse d'un "neveu" du boulanger pour l'avertir de se tenir prêt à le rencontrer. Car Yann était persuadé que son père n'était pas lié d'amitié avec le capitaine du bateau comme celui-ci l'avait prétendu. Et son arrachement du royaume pour être maintenu comme un prisonnier à Roalsforth n'avait pas davantage été voulu par son père. De cela il était également convaincu depuis que sur le bateau il avait compris que l'équipage s'ingéniait à dresser une barrière entre eux deux. Il était tout à fait évident que ce que cachait le nom de *trèfle bleu* avait son rôle dans cette décision, d'ailleurs le marin sournois avait dévoilé une bouée du même nom. Mais cela n'apportait pas pour autant d'explications aux liens de son père avec ce *trèfle bleu* puisque tout indiquait aussi qu'il en pâtissait…Yann s'embrouillait dans ses réflexions qui ne menaient à rien. Pourtant il se demandait encore comment son père aurait moyen de pénétrer au cœur de Roalsforth et d'en repartir… à moins qu'il ne bénéficie d'une complicité dans la place. Quoiqu'il en fut, puisse ne rien entraver le rendez-vous ! Il attendait.

Dix heures tintèrent à l'horloge de la tour et le silence se rétablit, total. Du temps s'écoula encore...

Ce fut alors qu'il sut que quelqu'un s'approchait, bien que rien n'eut bougé, qu'aucun bruit ne se fût élevé. Il avait comme l'évidence d'une présence. Il se blottit, plus petit, contre la vitre, retint sa respiration, écarta un pan du rideau et scruta l'ombre de toutes ses forces. Rien. Néanmoins il gardait la certitude que quelqu'un se glissait à proximité dans le couloir. Et, en effet, le plancher craqua faiblement. Le cœur palpitant, avec autant d'appréhension que d'espoir, il demeura tendu, à l'affût du moindre signe. Son père ? sans doute ! mais comment en serait-il parfaitement assuré ? comment le reconnaître ? il faudrait qu'il appela : *Yann* ! doucement. Alors il bondirait de son abri et, enfin, ils parleront comme il le souhaitait tant ! pourvu que...

Brusquement, une lueur, violente et fugace comme un éclair d'orage, balaya le couloir. Yann s'était rejeté derrière le rideau. Immobile il tendait l'oreille car, des ténèbres revenues, provenait le bruit sourd de pieds martelant le sol et de corps haletants chutant à terre. Le souvenir de l'affrontement qu'il avait plusieurs mois auparavant engagé avec Loïc lui revint en mémoire. Il s'était petit à petit mué en joute et en jeu, mais celui-ci s'avérait féroce, et de plus en plus tragique, à l'égal d'une lutte à mort. Il se rendait compte qu'à quelques mètres de lui se déroulait une bataille impitoyable dont il ne voyait rien mais qui le glaçait d'effroi... Que pouvait-il, que devait-il faire ? Intervenir ? Et comment ? Déjà la question ne se posait plus : un son de masse qui s'écroulait dur comme la frappe d'un maillet, un cri, et le flottement feutré de pas qui s'éloignaient dans le silence noir... Aussi subitement qu'il avait débuté le combat venait de se terminer. Tout s'était réglé en deux minutes au plus !

Yann repoussa le rideau. Un filet de lune dessinait une raie jaunâtre sur le mur d'en face diffusant une faible clarté, insuffisante pour montrer un obstacle sur le sol. Yann le heurta. En se penchant il comprit tout de suite qu'un corps gisait là. Il s'inclina davantage et perçut une respiration saccadée et puis un gémissement.

– Est-ce toi ? balbutia Yann.

Il n'y eut d'autre réponse qu'un nouveau gémissement. Il ne pouvait distinguer les traits du blessé. Il reprit plus posément :

– Qui êtes-vous ? Je vous veux du bien. Je suis Yann.

Cette fois il entendit dans un soupir :

– Yann, Yann...

Le timbre de la voix chassa tous les doutes, anéantit l'espoir que ce fût un autre que son père. Il s'était donc battu pendant que lui, Yann, se dissimulait tout près, sans réaction et peureux. Il avait été atteint gravement, s'était écroulé, allait peut-être mourir... Il refusa cette pensée et se raidit. Tremblant d'émotion il s'agenouilla :

– Oui, c'est moi Yann, qu'est-il arrivé ?

Son père s'agita et prononça des sons sans suite, hachés et indistincts. Qu'essayait-il de dire ?

Yann décelait à grand peine la vague silhouette du malheureux allongé sur le parquet. Ses mains tâtonnantes rencontrèrent la chevelure. Il caressa le visage et se pencha pour un baiser :

– Reste calme, je cours chercher de l'aide.

Mais son père remua encore et lui prit le bras. Il le serrait comme pour le retenir et Yann cette fois distingua clairement :

– Dans ma poche, sors-le... garde-le...

Aussi délicatement qu'il le pouvait il fouilla la veste. Il trouva seulement un portefeuille. Un râle augmenta sa détresse. Que n'aurait-il fait pour réconforter et soulager le pauvre homme ! Toujours agenouillé il s'efforça de le rassurer :

– Sois tranquille. J'ai découvert beaucoup de choses. Je serai prudent et j'ai un ami...

Son père l'interrompit. Avec grande difficulté il articula à voix très basse, tel un secret chuchoté :

– Ludwig... le père Ludwig... à...

Le mot qui suivit fut incompréhensible. Un nouveau râle monta dans la nuit... "Père" devina encore Yann plutôt qu'il ne l'entendit. Alors il se souvint du récit du "neveu" du boulanger. Il commença : "Notre Père", et récita ce qu'il se rappelait de la prière, de tout son être, pour que Dieu se place auprès d'eux.

Quand il eut fini son père émit encore quelques sons indistincts et répéta deux fois : “Dieu, Dieu !”. Le souffle faiblissait, s’amenuisait de plus en plus entrecoupé. Yann tentait d’agrandir au maximum ses yeux pour dépasser l’ombre qui faisait écran entre lui et son père. Il restait désemparé, impuissant...

D’un bond il se releva et se précipita en quête de secours.

Troisième partie

Retrouvailles

I

"ET JE L'ENTENDIS QUI RÉPÉTAIT très bas à deux reprises : *Dieu, Dieu.* Sa main devint molle et se desserra. Ce fut en moi comme si un voile se déchirait. Alors je me rendis compte qu'il allait mourir."

Yann parlait de plus en plus lentement, d'une voix étouffée, les yeux, d'où coulent des larmes, fixés sur le sable.

Depuis déjà plus d'une heure il raconte à Loïc et Olaf ce qui lui est arrivé après son départ du royaume. Tous deux l'écoutent immobiles, assis à l'ombre de leur tente...

Car se sont produites, au début de l'après-midi, ces retrouvailles inattendues. Comme il franchissait le pont-levis du château – le majordome lui avait dit : "Va te promener, cela te fera du bien." – il avait reconnu sur la place le "neveu" du boulanger qui s'exclama : "Te voilà !" et interrogea : "L'as-tu vu, ton père ?" Il n'avait rien répondu. Le garçon n'avait pas insisté mais annonça : "tu vas avoir une surprise, viens voir mon frère", et il l'avait entraîné en courant sur cette plage. Aussitôt il devina : Serait-ce possible ! Et oui ! le petit guide avait appelé : *Loïc*, et Loïc surgissait de la tente et gambadait de joie comme il savait si bien le faire : “Yann, j’étais sûr que nous nous retrouverions !”

On n’apercevait du château que le toit effilé de la plus haute tour qui culminait là-bas au-dessus d’une bordure d’arbres. Yann racla une poignée de sable qu’il laissa couler entre ses doigts. A moitié agenouillé, il attacha ses yeux au petit monticule doré qui s’effritait aussitôt formé. En une ronde répétée toutes sortes d’images de la nuit tragique ressuscitaient les unes après les autres. Cela le libérait de les accueillir, puis de les dire. Il fit encore aller et revenir sa main dans le sable mêlé de coquillages. Il s’en dégagea un très léger crissement qui, bizarrement, lui rappelait les derniers sons de voix de son père...

– Oui, reprit-il, j’ai réalisé subitement, à ce moment, l’approche de la fin. Alors j’ai pensé que je devais aller chercher de l’aide. J’ai embrassé mon père et j’ai couru dans le couloir. La lune l’éclairait à peine. Je me dirigeais vers ma chambre avec l’idée – je ne sais pourquoi – de réveiller Irdin. Mais quand je suis passé devant la porte du majordome je vis un rai de lumière. Je frappai et j’entrai. Il était à sa table de travail. J’ai crié : “Monsieur, venez vite, il y a eu un accident... mon père !” Il semblait ne pas entendre et me dévisageait sans bouger. J’ai insisté : “Venez, s’il vous plaît, c’est très pressé !” Enfin il s’est levé et m’a suivi toujours muet. Je le tirais par la manche. Après quelques pas il s’est arrêté : “Mais Yann, qu’est-ce qui te prend ? que se passe-t-il ?”, a-t-il dit. Je suppliais : “je vous en prie, je vous expliquerai plus tard”, et je l’ai presque poussé vers la *Tour des Gladiateurs*. Il prit une lampe. A la rotonde, le faisceau de lumière montra le corps. Le majordome s'approcha, tâta le poignet, puis mit un genoux à terre et porta l'oreille vers le cœur. Quand il se redressa il me regarda sans un mot, et m'écarta doucement. Je compris... mais je savais déjà que mon père n'était plus vivant dès que j'avais vu ses yeux grand ouverts qui restaient tournés vers le ciel et que l'éclairage de la lampe faisait briller.

Yann se tut. Des larmes coulaient sur ses joues. Nerveusement il pressait une tige de varech durci, l'émiettait. Une fine poussière, couleur de deuil, s'en échappait. Loïc avait posé une main sur son épaule et Olaf se serrait contre lui. Leur silence, rythmé par le ressac lointain de la mer et les claques furtives de la brise sur les parois de la tente, était dense d'une amitié qu'aucune parole n'aurait su mieux exprimer.

Après de longues minutes Loïc dit simplement :

– Yann, il y a le pacte, désormais tu es des nôtres.

Olaf acquiesça :

– Oui Yann.

Yann releva la tête :

– Je sais, merci.

Puis, rabaissant les yeux, en même temps qu'il semblait chercher ses mots et hésiter :

– Loïc, il n'a pas été délivré du mal… comme pourtant il l'avait demandé… puisque quelqu'un l'a tué ?

Loïc tardait à répondre. Yann le regarda. Alors il ouvrit la bouche :

– Ce n'est pas facile à dire... voici ce que je pense : si ! certainement si ! Dieu l'a délivré, mais c'est dur de le croire parce qu'on espérait autre chose d'abord.

Il traça une croix sur le sable et ajouta :

– Autrefois, pour son enfant à Dieu, ce fut pareil.

Yann essayait de comprendre. Il ne mettait pas en doute que Loïc lui livrait ce dont il était convaincu, pourtant il continua :

– Alors, mon père, est-ce que tu crois... parce qu'il priait au moment de mourir... est-ce que tout est fini pour lui ?

– Mais non, repartit vivement Loïc, bien sûr que non. Il est toujours avec toi, mais d'une autre manière, et avec nous aussi, maintenant.

– C'est vrai ? murmura Yann.

– Absolument, aussi vrai que tu me vois.

Et pesant ses mots un à un :

– Il n'est pas possible que tout ce qui a été beau ne soit pas retrouvé un jour. J'ai entendu dire cela une fois dans l'église à l'enterrement d'une amie de maman et je suis d'accord.

Yann contempla l'océan. Sa pensée le conduisait très loin au-delà de cette vue, et il se trouva dans le royaume. Puis elle le mena vers Selma qui avait affirmé à peu près la même chose en évoquant son passé : "Toutes ces merveilles sont en avant de nous, il ne faut pas être triste".

Il respira profondément et poursuivit :

– Le majordome s'est penché encore et il a fermé les paupières de mon père. Il m'a regardé, "pauvre petit !" a-t-il dit, et il m'a prié de tenir la lampe pendant qu'il dégageait le col de la veste. A la lumière j'aperçus une large coupure qui descendait vers la poitrine, et du sang. Ensuite il inspecta toutes les poches. Cela me rappela le portefeuille. Je l'avais laissé à terre, près du rideau de la fenêtre. J'eus de mauvais sentiments envers le majordome quand il fouillait ainsi. Doucement j'ai repoussé du pied le portefeuille dans une encoignure. Le majordome paraissait étonné de ne rien trouver. Il a essayé de s'excuser : "Il faut que je sache et que tout cela s'explique". Soudain sa voix changea :

– Comment se fait-il que tu te trouvais là justement quand ce malheur est arrivé ? as-tu vu quelqu'un ?

Mais, parce que je ne voulais pas qu'il apprenne que j'attendais mon père, j'inventai une histoire : "Monsieur, tout à l'heure le temps était lourd, je me suis mis à la fenêtre de ma chambre. Or un peu après que dix heures eurent sonné, j'ai entendu le chien gronder dans la cour comme il ne le fait jamais. Il poussait aussi des aboiements étranges. Je suis descendu. Le chien était très agité. J'ai voulu le calmer. A ce moment une lumière a jailli qui a éclairé, un instant seulement, le couloir où nous sommes. Le noir est revenu aussitôt. D'en bas j'ai bien localisé l'endroit. Le chien, lui, bondissait comme un fou et poussait des hurlements qui me serraient le cœur. Il semblait vouloir s'élancer vers la Tour. J'ai décidé d'aller voir. Et là j'ai découvert le corps allongé sur le plancher. J'ai reconnu mon père".

– Comment as-tu su, dans l'obscurité, que c'était ton père ?

– Monsieur, tout à l'heure il filtrait un petit rayon de lune, mais surtout mon père a murmuré mon nom faiblement. Je ne pouvais pas me tromper.

– A-t-il ensuite prononcé d'autres paroles ?

– Non, aucune.

– Toutes les poches sont vides, a encore remarqué le majordome, t'aurait-il remis quelque objet ?

– Mais non.

Je craignais qu'il aperçoive le portefeuille et, sans en avoir l'air, je me deplaçai pour le masquer. Tu comprends, Loïc, je n'ai pas avoué toute la vérité. Cela ne le regarde pas de connaître les dernières paroles de mon père et ce qu'il me confiait. C'est secret.

– Tu as bien fait, approuva Loïc.

Le majordome continuait de me questionner : "Est-ce que j'aurais vu ou entendu dans les couloirs, à la rotonde, ou même dans la cour, quelqu'un qui s'enfuyait ? Nous arriverons bien à éclaircir cette affaire", répétait-il sans cesse. Puis il me parla presque sévèrement en me prenant par les deux épaules : "Yann, dis-moi, est-ce vraiment ainsi que les faits se sont déroulés ?" J'ai affirmé que oui, et je n'ai pu m'empêcher de pleurer en lui demandant ce qu'il avait et pourquoi il me traitait comme ça. Il se radoucit : "... mais parce qu'il est nécessaire que je sache exactement tous les évènements de la nuit. Si d'autres que nous à Roalsforth en ont connaissance il devra y avoir une enquête et ce sera très pénible."

Je ne saisissais pas. Il s'en rendit compte : "Yann, ne sois pas naïf, réfléchis... Ton père ne se promenait pas en ces lieux par hasard. Je ne sais pas d'ailleurs comment il a pu entrer dans le château. Il avait un motif, oui, pourquoi rôdait-il en pleine nuit aux alentours des logements du duc ? S'il avait besoin d'argent il pouvait me contacter."

J'eus un haut-le-corps. Le majordome insinuait donc que mon père projetait de voler le duc ! Il se reprit vite : "Je n'accuse personne. J'essaye seulement de comprendre." "Pourquoi l'avoir tué ? Qui est-ce ?" ai-je bêtement demandé, car cela l'a fait revenir à ses soupçons : "Justement, je ne sais pas... mais suppose que ton père pénètre jusqu'ici avec un compagnon, et que, une fois le coup réalisé, ils se disputent et que l'autre... tu vois ce que je veux dire ?... ou encore qu'il s'aventure seul, et qu'un gardien du château perçoive du bruit, bondisse, un peu comme tu as fait, intervienne, et ensuite !... mais je saurai si le duc a été cambriolé, je saurai comment tout s'est passé, je te le promets. De toute façon évitons que cette fâcheuse affaire s'ébruite. Je dis cela pour toi, sinon comment oserais-tu paraître devant le cuisinier et les autres ?" Il ne démordait pas de cette idée que mon père était un voleur.

– Quel homme stupide ce majordome ! s'exclama Olaf.

– Oui, dit Yann, pourtant c'est vrai, il ne pouvait savoir. Je ne voulais surtout pas lui révéler que mon père m'avait fixé un rendez-vous. Je me durcissais pour ne pas éclater, pour retenir des paroles qui auraient éveillé sa méfiance. Car, j'en suis sûr, mon père tentait de me rejoindre pour me retirer d'ici.

Yann se tourna vers Loïc qui écoutait silencieux :

– Loïc, que faut-il penser ? Le trèfle bleu ?

– C'est fort possible. Plusieurs fois j'y ai songé en t'entendant.

– Si j'avais découvert plus tôt le souterrain et le couloir d'eau je me serais évadé, j'aurais retrouvé mon père, nous serions heureux maintenant.

Il porta les yeux sur le haut de la grande tour de Roalsforth émergée au-dessus des arbres. Le soleil descendant l'éclairait de plein fouet. Alentour de gros oiseaux tournoyaient. La vie là-bas s'égrenait comme aux autres jours. Bien des gens allaient et venaient à l'abri de ses murs. Pourtant qui d'entre eux avait barré pour toujours la route à son père ? Ce château, il le contemplait avec des sentiments mêlés car il vivait aussi avec lui une complicité secrète depuis qu'il lui avait laissé découvrir sa face cachée dans les entrailles du roc...

– Nous en savons plus qu'eux, dit-il tout haut, sortant de son rêve.

– Yann, c'est pour cela, parce qu'ils ne se doutent pas de ce que nous avons appris, que nous gagnerons, renchérit Loïc en se redressant. Il se détendit, fit quelques pas sur la grève et se rassit.

– Et ensuite ? interrogea Olaf.

– Le majordome me demanda de l'attendre là quelques instants. Je profitai de son absence pour enfoncer le portefeuille dans ma poche. Peu après il est revenu portant une sorte de brancard et une toile grossière dans laquelle nous avons enveloppé le corps de mon père. Nous l'avons amené dans une pièce proche de la rotonde qu'il ferma à clef. "Nous aviserons demain", a-t-il dit seulement. C'était avant-hier. Hier la journée m'a paru longue. Le soir, après le repas, le majordome me convoqua chez lui et recommença ses questions. Je n'ai en rien modifié mes réponses. Ensuite il se leva, arpenta sa chambre de long en large. Enfin il s'est calmé : "Ton père était marin, n'est-ce pas ?" a-t-il dit. "Pas vraiment". "Mais vous aviez une barque et il s'en servait pour aller à la pêche ?". "Quelquefois". "Sais-tu quel honneur, chez nous, on rend aux marins morts ? On les ensevelit dans une voile – cela nous l'avons fait – puis on les immerge en plein océan. Nous agirons ainsi. Tout à l'heure, à la nuit, nous l'embarquerons pour son dernier voyage. Retourne chez toi. J'irai te chercher."

– Un peu plus tard il me fit sortir du château, du côté de la mer, par une porte qu'il ouvrit avec une énorme clef, et nous sommes descendus, en prenant un escalier taillé dans les rochers jusqu'à une crique où une barque était amarrée. Je ne connaissais pas encore cette partie du château, ni la crique, ni la piste qui y conduisait. Au fond de la barque mon père reposait dans son linceul de voile.

– Qui l'avait déposé là et avait tout préparé ? le majordome tout seul ? interrompit Olaf.

– Il ne m'a rien expliqué, il ne disait rien. Il me tendit seulement les rames et prit le gouvernail. A ce moment l'horloge du château sonna le coup de dix heures et demi, la même heure que la veille quand mon père était parti vers Dieu... J'ai battu l'eau et le majordome mit le cap vers le large. Je fermais les yeux ou les levais vers le ciel. La nuit était parsemée d'étoiles. Une houle légère faisait danser la barque. Quand une vague plus forte nous atteignait et que nous rebondissions plus haut je me disais : "cela l'aide à s'élancer à la rencontre de la voûte de lumière." Et je pensais : "Il y a Dieu, il ne faut pas être triste." Enfin il a lesté la voile qui enveloppait le corps avec une lourde pierre qu'il avait emportée exprès, et nous l'avons doucement balancé par-dessus bord. Alors je me suis rappelé la prière et en ai inventé d'autres. Je suppliais Dieu qu'il soit heureux et qu'il connaisse comme moi, tu sais, ces jours du royaume où tout était d'un coup beau... je m'imaginais que des multitudes de poissons accouraient au-devant de lui, se croisaient, s'inclinaient, se glissaient sous la voile, étendaient leurs nageoires comme un berceau pour le préserver de tout choc et formaient un cortège qui l'accompagnait à travers les splendeurs de la mer profonde.

Yann détourna la tête et regarda vers le haut ciel. Son père jouissait désormais de merveilles autrement plus merveilleuses.

– Loïc, je n'ai pas de mots pour dire ce que je ressentais. C'était comme de la paix. Ce matin j'ai vaqué aux occupations quotidiennes saluant les uns et les autres selon mon habitude, mais ils me paraissaient plus étrangers que jamais. Ce n'est qu'à midi que le majordome m'a proposé de sortir : "Tu aimes la mer. Change-toi les idées. Va courir un peu sur la grève. Je me suis entendu pour cela avec le cuisinier qui n'a pas trop de travail cet après-midi, mais veille à être de retour à l'heure pour le souper." Olaf, quand je débouchai sur la place et que tu m'as annoncé une surprise, en parlant de ton frère, j'ai compris que c'était Loïc et cela m'a semblé aussi vrai et aussi simple que lorsque, au royaume, j'allais à sa rencontre.

Ils se regardèrent amicalement...

II

"MAINTENANT À TOI LOÏC."

Ils s'installèrent à l'abri de la tente et Loïc commença :

– Je t'ai attendu plusieurs fois, tu t'en doutes, sur la plage du lapin et puis me suis hasardé près de la maison. Les volets étaient toujours fermés. Je ne me suis pas découragé. Un après-midi, enfin, j'aperçus ton père – ce ne pouvait être que lui – pénétrer dans la demeure. De derrière un bouquet d'arbustes je l'observais allant et venant, comme quelqu'un qui réintègre et inspecte son domicile au retour d'un voyage. Ton père avait ouvert en grand la porte d'entrée et aussi une fenêtre du rez-de-chaussée. Je restai longtemps incertain sur ce que je devais décider. Le buisson derrière lequel je m'étais posté portait des fleurs violettes très odorantes...

– Je vois, dit Yann, c'est du faux jasmin, près du potager.

– Oui, exactement… Puis ton père sortit de la maison avec une boîte d'outils qu'il posa sur le carrelage devant l'entrée. Tranquillement il en choisit plusieurs, les mit dans un sac et prit le sentier qui descend vers la mer. La maison restait ouverte. Evidemment il n'avait aucune raison de craindre que quelqu'un se tienne dans les parages. Pourtant j'attendis encore avant de quitter ma cachette. Puis, du haut de la falaise, je le vis s'avancer sur la plage en direction de votre barque.

– La barque était là ! fit Yann.

– Oui, la mer était basse, elle était couchée sur le sable... Donc j'étais assuré de me trouver pour quelques minutes loin de tout regard. Alors, Yann, je n'ai pas hésité à franchir la porte. Je m'encourageais en me disant que c'était pour toi, et je me sentais poussé par une sorte d'assurance que j'allais recueillir des renseignements et que je serais coupable si je manquais l'occasion.

Loïc observait Yann qui fit un signe d'assentiment de la tête et interrogea encore :

– Ensuite ?

– Dieu était avec nous. Mes pressentiments ne m'avaient pas trompé. Sur la table de la cuisine un journal et des papiers étaient dispersés parmi lesquels une grande enveloppe décachetée. A la place du timbre l'expéditeur avait crayonné en bleu un trèfle...

– Comment ! coupa Yann.

– Oui, un trèfle ! Je suppose que quelqu'un avait glissé cette enveloppe sous la porte les jours précédents et que ton père venait d'en prendre connaissance. J'en ai sorti un papier plié en quatre, un plan tracé à la main avec ce titre : *Le château de Roalsforth et ses environs immédiats*. Le dessin représentait, comme vus du ciel, le bord de la côte, l'enceinte du château, et les routes et les chemins qui y convergent. Plusieurs chiffres étaient également portés en certains points du plan. Ce n'est pas tout. L'enveloppe renfermait un autre petit papier avec, écrite à la main, cette phrase laconique : "Au château, l'avant-dernier jeudi de septembre, sans faute". Cela avait tout l'air d'un message.

– L'avant-dernier jeudi de septembre ! fit Yann, mais c'est ce jour-là que j'ai exploré le souterrain...

– Et tu as bien dit qu'en remontant le souterrain il t'avait semblé percevoir un bruit lointain comme celui de voix animées ? demanda Olaf.

– C'est ce que j'ai cru sur le moment, mais j'ai tout de suite pensé que c'était une illusion.

– Alors ton père était là ?

– Je ne sais pas... je ne sais pas... peut-être…

Yann était très ému. Il essuya ses yeux, puis regarda Loïc, l'invitant à continuer.

– Yann, écoute encore ceci, c'est très important. Au

dos du petit papier était écrit : "Yann s'y porte bien." J'ai lu et relu. Je ne rêvais pas. C'était extraordinaire ! inespéré ! ainsi j'apprenais ton adresse : le château de Roalsforth, là-bas, dans cette forteresse.

Loïc posa une main sur l'épaule de Yann :

– Du coup je compris que j'étais sur la bonne voie, même si je n'avais aucune idée de ce que pouvait être Roalsforth. Alors je remis tout en place et partis au plus vite, plein de projets en tête. A ce moment-là j'ai décidé de mettre Olaf au courant de tout. Il me devenait impossible de lui cacher les démarches que je devrai faire pour déceler quel était ce château et où il se situait, puis de m'y rendre, car, dès lors, je n'avais plus que ce but. D'ailleurs à deux les recherches seraient plus faciles. Je vois maintenant que je ne me trompais pas.

– C'est vrai, interrompit Olaf, j'avais déjà remarqué que Loïc disparaissait souvent de longues heures et j'étais curieux de savoir où il allait et ce qu'il faisait. J'ai essayé plusieurs fois de le surprendre mais il réussissait toujours à m'échapper. Rassure-toi, j'ai promis le secret et je le tiendrai.

Il se tourna vers Yann, confiant. Yann l'enserra de ses bras et l'embrassa :

– Bien sûr, Olaf, je suis content que tu sois avec nous.

Et puis Loïc raconta la suite : comment Olaf eut l'idée, alléguant divers prétextes, de solliciter la permission du maître pour consulter des livres à la bibliothèque de l'école, comment dans cette bibliothèque ils feuilletèrent longuement toutes sortes de revues et de livres et trouvèrent enfin dans un vieux dictionnaire, au mot *Roalsforth*, des renseignements sur l'emplacement du château, mais le maître s'étant absenté au début des vacances leurs investigations avaient été retardées ; comment, ensuite, ils durent encore patienter jusqu'au retour de leur père, parti en mer plusieurs jours, pour obtenir son autorisation d'aller camper ; comment, enfin, beaucoup de temps s'étant ainsi écoulé, ils n'étaient arrivés en ces lieux que depuis quatre ou cinq jours...

– Si vous étiez venus plus tôt, remarqua Yann, qu'auriez-vous fait ? Vous ne pouviez vous établir indéfiniment ici tandis que j'étais maintenu, comme un prisonnier, là-bas.

Ils ne répondaient rien. Yann avait raison. Soudain Olaf devint grave :

– Pourtant cela aurait mieux valu. Je n'aurais pas été là sur la place quand ton père...

– Non, Olaf, il aurait imaginé une autre ruse pour me rencontrer. Olaf, ce n'est pas ta faute.

Yann baissait la tête. Loïc comprit qu'il devait faire diversion pour barrer de tristes images. D'ailleurs il n'avait pas achevé son récit.

– Olaf, dit-il, a recopié dans le dictionnaire, à la fin de l'article sur Roalsforth, une note qui nous a beaucoup intrigués et que, évidemment, il faut que tu connaisses. J'y ai plusieurs fois pensé tout à l'heure quand tu nous as parlé du nom du bateau et des histoires du peintre, et aussi de la mosaïque dans la grotte, mais alors je ne voulais pas t'interrompre.

Olaf se pencha sur le côté et sortit de sa poche un papier :

– Voici, dit-il.

Et il lut : *Certains historiens affirment que, sur le promontoire rocheux qui sert d'assise au château de Roalsforth, s'élevait autrefois un édifice plus modeste avec une chapelle où, à la dernière lune de chaque saison, des hommes de guerre se réunissaient et prêtaient serment de protéger les habitants de la côte contre les attaques de pillards venant souvent de la mer. Ce groupe de "chevaliers", depuis longtemps disparu, aurait arboré, comme signe de reconnaissance, un trèfle azuré. Des légendes locales semblent corroborer ce point d'histoire.*

Olaf regarda Yann dont le regard immobile tourné vers le donjon paraissait aller beaucoup plus loin. C'est que Yann en son esprit voulait se persuader qu'une nouvelle confrérie, constituée sur le modèle de l'ancienne, adoptant le même emblème et une même mission de secours à autrui était née, et que donc son père, le visiteur du royaume, le duc et les autres ne s'entouraient d'une certaine clandestinité, que par fidélité aux rites originels et aussi, peut-être, par sorte de jeu. Mais hélas, sa séparation forcée d'avec son père, sa réclusion dans le château, et avant tout, l'assassinat de l'autre nuit démentaient cette idée séduisante d'une nouvelle chevalerie. Sans aucun doute Loïc avait raison en concluant :

– Yann, qu'en est-il aujourd'hui ? Pour moi il existe encore des liens entre le Trèfle et le château... Nous avons encore beaucoup de mystères à éclaircir.

III

“ON EST ALLÉ SE PROMENER ! lança Irdin qu'il croisa en remontant dans sa chambre.”

– Oui, répliqua Yann, et alors !

Il était fâché qu'une nouvelle fois Irdin l'abordât, glissant ses questions insidieuses, semblant vouloir s'infiltrer dans son histoire. L'après-midi avait été tellement intense avec le renouement de la présence de Loïc et le long récit qu'il lui avait livré ainsi qu'à Olaf ! Il sentait qu'il venait de combler comme un manque ou un creux de leur vie partagée et de même, bien qu'autrement, entre lui et son père. Toutes les malheureuses barrières qui les avaient empêchés l'un et l'autre de se parler sans réticence étaient depuis tout à l'heure franchies... Alors que venait faire Irdin avec sa curiosité ? Et le voilà qui, jouant de son air habituel embarrassé, continuait de le provoquer :

– C'est nouveau cela ! Qu'est-il arrivé ?

Yann bouillait. Il éluda la question :

– Ecoute, je suis pressé, le repas sonne dans quelques minutes, je dois grimper dans ma chambre.

Yann s'assit sur son lit. Il avait été tenté de riposter par une réponse brutale, mais il aurait terni l'éclat de cette journée exceptionnelle. Il ne le fit pas. Cela aussi l'avait rapproché de son père, pensa-t-il.

Il alla à sa fenêtre, se pencha, souleva une tuile branlante sous laquelle il avait dissimulé le portefeuille. Il avait besoin de se rassurer en vérifiant qu'il n'avait pas bougé. Il le porta à ses lèvres, puis le remit en place. "Demain je l'ouvrirai, pas ce soir."

Il redescendit vers les cuisines. Le cintre de pierre au bas de l'escalier lui parut plus beau, les larges dalles plus familières. Sur le fond du ciel, encadré par le cadre de la fenêtre du couloir, le clocheton d'une tourelle se profilait harmonieusement. Dans le cœur de Yann flottait un peu de l'air du royaume. Irdin, après tout, n'était peut-être pas si mauvais. Qu'avait-il fait lui, Yann, pour se montrer accueillant ? Tout en ralentissant et admirant les dentelures de pierre du clocheton il décida d'être plus avenant avec Irdin.

Alors, inexplicablement, il se sentit libre et léger, comme si quelqu'un d'autre, en lui, s'installait pour regarder et aimer. Et son père aussi était là ! Il rêvait que tout le monde devenait affable et désireux d'entente. Le royaume s'élargissait aux dimensions de la terre entière.

Mais ce fut bref, très bref ! A l'extrémité du couloir le majordome et Irdin discutaient et, le voyant, le majordome fit quelques pas vers lui :

– Yann, il faut que nous en parlions. Le duc avance son départ. Il se propose d'emmener deux chiens pour l'exposition canine. Viens me voir demain.

Il s'en alla. Irdin regardait Yann avec son sourire des mauvais jours. C'était déjà à propos des chiens qu'ils s'étaient querellés une autre fois.

– Cela en fera deux de moins, grommela-t-il.

Yann réprima une réplique sèche. Il demanda seulement :

– Quand part-il ?

– Dans trois ou quatre jours, et nous aurons droit à la même comédie.

Il n'en disait pas plus, attendant d'un air innocent que Yann réagisse. Yann le comprit et se tut mais Irdin l'ignora :

– Tu veux savoir ? Alors voilà : d'abord le duc se pavane en carrosse par un chemin de la forêt qu'on entretient uniquement à cet effet. Personne n'en connaît la raison, sauf certainement Selma. Ensuite il fait halte en plein bois, près d'un lac... Je ne me rappelle plus son nom. Là il passe la nuit dans une maison forestière. Le voyage s'achève le lendemain. Le trajet pourrait prendre à peine cinq ou six heures, mais non ! Il en est toujours ainsi. Pour rien au monde, dit-on, il ne changerait cette coutume. Ah ! voilà Selma dans la cour... Selma, une minute, approchez. Selma, quel est le nom du lac devant l'auberge où loge le duc quand il repart du château ?

Selma joignit les mains, dodelina de la tête et ses yeux se pointèrent vers le ciel. Elle hésitait à répondre, apparemment méfiante, mais lorsque Yann se montra elle dit tranquillement :

– Le lac des quatre étoiles.

– Ah oui ! des *quatre étoiles*, j'avais oublié. Eh bien ! si un jour tu apprends que le duc a manqué le détour par ce lac et n'est pas resté à l'auberge...

– C'est impossible, trancha Selma.

– Tu vois !

– Ne te moque pas, fit la vieille en fronçant les sourcils.

Yann lui sourit gentiment. Il aurait aimé en entendre davantage. Devant Irdin ce n'était pas opportun. Il susciterait aisément une occasion plus tard. D'ailleurs Selma trottinait déjà au loin.

IV

DÈS LE DÉBUT DE L'APRÈS-MIDI, le lendemain, Yann franchit de nouveau le majestueux portail bardé de ferrures aux armes du duc. Au moment de s'engager sur le chemin, dans le sous-bois des résineux, il se retourna : personne en vue, aucun bruit, hormis le bourdonnement des insectes dans l'air tiède. Il s'avança parallèlement à la lisière, face au soleil dont les rayons, fragmentés par les branches, composaient à terre une gerbe indéfiniment variée d'éclats de lumière. Parvenu au bord de la dune il embrassa d'un long regard la nappe bleue de l'océan avec la même émotion que celle qui l'envahissait si souvent au royaume. Il marcha lentement sur la plaine de sable. A l'autre extrémité il distinguait la petite tente grisâtre, timide dans ce vaste décor. Des mouettes blanches s'abattaient sur une lagune. Peut-être étaient-ce celles-là qui s'étaient envolées l'autre nuit au bruit des rames ? Son père, à cette heure, dormait au fond de l'eau quelque part, non loin. Au royaume, quand il nageait et ouvrait les yeux sous la mer, il admirait un monde verdâtre où les rochers, joliment teintés de couleurs vives inexistantes ailleurs, s'approchaient en tremblotant.

Punch claironna son arrivée. Olaf écarta la porte de la tente : "Voilà Yann". Loïc claqua des doigts en tançant le chien et secoua vigoureusement la main de Yann :

– Entre, dis-nous ton avis. Nous parlions du château, de tout ce qui s'y passe.

– Oui, dit Olaf, nous imaginions des explications...

– Pour comprendre ce que nous nous sommes racontés hier ? avança Yann.

– Cela et autres choses, ajouta Loïc.

En même temps Yann portait la main à sa poche. Il y serrait le portefeuille. Il le sortit avec hésitation :

– J'attendais d'être avec vous.

Alors il le déplia avec les mêmes précautions qu'il aurait prises pour un objet fragile, respectueusement. Il était en cuir sombre, découpé et cousu de manière à offrir trois poches. Yann écarta les bords de la première. Elle était vide. De la seconde il retira une médaille petite et dorée. La troisième poche, comme la première, ne contenait rien.

Tous trois se regardèrent manifestement étonnés.

– Personne d'autre que toi n'y a touché ? questionna Loïc.

– Certainement personne. Je l'ai gardé caché sous une tuile sur laquelle j'ai même posé un petit caillou. Rien n'a bougé. Il tendit le portefeuille à Loïc qui constata que, de fait, il ne s'y trouvait aucun autre objet, aucun papier.

Olaf considérait la médaille. Il la tournait et la retournait. Sur une face il reconnaissait la gravure d'une dame dont les mains écartées laissaient s'échapper des rayons, et au revers une couronne d'étoiles encadrant un grand M surmonté d'une croix.

– Comme sur celle de maman, dit-il, la passant à Loïc.

Et s'adressant à Yann :

– C'est la mère de Jésus, Marie, qui donne à tous de sa part plein de bonnes choses comme me l'a dit maman…

– Oui, fit Loïc qui examinait attentivement la médaille, mais il y a aussi, en bas, tout petits, petits, des initiales et des chiffres... peut-être la date de ta naissance ou celle de ton baptême, Yann ?

– Celle de mon baptême. Je me souviens. Mon père me l'a montrée le soir du jour où il se fâcha contre le monsieur qui l'avait dérangé, ce même jour où le bel oiseau chantait.

Sa figure était détendue… Cependant Loïc demeurait perplexe.

– Je voudrais bien savoir pourquoi ton père tenait tant à te voir en n'ayant que cette médaille dans le portefeuille. Evidemment il y attachait une grande importance.

– Il a guidé ma main quand il était à terre pour que je la prenne. Et en même temps il a dit très bas, mais je ne peux oublier : "Ludwig... le Père Ludwig..."

– Yann, cela s'éclairera tôt ou tard, car ce peut être encore long. Toi, il faudrait que tu parles à Selma, et aussi aux gens du bourg près du château, en faisant connaissance tranquillement, sans rien brusquer. Qui sait si tu ne glaneras pas des racontars intéressants, si les langues ne se délieront pas ? Nous, quand nous serons partis...

– Vous allez partir ?

– Nous en causions quand tu es arrivé. Ce serait imprudent de nous attarder ici. Déjà des commerçants me posent des questions quand je vais aux provisions. On juge étrange que nous ayons planté notre tente dans ce coin plutôt désert.

Mais Yann n'écoutait plus Loïc. Ils s'étaient retrouvés hier et ils envisageaient déjà de lever le camp ! Ce n'était pas possible !

– Nous, nous chercherons ailleurs des renseignements sur Roalsforth mais je suis persuadé que le château recèle d'autres secrets du *Trèfle bleu*, continuait Loïc.

– Oh ! murmura Yann avec un geste évasif, le trèfle bleu maintenant !

– Quoi ! fit Loïc, qu'est-ce que tu dis !

Evitant de le regarder Yann ne répondait pas. Il retournait la médaille dans le creux de sa main. Ces événements incompréhensibles, son office au château, sa vie monotone, les silences de Selma... tout paraissait soudain si harassant. Attaché au château, sous la houlette du majordome, ce soir encore, comme les jours d'après, il n'aurait pour compagnie que Irdin, le cuisinier, Selma et tous les autres. En réalité il sera seul. Il y a bien Kiri à qui il confie tout. Kiri ! mais non, même pas... il est clair que le duc le choisira en premier. Alors pourquoi s'enraciner à Roalsforth ?

– Loïc, soupira-t-il, partons tous les trois. J'irai avec vous. Je voudrais...

Loïc se leva, fit quelques pas dehors sur le sable, et revint :

– Donc tu abandonnes ?

Yann inclinait la tête. Loïc est libre comme le vent tandis que lui, il devrait demeurer prisonnier, prisonnier volontaire ! En apercevant par l'ouverture de la tente l'horizon insaisissable et les inlassables mouettes, un désir de rompre avec son passé, sauf ce qu'il avait vécu si fortement avec Loïc, submergeait tout son être. Puisqu'il ne dépendait plus de personne, et pas davantage du majordome que de quiconque, rien ne s'opposait à ce qu'il tournât la page. Pourtant, en même temps, une voix intérieure parlait de lâcheté.

Il serrait la médaille entre le pouce et l'index de plus en plus fort. Elle était fine et brillante au soleil. La gravure était nette : une dame avec des rayons... Loïc avait une famille où sa vie coulait douce…

– Je voudrais connaître ta maison et ta petite sœur et tes parents... ta mère, surtout elle, balbutia-t-il, en ne lâchant pas des yeux la dame.

– Tu abandonnes ! reprit Loïc d'un ton moins sec mais comme désenchanté.

Evidemment il n'était pas d'accord, et Yann comprenait qu'il ne fût pas d'accord car, malgré l'immense amitié qui les liait, il ne pouvait savoir l'intense détresse qu'il ressentait. Comme il l'aimerait sa mère, comme elle devait être bonne ! Sûrement elle l'embrasserait quand Loïc lui dirait : "Voilà Yann". Peut-être lui sourirait-elle comme Selma... plus bellement encore. De ses mains mille rayons bienfaisants couleraient aussi.

Olaf parut deviner :

– Yann, je suis certain que ce ne sera plus long, et alors, oui, tu viendras à la maison et maman t'accueillera. Ce sera magnifique, tu verras...

Puis, remarquant que Yann ne détachait pas les yeux de la médaille, il la désigna du doigt :

– Mais elle, elle est la mère de tous, de toi aussi, tu verras.

Il ne sut plus qu'ajouter. Peut-être se rendait-il compte confusément que Yann ne pourrait saisir le sens de ses paroles que lorsqu'il aurait déjà éprouvé l'affection de sa mère. Il répéta seulement : "tu verras".

Loïc se rassit et prit la main de Yann. Il n'avait pas voulu lui déplaire mais ce qu'ils avaient entrepris, il entendait le mener jusqu'au bout. C'est ainsi que tiendrait leur amitié scellée par le pacte.

– Nous, nous en allons, pourtant n'imagine pas que nous t'abandonnons. Il est très utile que tu demeures encore à Roalsforth quelque temps.

– Mais, pourquoi ? interrompit Yann, bien qu'il devinât la réponse.

– Parce que tu es dans la place. Selma a vécu beaucoup de choses. Tu as sa confiance. Il viendra bien le jour où elle te livrera tout ce qu'elle garde en son cœur. Et il y a aussi le duc. Tant qu'il est là il faudrait...

– Plus pour longtemps, il abrège son séjour...

– Comment ! fit Loïc.

– Dans trois, quatre jours au plus, il sera loin.

Yann rapporta ce que Irdin lui avait appris… que le duc avait coutume de faire halte dans une auberge, à une dizaine de lieues de Roalsforth, où il se rend en carrosse, comme jadis… Il ajouta :

– Selon Selma, à qui j'en ai parlé, cette coutume du duc remonte à son enfance. Il considère *l'auberge des quatre étoiles* – c'est son nom – presque comme un domaine familial qui, petit à petit, est devenu pour lui un site sacré. "Et sache, m'a-t-elle dit, que le maître du chenil accompagne toujours le duc pour prendre soin des chiens à l'auberge. C'est toi, Yann, le maître du chenil : tu iras avec le duc. J'en suis très contente. Au retour tu me raconteras."

Les yeux d'Olaf s'illuminaient. Soudain il s'exclama :

– Une idée ! Loïc, nous aussi, rendons-nous là-bas, et toi Yann, tu nous présenteras Kiri... ma foi je serai ravi de voir le duc.

Comme un ressort qui se détend Loïc avait bondi :

– Bravo Olaf ! Bravo ! mais oui pourquoi pas ? Voilà une occasion à ne pas manquer, transportons-nous près du lac pour l'arrivée du duc, nous l'approcherons, nous le côtoierons à l'auberge. Dans une auberge tous les hôtes se parlent sans façon, et nous converserons aussi avec l'aubergiste. Qu'en penses-tu Yann ?

– Il paraît que cet aubergiste est un vieil homme aimable, très honoré d'accueillir le duc et bavard.

– Justement, il sera fier d'étaler ses souvenirs. Je pressens que ce lieu a été riche en aventures.

Loïc se mit à sautiller d'un pied sur l'autre en battant des mains. Yann, cette fois, le regardait. C'était le Loïc enthousiaste et déterminé qui le séduisait tant. Sa figure reprit vie. Il fit de la tête un signe d'assentiment. Pourtant il avait du mal à repousser la pensée de son retour derrière les murailles du château, seul au lendemain de leurs retrouvailles. Il s'y força pour ne pas ombrer de tristesse leur amitié qui lui était si précieuse… pour qu'elle recouvre sa claire lumière. D'ailleurs maintenant il s'avouait qu'en poursuivant leur recherche de la vérité il défendrait la mémoire de son père et le réhabiliterait aux yeux du majordome. Au fond il approuvait Loïc de ne pas renoncer. Il lui serra la main :

– Quand vous serez loin, j'irai flâner au village comme tu le conseilles.

– Mais, dit Loïc, viens nous voir demain. Nous serons heureux de prendre encore ensemble quelques moments et puis, peut-être, auras-tu appris du nouveau. Aussitôt après nous partirons pour l'auberge où nous arriverons dans deux jours au plus tard. Car il ne s'agit pas de manquer le passage du duc. Ah ! je me vois déjà proche de lui !

Et Loïc esquissa une révérence comique. Ils échangèrent d'autres idées. Olaf souhaitait tenter une opération, même risquée, pour tester la réaction du duc. Il suggérait de dessiner un grand trèfle bleu sur la route, aux abords de l'auberge, mais Loïc et Yann n'étaient pas de cet avis... ou de vivre une fête le soir, qui rappellerait au duc les réjouissances d'autrefois... cependant, comment organiser une fête à deux ou trois seulement.

– Nous allons réfléchir, dit Loïc.

Puis oubliant leur crainte d'être remarqués, ils coururent s'ébattre sur la plage, ils escaladèrent des rochers, attrapèrent quelques crevettes qui sillonnaient les flaques tièdes et se réfugiaient dans la broussaille des varechs, ils se poursuivirent en s'amusant à effaroucher des oiseaux de mer.

V

TANDIS QU'IL REVENAIT AU CHÂTEAU et abordait la place, Yann reconnut le duc en avant de lui. La petite fille du château l'accompagnait. Il se rappela la rencontre dans le couloir et la voix frêle qui questionnait : "Qui es-tu, d'abord, toi ?" comme si elle naissait d'un autre monde... dans un autre monde également son père s'en était allé ne lui laissant que le portefeuille et la médaille qu'il tenait encore dans sa main. De loin la petite fille l'aperçut. Elle tira le duc par le bras qui se pencha et elle appliqua sa bouche à son oreille comme pour lui glisser un secret. Le duc se retourna. Yann salua et le duc répondit. En même temps il faisait demi-tour et venait à lui :

– Vous vous occupez des chiens, m'a-t-on dit, alors nous nous verrons sous peu, demain je pense.

Et il lui tendit la main. La petite fille le considérait émerveillée :

– Oh ! il s'occupe des chiens ! grand père, je voudrais voir les chiens.

– Mais oui, tu les verras, fit le duc en lui tapotant la joue.

Avec elle il passa le portail.

La pensée de la médaille revenait sans cesse. Bien des fois, dans la matinée, il l'avait contemplée. Il interrogerait Loïc et Olaf car il voulait en savoir davantage sur cette dame dont Loïc cependant lui avait déjà un peu parlé au royaume quand il lui apprenait à lire. Il la nommait lui aussi Marie et la disait mère de Dieu. Olaf l'avait désignée comme mère de tous, donc de lui aussi, mais pouvait-il lui dire des mots de même qu'il en disait à Dieu ? Entendait-elle à la manière dont Dieu entend ?

Puis il songea à Irdin qui l'avait dévisagé la veille avec un drôle d'air. Inévitablement il chercherait à s'enquérir des raisons de ses absences l'après-midi. Il devrait trouver une réponse. La prudence réclamait qu'il prît de bonnes précautions. Irdin est très capable de le surveiller sournoisement pour repérer où il se rend.

VI

LE CLOCHETON DE LA TOURELLE TINTA convoquant au repas de midi. Dans la salle basse le visage anguleux de Selma se détachait en contre-jour, de profil devant lui. Elle lui sembla plus vieille que jamais. Ses yeux se fermaient de temps à autre. Irdin à sa gauche ne cessait de la plaisanter. Elle répondait par monosyllabes, et, bientôt fatiguée ou murée dans ses souvenirs, elle devint totalement absente. Irdin cligna de l'œil à l'adresse de Sigrid et mine de rien subtilisa les couverts et éloigna l'assiette de la vieille. La fille suivait ses gestes en riant. Tous les autres affectaient d'ignorer ces taquineries. Yann était mal à l'aise. Il porta la main à sa poche et pressa la médaille quêtant une sorte d'aide…

Selma fut belle autrefois. Elle était restée bonne. Pourquoi Sigrid n'était-elle pas bonne ? Pourquoi choisissait-elle d'encourager Irdin et pourquoi Irdin se complaisait-il à tracasser Selma ? Yann imagina la mère d'Irdin. Irdin n'en avait jamais parlé. Peut-être ne la connut-il pas, comme lui-même n'a pas connu la sienne. Celle-là était la mère de tous, d'Irdin pareillement. Pour cela il devait se comporter bien avec Irdin, mais qui défendrait Selma ?

Comme une supplication il caressait la médaille cachée.

Cependant Irdin s'enhardissait. Il coulait une pincée de sel dans le verre de Selma. Yann se leva. Calmement il s'approcha :

– Que fais-tu ! Arrête tes bêtises.

– Je fais ce que je veux. Cela ne te regarde pas.

– Si ! tu profites de la faiblesse de Selma.

L'autre le toisa en souriant dédaigneusement et de nouveau allongea la main vers la salière. En un éclair Yann lui empoigna le bras qu'il immobilisa sur la table. Aussi promptement Irdin riposta par un violent coup de tête, parvint à se dégager et dressa des poings menaçants. Yann n'eut que le temps de parer l'attaque, mais il laissa glisser la médaille qu'il tenait encore au creux de la main. Elle rebondit sur le sol avec un léger cliquetis métallique.

– Qu'est-ce que c'est ? s'exclama Irdin en se baissant précipitamment .

Alors Yann se jeta sur lui et le culbuta sur le carrelage. Pour rien au monde Irdin ne devait s'emparer de ce souvenir de son père. Il le défendrait à tout prix.

Irdin se releva blême. Quelques gouttes de sang roulaient sur sa joue. Il s'essuya du revers de sa manche puis, brusquement, se rua sur Yann.

A la chute d'Irdin Sigrid avait poussé un cri. Et le déclenchement rapide de la lutte avait laissé tout le monde sans voix et comme pétrifié. Maintenant des exclamations fusaient : “Arrêtez-les... faites quelque chose”.

En même temps le cuisinier se détachait des rangs :

– Holà, les garçons ! rugit-il, et il s'interposa entre les combattants.

Des bravos saluèrent son intervention, mais lui, avec un large sourire continua :

– Ce n'est pas comme cela qu'on s'affronte, pas comme des chenapans. Il faut la manière.

Il se tourna vers les tables :

– N'est-ce pas ?

Sa figure hilare détendait l'atmosphère.

– Ecoutez tous. Offrons-nous un beau combat. Ecartez-vous. Faites-leur de la place... et, vous deux, puisque vous voulez vous mesurer, enfilez ceci.

Il se fit passer de ces gants de cuisine qui servent à manier les plats chauds. Il en remit une paire à Irdin, l'autre à Yann, tout en lui glissant à l'oreille :

– Frappe bien. Il suffira d'un ou deux bons coups pour qu'il demande grâce.

Ainsi, en de minimes secondes, la situation s'était détériorée. Voilà où aboutissait son désir d'apaisement ! Il avait mal manœuvré. Loïc aurait agi autrement, peut-être en plaisantant dès le début, en prenant toute la table à témoin et en alertant Selma : “Selma, réveillez-vous, vous êtes menacée, les Vikings mènent l'assaut du château...” et il aurait brandi le verre de Selma en amusant les convives... ou par d'autres facéties. Hélas, même si avec bonhomie le cuisinier s'efforçait de transformer la dispute en une joute régulière, il se trouvait entraîné dans une bataille qui, pour Irdin, n'était pas un jeu. Irdin ne décolérait pas. Retenu à grand peine par le cuisinier, il affichait une attitude vengeresse avec de grands moulinets des bras et une respiration saccadée. De fait, dès que le cuisinier eut donné le signal et le lâcha, il fonça tête baissée sur Yann et réussit un croc-en-jambe qui les projeta tous deux à terre. Une sourde clameur, ponctuée de plusieurs applaudissements, parcourut la salle mais... subitement tout se figea. Le majordome entrait par la porte du fond. Interdit, il considéra les deux garçons qui continuaient à s'empoigner à terre, puis il toisa les spectateurs avec mépris :

– Alors on laisse faire, lança-t-il.

Instantanément la lutte avait cessé.

– Relevez-vous ! dit-il en martelant chaque syllabe, c'est justement vous deux que je cherchais.

Un silence glacial pesait dans la pièce. Le cuisinier se hasarda :

– Vous nous pardonnerez, vous leur pardonnerez, si cela a mal tourné. Nous ne voulions qu'un jeu.

– Ah! vraiment ! ironisa le majordome, et il pointa du doigt le visage balafré de sang d'Irdin.

– Venez avec moi, enjoignit-il aux garçons. Otez-moi ces gants de foire.

A cet instant Yann fut pris de panique : la médaille ! Il l'avait reprise et fourrée dans sa poche au moment où Irdin avait foncé pour la saisir, mais n'aurait-elle pas glissé quand ils se débattaient au sol quelques secondes plus tôt ? Non. Il la palpait à travers le tissu de sa poche. Le reste n'avait pas d'importance.

VII

LE MAJORDOME MARCHAIT DEVANT. Il les emmena dans son bureau, s'assit, examina l'un après l'autre des papiers épars sur la table, puis feuilleta lentement un livre, manifestant avec évidence qu'il prenait plaisir à entretenir l'attente.

L'ardeur belliqueuse d'Irdin s'était évanouie. Yann s'aperçut qu'il tremblait. Alors il ressentit une grande commisération pour cet être maladroit, seul sans doute dans la vie, en tout cas si vulnérable.

Enfin le majordome releva la tête :

– Roalsforth a connu dans son histoire d'illustres combats, commença-t-il, mais il n'accorde aucune place en ses murs pour de pitoyables et vulgaires pitreries comme celles que...

– Monsieur, interrompit Yann, j'en suis la cause, c'est moi qui voulais me battre.

Un sursaut, immédiatement réprimé, marqua l'étonnement du majordome. Il continua :

– Je disais donc que je ne tolérerai jamais qu'on se permette de bafouer la mémoire des vaillants ancêtres de Roalsforth par de sordides règlements de compte dans l'enceinte du château. Je suis redevable devant le duc de tout ce qui se passe en ces lieux.

Il fit une pause puis respira vigoureusement :

– Entendez-moi bien. Le duc part demain. Toi, Irdin, je te mets cet après-midi à la disposition du palefrenier. Je tiens à ce que le carrosse soit astiqué et briqué jusque dans ses moindres recoins. Pareillement les harnachements et tout ce qui concerne les attelages seront vérifiés et lustrés. Le palefrenier te dira comment l'aider. Va !

Irdin esquissa un salut et passa la porte.

– Pour toi, Yann, le chenil, bien entendu. Sois prêt à accueillir le duc d'ici une heure ou deux. J'exige une propreté parfaite.

Et, d'une voix devenue doucereuse, il continua, tout en balançant un coupe-papier entre ses doigts :

– Probablement l'as-tu appris, le duc, chaque fois qu'il quitte Roalsforth après son séjour d'été, choisit deux bêtes qu'il présentera à l'exposition canine d'automne, et c'est toujours le maître du chenil qui les accompagne à *l'auberge des quatre étoiles*, cependant tu es jeune, plus que tous ceux qui t'ont précédé au même office. J'hésitais donc à te dépêcher là-bas avec les chiens... mais en considération du sérieux que tu apportes à honorer ta charge j'ai voulu ignorer mes craintes et t'offrir la récompense de ce voyage. Telle était ma décision jusqu'à tout à l'heure. Hélas ! je sais maintenant que ces craintes étaient légitimes. Tu n'es encore qu'un gamin. Tu n'iras pas.

Le majordome se remit à trier des papiers.

Yann se raidissait, atterré, immobile face au bureau. Il entrouvrit la bouche. Ses lèvres frémirent mais aucun mot ne vint. Sa tête bourdonnait. L'évidence s'imposait simple et brutale : assigné à demeurer au château il ne rejoindrait pas Loïc et Olaf à l'auberge et, condamné à attendre le duc pour guider la visite du chenil, il ne pourrait même pas les prévenir.

– Faut-il que je te prenne par la main et te mène vers les chiens ? marmonna le majordome sans plus le regarder.

Yann serra les poings se refusant à céder à l'envie terrible de manifester sa colère, de saisir le vase de fleurs sur le guéridon à sa gauche, ou l'épais cendrier en verre glauque sur la table, ou le livre de compte du bureau... n'importe quoi... et de les balancer dans la pièce. Il se mordit les lèvres. Ses yeux s'embuèrent. Il détourna la tête et sortit.

Au bout du couloir il descendit l'escalier, crispé à la rampe, les jambes flageolantes. Il s'assit sur la dernière marche devant la porte de la cour restée ouverte. Le sang lui afflua à la tête. Il enfouit son visage fiévreux entre ses bras croisés sur les genoux, aspirant à vider son esprit de toute pensée. Cependant petit à petit se dessina l'image de Loïc et Olaf... Ils attendent près de la tente, étonnés de ne pas le voir paraître au loin. Le temps passe. Loïc s'agite. Il va et vient nerveusement. Olaf le rassure : "patientons encore un peu." Loïc secoue la tête : "Non, il faut partir, nous renseigner comment trouver l'auberge, nous en rapprocher dès ce soir. Nous ne pouvons plus tarder au risque de manquer le duc. Nous retrouverons Yann là-bas. Il comprendra." Et les voilà qui se disposent à démonter la tente.

"Non Loïc ! je ne te retrouverai pas là-bas. C'est impossible." Et dans son rêve, parce qu'il faut qu'il le lui dise, il s'agrippe aux murailles du château et se juche à la pointe de la plus haute tour. Il distingue Loïc qui lui fait signe. Il lance à tue-tête : "Pars Loïc, oui pars, mais je te le jure je te rejoindrai ailleurs, n'importe où... Quand personne ne s'occupera plus de moi je m'enfuirai. Un jour, bientôt, je frapperai à ta porte..."

Des pas qui résonnaient dans la cour le réveillèrent. Irdin s'approchait. Il s'arrêta à l'embrasure de la porte :

– C'est toi qui criais tout de suite ?

– Peut-être ? Je crois que je me suis un peu endormi... qu'est-ce que je disais ? demanda-t-il avec inquiétude.

– Alors ça ! je ne sais pas... deux ou trois sortes de cris que j'ai entendus en arrivant.

Irdin demeurait là se tortillant les doigts, l'air embarrassé. Pourtant il se décida :

– Pourquoi as-tu-dit que c'était ta faute ?

Pourquoi ? Il fut sur le point de répondre presque malgré lui, comme une explication qui s'imposait : "mais à cause d'elle, de la dame, de la médaille." Et c'était vrai, s'il avait engagé le combat, c'était pour la défendre quand son image était tombée sur le dallage de la salle à manger, et ensuite – oh ! oui, il en avait la certitude maintenant – c'était elle encore qui avait touché son cœur devant Irdin apeuré et lui avait inspiré cet aveu... mais il ne pouvait l'expliquer au pauvre garçon.

– Pourquoi ? redemanda Irdin.

– Mais... parce que c'était vrai.

Et aussitôt il ajouta :

– Irdin, ce serait tellement mieux si nous devenions amis !

VIII

YANN ATTENDAIT AU CHENIL, près de la cage de Kiri qui, presque sans arrêt, levait vers lui ses yeux humides. Avait-il compris qu'étaient venus les derniers moments qu'ils vivaient ensemble ? car il n'y avait pas la moindre chance que le duc ne le distingue pas et ne l'emmène.

Une bonne heure plus tard le duc arriva. Il s'aidait d'une canne au pommeau brillant. Sa petite fille lui donnait la main. Quelques personnes l'accompagnaient en devisant dont un monsieur et une dame assez jeunes... les parents de la petite fille, Christine, pensa Yann. Le majordome suivait. Pourtant il ne se souciait guère des chiens. En fait, il en parlait rarement et s'il se rendait parfois au chenil ce n'était que pour s'assurer qu'une bonne tenue y régnait.

– Bonjour mon garçon ! fit le duc.

– Il s'appelle Yann d'abord... je le connais, moi, précisa la petite fille.

Le duc éclata de rire :

– Très bien, je vois que nous sommes en famille... et il lança un regard malicieux vers la jeune dame.

– Alors, bonjour Yann ! Guide-nous s'il te plaît !

Et le duc passait devant chaque cage. Il s'attardait auprès de l'une ou l'autre, interrogeant Yann ou discutant avec ses invités, tout particulièrement l'un d'eux, jeune aussi, doté d'un beau collier de barbe et d'une fine moustache aussi noirs que son abondante chevelure. Il portait en plus des lunettes dont les verres étaient fort teintés. Le duc s'aperçut que Yann l'avait remarqué, probablement parce que, avec un léger accent, il posait de nombreuses questions.

– Un ami, dit-il, grand amateur de chiens.

Yann avait commencé la présentation par les chiens les plus "ordinaires", à son sens, bien qu'ils fussent tous de race et jouissent d'un pedigree de qualité. Le duc venait de s'arrêter devant un splendide lévrier, effilé et nerveux, qui avait visiblement retenu son attention...

– Et voici le dernier, un berger allemand.

– Ah oui ! répliqua le duc, et il feuilleta son carnet qu'il avait déjà consulté souvent depuis le début de la visite en y ajoutant des notations... C'est vrai, Kiri était déjà là l'an passé. Le duc apparemment s'en souvenait. Il considéra le chien marquant une pause, une longue pause.

– Celui-là... murmura-t-il sans achever sa phrase, l'indiquant du doigt à son ami.

Soudain dans le silence une voix fluette monta comme une haute note :

– Oh ! il est beau, lui, d'abord !

Le duc se retourna ravi :

– Mais oui, Christine, très beau ! et il reprit en scandant les syllabes :

– Celui-là ! il n'y a pas à hésiter.

Un brouhaha de voix entoura le duc.

C'était fatal ! Certes Yann savait Kiri condamné, néanmoins le verdict tombait comme un couperet qui l'atteignit au cœur. Ainsi tout ce qu'il avait réussi avec lui serait perdu. Eux, ils ne connaissaient rien du chien et ne soupçonnaient pas ce dont il était capable. Mais lui ! Quelqu'un pouvait-il autant que lui éprouver de l'affection pour Kiri ? Et il entendit à peine le duc qui lui parlait :

– Bravo Yann, tu gères très bien le chenil. Je te remercie.

Il n'avait que faire de ces félicitations. Quand allaient-ils donc tous s'en aller ! Cependant la petite fille tendait la main vers la cage. Le majordome se précipita :

– Attention Mademoiselle Christine, ce genre de bêtes est méchant.

– Pas du tout, rétorqua Yann, ce genre de chiens, et surtout celui-là, sait être très doux s'il se rend compte qu'on l'aime !

La riposte lui avait échappé, pourtant il ne regrettait rien. C'était dit pour le majordome qu'il ignorait depuis le début de la visite, et ce serait fort bien que le duc l'eut entendue aussi. Alors, tranquillement, il prit la main de Christine et, à travers les barreaux, lui fit caresser les oreilles de Kiri.

Le duc observait la scène, manifestement d'accord, mais il désirait revoir l'un ou l'autre chien. Il adressa un sourire à Yann et s'éloigna... Il lui avait confié sa petite-fille ! Christine se montrait subjuguée. Maintenant elle avait glissé sa main dans celle de Yann.

– Comment s'appelle-t-il, lui ?

– Il s'appelle Kiri.

Elle lança : "Kiri ! Kiri !"

Le chien leva les yeux vers elle et ses oreilles frémirent, mais l'instant d'après il fixa à nouveau Yann intensément.

– Il te regarde tout le temps, lui !

– Oui, nous nous connaissons bien, nous sommes amis.

– Oh ! amis !

– Il obéit à tout ce que je lui demande, tu vas voir.

Yann claqua des doigts et esquissa un geste vers le ciel. Aussitôt Kiri se dressa, s'étirant de tout son long et se tint immobile sur ses deux pattes arrière, sans autre appui. Christine battit des mains.

– Maintenant le contraire, annonça Yann. "Fais le mort, Kiri !"

Un autre signal et Kiri s'aplatit à terre et rampa comme pour passer sous un obstacle très bas, puis il ferma les yeux et ne bougea plus.

– Il est mort ? s'inquiéta Christine.

– Mais non, il fait semblant, il s'amuse. Appelle-le.

– Kiri, Kiri ! hasarda la petite voix.

Le chien souleva les paupières et ses oreilles remuèrent. Il entrouvrit la gueule.

– Peut-être qu'il a envie de parler ! dit-elle en riant.

– Oh non, bien sûr ! mais il comprend tout. Quelquefois, le soir, quand il est lâché dans la cour, je reste longtemps avec lui. Je lui raconte des histoires, puis nous dansons ensemble.

– Il danse, lui ? Oh ! je veux que tu danses avec lui, d'abord !

– La cage n'est pas assez grande. Il faudrait qu'il sorte dans la cour.

– Fais-le sortir, alors !

– Yann sourit. Comme tout était simple pour elle... magnifiquement simple. Il n'y avait pas si longtemps encore, il en était de même pour lui lorsqu'il folâtrait au royaume, mais depuis !

Le duc se rapprochait. Christine se précipita :

– Grand père, il s'appelle Kiri, lui, et il sait danser !

– Oh ! dit Yann, j'ai seulement montré ce que je lui ai appris, comme de rester droit sur ses pattes arrière ou de se tapir sur le sol.

Et, à l'injonction de Yann, Kiri renouvela son numéro. Christine applaudit. Le duc ne cachait pas son plaisir.

– Il sait aussi danser, je veux le voir danser, réclamait la petite voix.

Le duc fronça les sourcils. Son regard interrogea Yann.

– C'est vrai. Quand la nuit est claire et que les chiens occupent les cours du château, je descends parfois rejoindre Kiri, je lui garde toujours la plus belle des cours.

– Celle du vieux puits ?

– Celle-là, Monseigneur. Dans le silence du soir nous jouons tous les deux. Nous courons, nous sautons. Kiri devine ce que j'attends de lui et souvent nous dansons aussi.

Le majordome n'était pas loin pas loin, mais désormais cela était égal à Yann qu'il découvre ses loisirs nocturnes. De toute façon un beau chapitre était sur le point de se clore qui rejetterait définitivement dans le passé, et Kiri, et ses exploits, et le vieux puits, et le secret du souterrain... Le duc l'avait écouté avec intérêt et Yann se sentait à l'aise. Il avait devant lui cet homme qui dans sa jeunesse étonnait par toutes sortes de fantaisies et entraînait dans des rondes folles les habitants du château. Sa bienveillance le rassurait. Il accueillait ses explications et son audace comme s'il était de connivence avec lui. Peut-être retrouvait-il en lui le bouillonnement de ses premières années ?

– Je veux le voir danser, ressassait Christine, et elle s'agrippa aux bras de son grand-père, câline, tenace.

– Grand-père, dis-lui qu'il danse avec le chien.

Alors le duc lâchant sa canne souleva Christine de terre, la fit tournoyer au-dessus de sa tête et, la reposant à terre :

– Ma jolie princesse a parlé, annonça-t-il enjoué, et ses paroles me sont plus douces que le miel.

Des applaudissements jaillirent. Le duc rayonnait. Yann s'expliquait qu'il eut tant fasciné Selma et beaucoup d'autres.

– Il faut obéir à ma princesse ! renchérit-il en embrassant Christine, et il tapa familièrement sur l'épaule de Yann :

– Toi aussi tu lui dois allégeance. Dis-nous donc où nous devons nous installer.

IX

YANN SE DEMANDA S'IL NE RÊVAIT PAS, néanmoins il n'y avait rien à rétorquer. Ainsi le duc désirait qu'il présente à tous, les jeux que, certains soirs, il improvisait avec Kiri, ainsi le grand-père avait entendu la demande de sa petite-fille, mais il était clair qu'il était lui-même curieux de découvrir les tours dont ce chien était capable et qu'il serait heureux de s'en divertir... Etonnant personnage sur lequel Yann s'interrogeait une fois encore tandis qu'il l'invitait avec sa suite à se tenir derrière les baies vitrées du couloir qui, en forme de cloître, bordaient une partie de la cour, celle du vieux puits. Le duc connaissait-il son père ? Etait-il au courant de sa mort violente ? Et le puits, devant lequel il conduisait Kiri, qu'en savait-il ?

Alors commença à germer aux profondeurs de l'esprit de Yann, une idée folle, absurde… c'est que tout était trop bien en place pour que le jeu qu'on lui réclamait ne reste qu'un jeu et que n'éclate au grand jour une nouvelle tragédie de la dalle qui bascule... ainsi se dévoileraient peut-être les cœurs... Sans doute Yann n'en avait pas encore vraiment conscience. Pour lors il souhaitait seulement que Kiri séduise tous ceux qui le méconnaissaient. Il tenait à vivre avec lui un ultime festival.

Le décor était planté avec donc la cour en guise de piste et, en son centre, le puits trompeur. Les acteurs étaient prêts avec Yann et son compère de chien. Les spectateurs étaient installés avec le duc et son invité amateur de chiens, et sa petite fille qui, innocemment, avait tiré les ficelles pour que se déroulât le spectacle... avec aussi ses parents... et encore le majordome, et même Selma et Irdin, et puis, toque blanche sur la tête et à la main une large poêle, le cuisinier accompagné de son ami le cocher, celui qui avait charge du légendaire carrosse. Ils passaient par là et s'étaient arrêtés. D'autres gens de la maison, se montraient à des fenêtres, tels des fervents de théâtre, du haut de leurs loges !

Yann amorça la danse par une course sautillante d'un pied sur l'autre, comme le font les jeunes enfants joyeux, et Kiri par petits bonds tournoyait de part et d'autre modelant ses mouvements sur ceux de son maître, en copiant des figures que Yann variait à l'envie : tantôt de larges évolutions marquées de ruptures subites, comme des syncopes, pour repartir sur un tempo plus saccadé, tantôt des évolutions à terre qui laissaient croire que c'était alors le chien qui guidait le maître... Ils allaient et venaient semblant glisser sur une mer ondulante.

L'accord entre eux deux était parfait. Yann était heureux, pleinement heureux, goûtant ce bonheur qui n'aurait qu'un temps.

Il hasarda un coup d'œil vers les spectateurs et croisa le regard ébloui de la petite Christine juchée sur les épaules du duc. Il lui sourit, se fit plus léger, effleura plus gracieusement le sol de ses pieds, se balançant de droite à gauche, de gauche à droite, selon la cadence d'une valse et Kiri de même paraissait s'élever plus allègre dans les airs. Leurs corps se détendaient étonnamment souples.

Yann s'était une fois encore tourné vers Christine et il songeait : autrefois Selma, la jeune servante, se pâmait d'admiration devant les exploits du noble duc, aujourd'hui c'était Christine, la princesse, qui retenait son souffle à la vue du ballet qu'il improvisait, lui le vassal, avec Kiri !

De plus belle, soutenu par le rythme d'une musique qu'il inventait aussi, il prolongeait la parade, lui comme un arlequin, Kiri comme son double.

La ronde les avait rapprochés du puits. Les géraniums le paraient de couleurs vives... mais, en fait ! ce puits, il lui appartenait, c'était son puits, car lui seul en connaissait le mystère. Alors l'idée folle se dévoila, se précisa, enchanteresse. Il allait les éberluer, faisant voler en éclat le train-train du château. Ils ne s'y attendaient pas. Personne ne s'y attendait. Ce serait d'autant mieux. Et, peut-être, quelqu'un pâlirait-il d'inquiétude quand serait ouvert l'accès aux chambres souterraines de Roalsforth ! Il n'y aurait aucun danger pour Kiri, et rien à perdre pour lui puisque, hélas, le chien se trouvait déjà promis à un autre après l'exposition… et que lui, bientôt, "s'envolerait" de Roalsforth !

L'idée folle l'ensorcelait. Il l'adopta sans réserve. A elle maintenant de dicter le dénouement du spectacle qui ne pouvait durer indéfiniment. Il s'accorda une dernière danse avec Kiri et la ponctua d'une pirouette à terre. Puis il y ramassa un morceau de bois, le projeta au loin devant lui. Et Kiri de se précipiter, de le happer au vol, de le lui rapporter... Une fois, deux fois, il répéta le même geste. A la troisième fois il jeta plus loin le bois, se précipita vers le puits, escalada rapidement la margelle et se blottit sur la dalle du fond. Kiri revenait en trombe. D'un bond léger il s'abattit à ses pieds. Aussitôt, Yann se redressa, sauta vers le ciel à la croisée des tiges de fer, s'y accrocha et s'y tint suspendu. Tout bascula. Alors il poussa un cri le plus tragique possible...

X

A L'INJONCTION DU MAJORDOME en colère Yann avait dû se retirer dans sa chambre. Il s'était étendu sur son lit et il revivait les évènements de tout à l'heure. C'était bien. La dalle avait pivoté comme il le souhaitait et il s'était maintenu agrippé aux arceaux, au-dessus de la bouche qui s'ouvrait pour avaler Kiri. La dalle, ensuite, avait retrouvé sa position habituelle paraissant ensevelir le pauvre chien. Puis il avait facilement repris pied sur la margelle. Cependant le duc et le majordome avaient perçu la tournure subitement dramatique de la situation. Son cri les avait alertés. Ils étaient accourus : "Que se passe-t-il ? Où est le chien ?" avait crié le duc, et le majordome à son tour : "Yann, où est le chien ?", alors il avait aperçu un pot de géranium en morceaux… : "La cour n'est donc pas assez grande pour que tu mettes à sac le puits !" Evidemment le majordome était furieux, mais lui ne s'en n'était pas soucié. Il s'était adressé au duc d'une voix qu'il essayait de rendre tremblante avec des mots hachés : "Je ne sais pas, je ne sais pas. Le fond du puits s'est ouvert et Kiri a disparu. J'ai eu l'impression de m'enfoncer, moi aussi. Comme j'ai eu peur ! puis le trou s'est refermé. On m'avait toujours raconté que c'était un faux puits". "Je le croyais moi-même, c'est extraordinaire !" avait dit le duc. Et, tour à tour, il avait regardé le majordome, comme pour le prendre à témoin de son étonnement, puis le puits vers lequel il s'était penché, comme pour comprendre.

Yann ferma les yeux. Sa fenêtre était grande ouverte. Inutile de s'y porter, l'avancée du toit cachait la cour, mais il entendait les bruits de voix en bas et des coups de pioche. Il devinait ce qui s'y déroulait. Désormais il n'avait plus qu'à attendre. Aussi laissait-il refluer les images de tout à l'heure :

Les spectateurs, dès qu'ils s'étaient rendus compte de l'accident, avaient pénétré sur la piste en se bousculant et en poussant des cris. Christine s'était réfugiée près du duc, puis avait tenté de grimper sur la margelle. Elle appelait en pleurant : "Kiri, Kiri, où es-tu ? Kiri es-tu mort ?" Le duc avait voulu l'écarter mais elle s'était débattue si bien qu'elle avait heurté un pot de géranium qui avait roulé et s'était écrasé sur la dalle. A ce moment tous avaient entendu, sourd mais net, un jappement répété plusieurs fois, comme une plainte étouffée. Un grand silence avait suivi. Les gens se regardaient avec stupeur cherchant à s'assurer les uns les autres qu'ils ne s'étaient pas trompés. Mais le duc avec sa canne avait frappé sur la dalle et de nouveau Kiri avait fait écho. Alors le duc s'était retourné et à voix basse avait murmuré en le regardant avec insistance "pour une surprise, c'est une surprise !" Il lui avait dit cela, à lui, peut-être parce qu'il mesurait maintenant combien il aimait ce chien. Puis, un peu solennel, et agitant la tête d'une façon qui marquait autant le soulagement que l'interrogation, il s'était adressé à tous : "Le chien est vivant. Il n'est pas loin. Je ne puis expliquer, mais nous allons le sortir de ce piège", et il avait prié les gens de quitter l'endroit, pour ne pas gêner le sauvetage du chien. Enfin il avait conclu avec un rire qui ne semblait pas tout à fait naturel : "A Roalsforth on peut s'attendre à tout !" et il avait regardé l'amateur de chiens demeuré jusqu'alors près de lui.

Cette réflexion rendait Yann perplexe. Il enrageait de n'être plus dans la cour où il aurait observé les attitudes, les gestes, les allées et venues des uns et des autres. Mais, tandis que le duc discutait avec des employés, comment manœuvrer pour atteindre le chien et le dégager, le majordome, s'était approché : "Yann, c'est inadmissible. Depuis le début de la visite tu t'es comporté en insolent et fanfaron. Je ne t'avais pas confié les chiens pour que tu montes un cirque. Qu'avais-tu besoin de faire le pantin avec cette bête. Je le répète, la cour n'est-elle pas assez vaste qu'il te faille de plus escalader le puits et saccager les plantes. Ah oui ! Je ne m'étais pas trompé sur toi. Pars d'ici, monte dans ta chambre et n'en sors pas."

Yann convenait volontiers que le majordome, étranger à toute fantaisie, se soit fâché. Peu lui importait... Sur son lit il se remémorait plutôt. D'abord : Selma, elle, elle n'avait pas bougé du couloir, peut-être d'ailleurs qu'elle n'avait pas réalisé qu'il s'était passé quelque chose d'insolite... puis le cuisinier ! il avait remarqué qu'il discutait avec volubilité entouré de gens du service du château, mais il était vite reparti à ses fourneaux… Irdin ? il ne savait plus très bien sinon qu'il riait avec son amie Ingrid dans un coin… de tel ou tel autre ? guère davantage… Dans le calme de ses quatre murs, Yann n'avait plus qu'à patienter. Comme quelqu'un qui donne un coup de pied dans une fourmilière il avait semé une agitation et un émoi qui auraient nécessairement des suites. Déjà les coups qui résonnaient dans la cour indiquaient qu'on était à pied d'œuvre pour défoncer la dalle. Il sourit. Ce serait si simple de la faire pivoter ! Pourtant comment le sauraient-ils ? Et si jamais quelqu'un le saurait, il était clair que, pas davantage que lui, il ne le dirait... En fait, quand la démolition de la dalle aurait libéré – et cela sous peu – l'accès à la galerie souterraine la véritable surprise serait l'exploration de l'immense grotte et la découverte de la petite salle aux emblèmes du trèfle. Qui chercherait alors à s'y engager le premier ? Qui aurait des motifs de l'en empêcher ?

XI

On frappa à la porte qui s'ouvrit. C'était Irdin. Jamais il n'attendait la réponse pour entrer. Yann réfréna son agacement et se redressa :

– Prends la chaise, moi, je m'assieds sur le bord du lit.

Irdin hésitait. Il affichait son air faussement effarouché.

– Mais si, je te dis... Tu viens de la cour ?

– Oui, mais...

– Raconte. On s'agite en bas, n'est-ce pas ?

Irdin le dévisagea comme s'il était un être étrange :

– Mais...

– Ecoute-moi, Irdin, si nous sommes amis tu me détailles tout ce qui se passe dans la cour. Tu comprends bien que cela m'intéresse. Le duc y est-il encore ?

– Oui.

– Et le majordome ?

– Il l'a quittée il y a quelques minutes.

– Qu'est-ce qu'ils font autour du puits ? Ils cassent le fond, n'est-ce pas ?

– Oui. Comment le sais-tu ?

– Tu n'entends donc pas le bruit, et il n'y a pas d'autre moyen de dégager le chien.

– C'est vrai.

– Irdin, sais-tu si le duc a réclamé une échelle pour atteindre le fond du puits ?

Irdin écarquillait les yeux :

– Je n'ai pas tout vu, mais sûrement pas. Ce ne sera pas possible.

– Pourquoi pas possible ?

– A cause du chien. Il est furieux et comme fou. Quand quelqu'un s'approche de l'ouverture déjà creusée dans la dalle, il montre ses crocs et gronde comme un forcené. Ecoute.

De fait, en tendant l'oreille, Yann pouvait reconnaître des aboiements lointains mais violents.

– Irdin, dit Yann, tu ne sais pas, mais moi je le sais : il m'appelle.

– Ah ! répartit Irdin, tu es drôle, justement je venais pour cela. Le duc a demandé que tu descendes pour calmer le chien et aider à le sortir du trou.

Yann eut un large sourire :

– Vraiment ! Eh bien, voilà une bonne nouvelle ! Alors allons-y.

XII

DANS LA COUR QUELQUES EMPLOYÉS s'affairaient avec pelles et pioches, mais ils avaient interrompu les frappes. Près du puits le duc bavardait avec son amateur de chien. Selma aussi était là. Evidemment elle avait profité de la présence prolongée du duc en ces lieux pour se rapprocher de lui. A cet instant ils étaient tournés vers le puits et le duc pointait son doigt vers les arceaux. Que se disaient-ils ? Yann aurait donné n'importe quoi pour l'apprendre. En un éclair il revit son rêve des fêtes imaginaires d'autrefois sous la coupole de pierre du Roalsforth souterrain. Cependant le duc avait deviné son arrivée et venait à lui :

– Il n'y a que toi pour l'apaiser et nous aider à le tirer de là.

Selma hochait la tête :

– C'est un bon petit, dit-elle en désignant Yann.

– Ah ! Ah ! fit le duc, et un fort bon ami des chiens... mais, Yann, tu as voulu trop en faire.

Kiri avait flairé l'approche de Yann. Il émettait maintenant ces jappements de contentement dont Yann avait l'habitude, continuant à s'agiter dans l'ombre du trou. Parfois, l'instant d'un bond, on distinguait sa gueule, car, largement ébréchée sous les coups, la dalle avait finalement basculé autour de son axe et restait coincée en position verticale.

On amena une échelle qu'on glissa à l'intérieur de la margelle. Elle buta bientôt sur la plate-forme qui avait accueilli Kiri et d'où partait l'escalier de pierre vers les profondeurs. Personne, semblait-il, ne savait au juste ce que cachait, de peut-être dangereux, la béance du puits, aussi, par sécurité, fixa-t-on l'échelle à la margelle. Bien entendu Yann laissait faire sans rien conseiller. Comme les autres, au fur et à mesure que se découvraient les soubassements du puits, il simulait l'étonnement. Le duc surveillait les opérations sans rien dire, cependant toute sa figure trahissait une surprise apparemment sincère. Yann l'observait discrètement.

Enfin, et avec beaucoup plus d'aisance que lorsqu'il n'avait eu, la première fois, qu'une corde, seul dans la nuit, il put descendre par l'échelle dont les barreaux facilitèrent le soutien et le guidage du chien pour qu'il remonte. Quand ils émergèrent tous deux furent applaudis. Yann attacha une laisse au collier de Kiri bien qu'il sut que, tant qu'il serait auprès de lui, personne n'aurait à craindre quoi que ce soit. Le duc serra la main de Yann et caressa Kiri. Il était soulagé de constater qu'il ne portait aucune trace de blessure.

A ce moment-là le majordome revint dans la cour. Avant toute autre chose il remarqua la présence de Yann et il fonça vers lui :

– Je t'avais pourtant défendu de sortir de ta chambre ! Que fais-tu là ?

Il n'eut pas à répondre. Le duc s'interposa :

– Je l'ai envoyé chercher. Sans lui personne n'aurait pu dégager le chien…

Et il prit à part le majordome. Yann les voyait discuter et se tourner parfois vers lui.

Kiri tirait la langue, assoiffé. On apporta une écuelle d'eau et Yann sortit de sa poche quelques gâteries, comme celles qu'il lui réservait toujours. Des employés osaient maintenant s'approcher, et même Irdin. Certains les regardaient, lui et son chien, comme des miraculés rescapés d'une catastrophe, d'autres échangeaient des propos sans conséquence sur le puits, Yann captait aussi des phrases admiratives sur leurs prouesses lors de la danse. Quant au duc ! quels étaient ses sentiments ? C'était lui qui avait exigé la présentation du jeu avec Kiri mais il était loin d'imaginer que la chute du chien avait été ensuite programmée. Il était donc difficile qu'il la lui reproche, ce que d'ailleurs il n'avait pas fait. Et voilà que sous peu il allait découvrir le parcours souterrain dont il avait depuis toujours pressenti l'existence, à moins… à moins que, membre d'une nouvelle confrérie ressuscitant l'antique *Trèfle bleu*, il le connût déjà et ait joué à la perfection la comédie en feignant la surprise. Non, ce n'était pas possible, s'affirmait Yann…

Le duc et le majordome revenaient :

– Yann, dit-il, je m'entretenais avec Monsieur le majordome de la vie, disons un peu mouvementée, de ces dernières heures au château et des dispositions à prendre maintenant. Nous parlions aussi de toi. Car cette histoire ne modifie pas du tout mes projets. Je pars demain après-midi et Kiri sera la perle de l'exposition. Tu es assez perspicace pour ne pas douter, comme moi, qu'il l'emportera sur tous les autres chiens présentés, même si – précisa le duc en souriant – je l'exempte de tout exercice de voltige. Mais comme j'ai constaté que ma petite princesse montre une magnifique affection pour lui, grâce à toi n'est-ce pas, je ne veux pas qu'elle le perde à jamais. Il reviendra donc ensuite à Roalsforth.

Le duc se pencha et fit courir sa main sur le poil de Kiri, puis il regarda le majordome et poursuivit :

– Comme nous, ce chien a eu son lot d'émotions. Il importe qu'il se repose et qu'il oublie. Personne n'est plus à même que toi de le… pacifier… oui, je dis bien. Je donne donc des ordres pour que tu partes dès ce soir avec lui à *l'auberge des quatre étoiles* et, j'y songe, il me plairait même que tu l'accompagnes jusqu'à la clôture de l'exposition pour le ramener ensuite à Roalsforth. Qu'en pensez-vous, Monsieur le majordome ?

– Le majordome baissait la tête :

– Mais qui s'occupera des autres chiens durant son absence si elle se prolonge un peu ?

– Oh ! fit le duc, vous trouverez facilement un remplaçant pour quelques jours.

Yann dans sa chambre rassembla des effets. Il avait peine à contenir sa joie. Il allait retrouver Loïc. Cependant un instant il s'immobilisa, mit la main à sa poche. Il l'avait oubliée. Elle était là... et de son cœur monta une profonde gratitude.

Quatrième partie

A l'auberge des quatre Étoiles

I

La voiture qui l'emmenait avait quitté le château depuis une heure à peine quand, après la traversée d'une épaisse forêt, l'auberge surgit tout à coup.

Elle dominait une immense clairière qui se déployait en pente régulière jusqu'à un lac, au-delà duquel des rideaux de verdure barraient l'horizon.

Bien que totalement différent, le site lui rappela le royaume, peut-être parce que l'étendue d'eau accrochait le regard, comme l'océan après les bancs de sable de sa grève, peut-être parce qu'un sentier jouait à cache-cache avec des herbes fleuries et des bosquets, en courant à la rencontre de la nappe liquide, tel le chemin qu'il dévalait vers la plage du lapin... Et puis c'était l'heure où la lumière oblique du soleil en fin de course remplissait de douceur tout ce qu'elle touchait. L'auberge en était éclairée et luisante, et pimpante, avec son toit rouge et sa façade, en bois jaune vernissé, percée d'une verte porte d'entrée et de fenêtres aux volets d'une blancheur de neige. Elle semblait neuve comme une maison de poupée sortie de la vitrine d'un magasin de jouets.

L'aubergiste, petit bonhomme rondelet, à la figure rayonnante de bonne humeur, sensiblement du même âge que le duc, attendait, posté au haut d'un court escalier en solives de chêne dont les marches menaient à une terrasse au niveau du rez-de-chaussée de la bâtisse. Il se précipita vers le chauffeur et, durant presqu'une minute, lui serra la main, comme avec un ami retrouvé après une longue absence. Et c'était bien cela, ils se connaissaient depuis de nombreuses années – le chauffeur, nettement plus jeune, était originaire d'une bourgade voisine – mais, depuis qu'il était entré au service du duc, ils se voyaient rarement. De plus le chauffeur était l'annonciateur de la venue imminente du duc. L'aubergiste, et, avant lui, son père, n'avaient jamais vécu ailleurs qu'en face de ce lac. Il avait grandi, habitué à retrouver le duc chaque fois qu'il séjournait ici. C'était toujours pour lui un grand moment.

A son tour, Yann fut salué avec de belles manifestations de satisfaction. L'aubergiste admira Kiri et l'autre chien que le duc avait désigné. Il s'étonna qu'ils arrivent une bonne journée avant le carrosse, contrairement à la coutume. Le chauffeur se contenta d'expliquer que le berger allemand avait failli perdre la vie en tombant dans un puits, heureusement peu profond – c'est ce qu'on lui avait raconté – et le duc avait alors décidé qu'il parte tout de suite. Il ne savait pas pourquoi. Cela s'était passé il y avait seulement quelques heures.

L'aubergiste n'insista pas. L'explication lui suffisait. Avec Yann il s'occupa des chiens. Ils les firent passer de la voiture – l'arrière de celle-ci était aménagé pour de tels voyages – dans un cabanon transformé en chenil. Le rite de l'étape à *l'auberge des quatre étoiles* était bien rodé.

Pourquoi ce nom *quatre étoiles* ? Yann questionna l'aubergiste en regagnant la terrasse. Il lui montra d'abord, au-dessus de la porte d'entrée, un blason en bois, patiné par le temps, qui portait, sur fond bleu, quatre étoiles dorées, disposées en losange :

– Personne, dit-il, ne sait au juste, mais il court une vieille légende qui raconte qu'un jour une reine du pays chassant dans ces parages abreuva son cheval au lac. Elle-même se pencha pour contempler son visage comme en un miroir et son collier de perles tomba à l'eau et disparut. Cependant une semaine plus tard un berger, qui veillait de nuit sur son troupeau, aperçut quatre étoiles scintillant à la surface du lac. C'était les quatre plus belles perles de la parure. Elles flottaient là, miraculeusement, éclairées par la lune. Le berger put les repêcher et les rapporta à la reine. En remerciement celle-ci l'ennoblit...

– Et maintenant, figure-toi, certains prétendent que ce berger serait un très vieil ancêtre de la famille du duc.

– Vous le croyez ? demanda Yann.

– Non, le duc affirme que ce sont des histoires inventées, comme on en invente beaucoup dans nos campagnes, et puisqu'il n'y croit pas je n'y crois pas non plus.

L'aubergiste était marié. Sa femme servit aux arrivants un copieux repas. Elle allait et venait, attentive aux moindres détails. La propreté de la maison était son affaire et Yann comprit vite que la visite du duc était, pour elle aussi, le sommet de l'année, préparé par un minutieux nettoyage.

Le chauffeur et l'aubergiste bavardaient, se donnant des nouvelles de leurs familles et d'amis communs. Le chauffeur était intéressé par les évènements locaux. Plutôt silencieuse, la femme suivait la conversation, n'intervenant que pour confirmer les dires de son mari ou pour y ajouter quelques détails.

Yann écoutait distraitement. Ses yeux s'arrêtèrent sur un cor de chasse, encadré par deux têtes de chevreuils, qui surplombait la porte. L'aubergiste le remarqua et interrompit sa conversation :

– Autrefois, dit-il, les chasses à courre étaient fréquentes dans la forêt que tu as traversée. Le duc raffolait des battues de gros gibier qu'il organisait avec de nombreux invités et des meutes importantes. Souvent j'étais de la partie. L'auberge servait de point de ralliement.

Et se tournant vers le chauffeur :

– Rends-toi compte qu'une fois un cerf à l'hallali nous a échappé en nageant d'une rive à l'autre du lac, une bonne distance, crois-moi !

Il marqua un silence, prenant le temps de revivre ces souvenirs... Yann se l'imagina avec le duc, c'était "autrefois... des chasses à courre", avait dit l'aubergiste. Quand et pourquoi, cela s'était-il arrêté ? Que l'aubergiste sache quelque chose des "malheurs" auxquels Selma faisait volontiers allusion et qui avaient jeté un voile de tristesse sur Roalsforth, mettant sans doute un terme à ces parties de chasse, voilà qui était très possible.

– Beaucoup de gens circulent par ici pour admirer le lac, souligna la femme, et davantage encore quand le temps est aussi beau que celui dont nous avons joui cette saison. Plusieurs alors séjournent deux ou trois jours et il n'est pas rare que, faute de place, nous refusions des demandes.

– Aujourd'hui c'est désert, remarqua le chauffeur...

– Parce que nous affichons complet quand le duc s'annonce. Il ne doit pas être dérangé. Et puis cela me permet de lessiver à fond les sols et les murs, de tout mettre en ordre, souligna la femme.

Elle se leva, alla à la fenêtre qui s'ouvrait sur la très longue pelouse en descente jusqu'au lac, observa un instant le fond du vallon puis se retourna :

– On ne les aperçoit pas. C'est vrai que je leur ai demandé de se tenir à bonne distance...

– Oui, coupa son mari, car nous avons tout de même autorisé un groupe de jeunes à planter leurs tentes en bas, sur la droite. Ils se sont présentés hier et ont beaucoup insisté. Je n'ai pas eu le cœur à refuser. Leurs dirigeants m'ont paru très corrects.

Spontanément Yann quitta sa chaise et s'approcha. Il songeait à Loïc et Olaf, mais c'était trop tôt.

– Ils ont choisi la prairie plate, près du gros ruisseau qui alimente le lac. D'ici les arbres nous les cachent... Demain tu iras leur dire bonjour, garçon... Tiens ! ils cuisinent.

Et elle désigna du doigt un filet de fumée qui, au loin, s'élevait au-dessus d'un bosquet de peupliers.

Les hommes n'étaient pas pressés de quitter la table. Yann réfléchissait un peu inquiet : pourvu que Loïc et Olaf aient vraiment pris la décision de se rendre à cette auberge, pourvu qu'ils arrivent à temps ! Loïc est débrouillard, il serait étonnant qu'il ne trouve pas un moyen rapide de déplacement, alors tous deux pourraient être là dès demain... pourvu aussi que l'aubergiste les accueille comme les autres.

Enfin le repas s'acheva et Yann souhaita aller voir comment se comportaient les chiens. Ce lui fut accordé, c'était normal qu'il se souciât d'eux.

II

Le soleil venait de disparaître et l'ombre descendait, aidée par des nuages bas qui s'entassaient vers le couchant à l'opposé du lac. Kiri tournait en rond dans son enclos très étroit. Il salua l'arrivée de Yann par des cris, presque des miaulements comme ceux d'un bébé. A cette heure-là, chaque soir, il avait pour lui toute la cour du puits et il rappelait ce privilège à sa manière. Yann en avait conscience. Il ouvrit la cage, fixa une longe à son collier, et ils coururent sur un chemin derrière la maison...

– Quel beau chien tu as là ! fit une voix sonore.

Yann s'arrêta net. Kiri grondait. Un homme se tenait devant eux, un petit livre à la main.

– Il n'a pas l'air commode et je devrais avoir peur. Pourtant c'est toi qui me sembles surpris !

C'était dit sans moquerie, simplement.

– Avec la haie je ne vous avais pas vu, et... et le ciel s'assombrit.

– En effet la nuit tombe. La pluie ne va pas tarder non plus, me semble-t-il. Il serait prudent que je rejoigne mes amis. Nous campons près du lac. A demain, j'espère... tu t'appelles ?

– Yann.

– Voilà un nom qui me plaît. Sais-tu que Yann et Jean sont le même nom. Il y a eu plusieurs "Jean", l'un préparait la route, l'autre l'a prise plus tard à la suite d'un guide qu'il chérissait de tout cœur...

Yann le regarda, ahuri.

– Qu'est-ce que je raconte ! N'y fais pas attention... Alors : bonsoir Yann !

– Bonsoir... et vous ?

– Tu peux m'appeler : *Monsieur*... pour l'instant.

– Bonsoir, Monsieur !

Et Yann remarqua qu'il portait au cou un cordon avec une petite croix.

III

LES PREMIÈRES GOUTTES FRAPPÈRENT les carreaux de la fenêtre. Yann se tournait et se retournait dans son lit. Dès qu'il commençait à s'abandonner au sommeil il était hanté par des images dont il n'avait plus l'évidence de leur absurdité. Elles s'enchaînaient incohérentes : il se trouvait debout devant la porte de l'auberge et considérait le blason et les quatre étoiles. Le blason s'étirait et se déformait, et chaque étoile s'arrondissait en se teintant d'azur avant de se rapprocher des autres pour construire un trèfle, un trèfle à quatre feuilles ! Dans son hallucination Yann ne s'en étonnait pas, pas plus que du majordome qui passait par là, un pot de géranium sous le bras, et qui éclatait d'un gros rire. Il était suivi du cuisinier agitant sa poêle. Soudain Kiri débouchait au galop, les crocs menaçants... il allait l'attaquer... Lui, Yann, s'efforçait de crier pour arrêter le chien mais sa gorge se serrait, incapable d'émettre un son. Il se débattait et... Il se réveilla angoissé. Assis sur son lit, il reprenait ses sens peu à peu et se raisonna. Ce n'était qu'un rêve. Il s'était passé tant d'évènements depuis le matin ! Maintenant il fallait oublier et se reposer.

Pourtant, quand il s'étendit et s'assoupit de nouveau, les visions revinrent où s'entremêlaient le blason avec le trèfle, le majordome, le cuisinier qui avait perdu sa toque, et aussi son père courroucé, car on était au royaume et il s'opposait à la présence de chiens, puis il l'embrassait en le voyant verser des larmes.

Brusquement Yann ouvrit les yeux, il se leva et demeura un moment les tempes appuyées contre la vitre fraîche. Des gouttes crépitaient, attaquant par rafales la fenêtre. Il pensa alors à ce *Monsieur* qui lui avait cordialement souhaité une bonne nuit et qui dormait près du lac sous une tente. Bien sûr, même s'il savait qu'il serait très timide devant lui, il se promènerait par là demain. Et puissent Loïc et Olaf s'y trouver aussi ... Il glissa ses mains sur sa figure qu'il leva vers le ciel, un ciel invisible dans la nuit bouchée.

Enfin il s'endormit.

IV

DES BRUITS DE VOIX SUR LE PALIER le réveillèrent. La clarté de la chambre montrait que l'aubergiste l'avait laissé dormir à son gré. Il sauta du lit et ouvrit la fenêtre. La pluie avait cessé et des nuages de traîne s'effilochaient dans le ciel. Au ras du lac planait, comme un drap déplié, une mince brume que le soleil, encore hésitant, métamorphosait en neige étincelante.

Il ne se rappelait que confusément les cauchemars de la veille... y étaient intervenus des gens du château, et Kiri, et son père. Les songes font donc fi de la mort ! Tout autre détail précis s'estompait, aussi insaisissable que les vapeurs lointaines.

Tout en s'habillant il songeait avec une vague inquiétude au duc qui descendrait de son carrosse dans quelques heures, au duc qui alors aurait certainement connaissance de la salle souterraine du château et de ses mystères. Quelle attitude adopterait-il ? puis il se rappela le récit des chasses où des cerfs et des chevreuils, à bout de course, étaient cernés par la meute, sans solution de salut... Pourtant l'un d'eux, une fois, avait été plus fort que le destin.

V

YANN POUSSA LA PORTE TIMIDEMENT, penaud de se présenter tardivement. La femme de l'aubergiste astiquait des cuivres :

– Bonjour mon garçon ! Inutile de me renseigner si la nuit a été bonne. Je vois que tu en as bien profité. Chez nous on respecte le repos des hôtes.

Et elle lui montra un bout de table où elle avait laissé une collation pour lui.

– Quand tu auras terminé tu porteras aux chiens la pitance que je leur ai préparée. Je ne me trompe pas sur leurs goûts. Eux aussi apprécieront les menus de la maison, dit-elle en riant.

Elle s'était vantée à juste titre car Kiri engloutit avidement sa portion. Puis Yann s'adonna au ménage des cages. L'aubergiste l'y retrouva :

– Je me doutais que tu serais là. S'il manque quelque chose, n'hésite pas à réclamer.

Il regardait les chiens :

– Comme à l'ordinaire de fameuses bêtes ! Félicitations à elles qui n'ont pas aboyé toute la nuit, comme d'autres souvent, car j'en ai vu passer dans ces cages !

– Venant de Roalsforth ? interrogea Yann.

– De Roalsforth, ou encore amenées par certains de nos pensionnaires.

– Depuis quand le duc s'arrête-t-il chez vous quand il repart du château ?

– Depuis toujours !

– Comment depuis toujours ?

– Je veux dire que c'est une habitude de sa famille, aussi ancienne que l'auberge. Mes parents me l'ont affirmé.

Yann veillait à ne pas précipiter ses questions prenant l'air de parler bonnement, comme lors d'une conversation sans conséquences :

– Alors, depuis toujours aussi, il voyage en carrosse ?

– Pareillement. C'est une tradition.

– Quand même, faire halte ici à chaque fois ! Pourquoi ?

L'aubergiste hésita un instant, visiblement étonné de la question.

– Pourquoi ? pourquoi ? eh bien ! c'est un lieu plein de souvenirs pour le duc ! Et puis ne trouves-tu pas que cet endroit est beau avec le lac et ces forêts ?

Et de la main il décrivit un ample cercle enrobant l'horizon.

– C'est splendide, acquiesça Yann.

– Autrefois c'était un poste de relai pour les attelages de diligence…

Il y eut un temps de silence. Yann craignit que la conversation en restât là. Il fallait dire quelque chose :

– Donc vous avez connu le duc quand il avait mon âge ?

– Bien sûr ! et même plus jeune. Je jouais avec lui et son frère Rodolphe et sa petite sœur, Elisa. Les parents étaient de grands seigneurs, mais très simples avec nous.

Yann songea aux personnages muets du tableau, au silence étonnant qui les maintenait comme figés pour toujours.

L'occasion était belle d'en apprendre davantage. Justement l'aubergiste continuait :

– Devenu grand, le duc s'installait souvent chez nous pour plusieurs jours et organisait avec des amis des chasses à courre dans les forêts que tu vois. Les veillées après ces parties étaient joyeuses. Le duc avait plein d'idées pour détendre ses invités. Il excellait aussi dans la narration de légendes du pays. Il se maria vers la trentaine à Roalsforth. Ce fut l'occasion de fêtes magnifiques où toute la famille, frères et sœurs et parents, furent réunis une dernière fois. Or, tu m'entends, la semaine d'après il voulut passer quelques jours dans notre petite auberge ! Sa femme, passionnée de musique jouait à merveille de la harpe. Je l'écoutais avec plaisir mais, jusqu'à la fin de ma vie, je me souviendrai surtout de la fête qui se déroula la veille qu'il nous quitta. On était en juillet. Des amis arrivés dans la journée reconstituèrent une bataille navale sur le lac, avec des canots qu'ils avaient agrémentés d'un mât assez court, et dont ils avaient prolongé la proue et la poupe par des planches finement découpées à l'imitation de drakkars. Eh bien ! quand j'ai démonté plus tard ces décorations je n'ai pas eu le cœur de m'en séparer. Elles sont toujours sous une bâche dans un coin de l'entrepôt où l'hiver j'abrite les canots mis à la disposition de mes pensionnaires pendant la saison. L'entrepôt est proche du pré des campeurs. Cet après-midi j'irai m'assurer qu'ils n'ont besoin de rien. Je pourrai te montrer tout cela.

– Volontiers, fit Yann.

L'aubergiste poursuivit hochant la tête – c'était sa manière de confirmer ce qu'il disait – :

– Oui, ce fut une soirée vraiment superbe qui se conclut par la sonnerie d'une demi-douzaine de cors. Hélas ! ce fut la dernière fête du duc et de sa femme ici. Ici et ailleurs, soupira-t-il, car à partir de ces jours-là, Roalsforth, à son tour, ferma ses portes à toute réception et réjouissance sans que dans le pays on s'expliquât pourquoi… Et cela a duré, même quand sa femme qu'il adorait lui a donné un fils et, l'année suivante, une fille… mais quelques années plus tard la pauvre maman mourut.

– Ah ! fit Yann, que s'était-il donc passé ?

– C'est qu'elle était de santé délicate. Presque toujours souffrante, elle n'avait pu s'habituer à Roalsforth et au climat trop humide de la côte. Par ailleurs le duc était amené à souvent s'absenter. Elle le supportait mal. Ils restèrent donc à peine un an au château et s'établirent en ville. Cela n'empêcha pas l'issue fatale... Crois-moi, le duc porte toujours en lui ce deuil.

L'aubergiste soupira de nouveau. Yann sentit qu'il avait lui aussi une très réelle affection pour le duc et qu'il compatissait à sa peine. Il poursuivait :

– Les enfants furent élevés par une gouvernante qui fait depuis, je crois, un peu partie de la famille. La cadette, harpiste comme sa mère, attend toujours le prince charmant, mais l'aîné, le garçon, s'est marié sur le tard, il y a six ou sept ans, et, paraît-il, est père d'une petite fille.

– Je la connais, interrompit Yann, elle était encore hier au château. Elle s'appelle Christine. Croyez-vous que le duc l'amènera avec lui ?

– Je ne pense pas. Depuis qu'il a recommencé à faire halte à notre auberge, l'année qui a suivi son deuil, ce n'est plus comme avant lorsque des membres de sa famille l'accompagnaient nombreux.

– Il voyage seul ?

– Presque toujours, ou, rarement, avec quelques amis.

– Mais son frère, et sa sœur ? A Roalsforth, j'ai remarqué un tableau où les trois sont représentés, encore jeunes, auprès de leur mère. Que sont-il devenus ?

– La duchesse, la mère, est morte, voilà vingt ans environ, et le duc, son vieux père, un homme droit et sévère, n'a survécu que quelques semaines à cette disparition. Le duc, celui que tu connais, a pris alors le titre. Quant à la sœur, Elisa, elle a épousé un Américain qui l'a conduite dans son pays. Elle y est restée et y vit toujours.

– Et son frère, Rodolphe m'avez-vous dit ? Personne ne parle jamais de lui à Roalsforth. C'est par le tableau que j'ai appris que le duc avait un frère. Quand est-il mort ?

L'aubergiste fronça les sourcils :

– Mort ! d'où as-tu su cela ?

– D'un jeune homme que j'ai remplacé pour m'occuper des chiens… Vous l'ignoriez ?

– Moi, je n'habite pas au château, et je n'ai pas d'autres nouvelles que celles qu'on me rapporte. Des bruits circulent facilement. En fait je sais par le duc que rien n'a jamais prouvé que son frère soit mort et, si c'était vrai, ce serait très récent…

Yann ne savait que répondre. Mais tout de suite il en déduit que les "malheurs" que ressassait Selma ne pouvaient donc être la mort de Rodolphe, comme il l'avait pensé parfois.

– Connaissez-vous Selma ? demanda-t-il alors.

– Selma ?

– Elle était au service de la mère du duc et ne quitte plus le château depuis longtemps.

– Attends... oui... je me rappelle. Elle venait parfois ici avec la famille. Une belle fille ! Eh bien tu lui diras que Gustave, c'est mon nom, la salue.

– Certainement, et je vous garantis qu'elle a une mémoire trop fidèle pour vous avoir oublié. Elle se souvient de tout ce qui concerne le duc qu'elle vénère à l'extrême. Elle parle volontiers du passé du duc, quand il était à demeure au château avant son mariage, mais dès que quelqu'un l'interroge sur la suite elle devient muette. "Des malheurs, dit-elle seulement, sont survenus... tout a changé", et on ne peut rien obtenir d'autre.

– Cela se comprend, remarqua l'aubergiste. Personne ne prend plaisir à exhumer des évènements qui l'ont fait souffrir.

Il hocha la tête plusieurs fois, regarda Yann et d'une voix assurée affirma :

– Sache, garçon, que ce n'est pas parce qu'on a un nom et qu'on habite un château qu'on se trouve à l'abri de la séparation et que le bonheur est assuré. Et puis les affrontements, les jalousies, les rancunes, ça existe... j'ai connu le duc et son frère quand ils avaient à peu près ton âge. Ils se ressemblaient beaucoup.

– Comme sur le tableau ? fit Yann.

– Je ne sais pas de quel tableau tu parles mais, même moi, je les prenais parfois l'un pour l'autre de loin surtout quand ils ont pris leur taille adulte. Par contre, ils ne se ressemblaient pas du tout par le caractère. Souvent ils...

Brusquement il interrompit sa phrase et trancha :

– A quoi sert de revenir sur cela ?

Evidemment il ne parlerait plus. Qu'avait-il voulu taire ? Maintenant, tranquille, il inspectait le ciel :

– Il se dégage. Il fera beau au moins jusqu'à demain.

Il s'attarda à regarder Kiri.

– Le père du duc s'intéressait aussi aux chiens, dit-il. Celui-là, soigne-le bien, puis rejoins-moi à la maison quand tu seras prêt.

VI

EN FAIT YANN AVAIT ACHEVÉ le soin des chiens et aurait pu suivre l'aubergiste. Mais il préférait demeurer seul. Il pénétra dans la cage et s'assit près de Kiri. Il se prit la tête entre les mains et revint sur ce que lui avait dit l'aubergiste : l'histoire de la famille qu'il connaissait, avec Selma, mieux que personne. Des bonheurs, fêtes, mariages, naissances… en même temps que des malheurs, deuils, affrontements, séparations… Surtout il avait assuré nettement que le frère du duc n'était pas mort.. Donc il réside quelque part et si les deux frères sont toujours aussi ressemblants qu'autrefois on pourrait encore les prendre l'un pour l'autre… Yann sourit à cette idée… Soudain sa bouche s'entrouvrit, demeura figée. Il se revoyait à la fin du printemps, un soir, dans le faubourg du village de Loïc où un homme de forte stature le dépassait… certes le voilà le frère que lui aussi avait confondu avec son aîné. Ce ne pouvait être que lui revenu sans que personne ne le sache dans ces parages éloignés de Roalsforth, tandis que cet aîné, le duc, était bien celui qui l'avait accueilli dans son bureau à Roalsforth. Comme cela paraissait à l'instant évident !

– O Kiri ! murmura Yann en entourant le chien de ses bras, tu ne peux comprendre, mais pour moi à l'instant tout s'est éclairci. Kiri, je te le jure, le duc qui nous a applaudis quand nous avons dansé hier n'était pas l'homme que j'avais vu entrer dans une vieille maison du village de Loïc comme je l'ai cru, c'était son frère. Je me suis trompé, Kiri, je ne pouvais savoir puisqu'au château ce frère n'existe plus, je le croyais mort.

Kiri se secoua et léchait la main de Yann… Allons, il faut partir. L'aubergiste aurait besoin de lui avant que le duc arrive. Tout à l'heure il serait là et il le regarderait différemment, désormais lavé de tout soupçon et méfiance de sa part. C'était ridicule, mais il s'imagina qu'il allait peut-être maintenant nouer une sorte d'amitié avec lui, un peu à la manière de celle d'une petite-fille avec son grand-père...

Cependant ! sa pensée ramena Yann, à ce tableau qui fixait pour toujours l'image d'une famille heureuse. Il ferma les yeux… Désormais il savait par l'aubergiste que la famille s'était réunie lors du mariage du duc et que le château avait encore bruissé ces jours-là de la joie d'une fête, hélas pour la dernière fois ! Car peu de jours après la demeure s'était voilée de tristesse avec un duc méconnaissable. Il s'était donc passé quelque chose, quelque chose qui devait demeurer caché.

Yann comprenait que le silence de Selma et celui dans lequel on emmurait le frère du duc allaient nécessairement de pair. Les "malheurs", auxquels la vieille femme faisait si souvent allusion, auraient été causés par ce frère et, ce faisant, il avait rompu avec les siens. Peu importe que ceux-ci eussent connu ou non ses liens avec le *Trèfle bleu*. De toute façon ce qui s'était passé aurait été si grave que le secret en serait toujours gardé dans la famille, qui ne démentirait même pas la rumeur de la mort de Rodolphe. Personne ne voulait plus, ne pouvait plus, en parler. En sortant de son mutisme Selma aurait ravivé des plaies jamais cicatrisées et surtout aurait trahi cette famille qu'elle considérait comme sienne… Et de même l'aubergiste qui la connaissait depuis si longtemps et avait su, tout à l'heure, se taire à temps.

Il pensa à Loïc et Olaf. Il leur avait parlé du tableau et du peintre, hier ou avant-hier, mais rapidement. Il avait tant d'autres faits à rapporter qui lui paraissaient plus importants, et ils n'avaient pas plus que lui fait attention à ce frère qu'il leur disait être mort. Qu'au plus vite il les revoit pour leur révéler ce qu'il venait de découvrir.

VII

LA FIN DE LA MATINÉE lui parut longue. L'aubergiste allait et venait dans la salle à manger. Tout en sifflotant il furetait partout de ses yeux impitoyables et, lorsqu'il s'arrêtait, c'était pour se tourner vers lui avec un sourire complice et désigner du doigt un endroit précis : "Là !", murmurait-il seulement. En s'approchant Yann finissait par repérer une menue tache sur un carreau du plancher, ou quelques traces de poussière dans un recoin presque inaccessible. Il donnait un coup de plumeau, frottait avec un chiffon humide. A peine avait-il achevé que l'aubergiste dénichait un autre endroit moins propre qu'il le souhaitait. L'arrivée du chauffeur fit diversion :

– Voilà ! dit-il en déposant un sac sur la table, voilà ce que tu as commandé, mais cela m'a pris plus de temps que je ne pensais..

L'aubergiste intervint :

– Je t'en prie, nous venons de tout nettoyer, pas de désordre ici... Yann, mets ce sac à la cuisine et décharge le reste.

Le chauffeur le plaisanta : il tenait donc tellement à faire bonne figure aux yeux du duc !

"Oui, pensa Yann, il est comme Selma sous le charme et ne néglige rien pour le bien recevoir". Maintenant pour un peu il l'en aurait félicité.

Les hommes passèrent à la cuisine et se servirent un verre, tandis qu'avec la femme Yann y transportait les achats du matin. Du coin de l'œil l'aubergiste surveillait.

– Ce gigot n'est pas pour nous, dit-il en allant vérifier le contenu d'un paquet. Le chef des jeunes d'en bas a demandé qu'on l'achète pour eux... Tiens, garçon, va donc le leur porter. Nous t'attendrons pour déjeuner mais fais vite Quand le duc arrivera nous devrons être prêts. S'il garde ses habitudes le carrosse sera ici dans moins de deux heures, ajouta-t-il en lorgnant le chauffeur.

Yann pourtant descendit le sentier sans hâte. Il éprouvait le besoin de goûter ces minutes de solitude et le sentiment de liberté qu'elles lui donnaient, en embrassant calmement, d'un vaste regard, le paysage lavé par la pluie de la nuit. Il aspirait l'air humide s'évaporant de la terre et des herbes. Plus que jamais il pensait au duc et laissait courir son imagination… Jadis le carrosse ici même déversait la vie, libérait cris, rires et chansons. Le jeune duc sautait à terre, courait autour de la maison, dévalait vers le lac avec son frère et sa sœur, avec Selma aussi. Les enfants du tableau s'agitaient comme tous les enfants heureux de s'ébattre dans la nature... Pourquoi ce bonheur s'était-il subitement évanoui après le mariage du duc et la fête près du lac et pourquoi Rodolphe s'était-il éloigné sans plus donner de nouvelles ? Bientôt le duc serait là, seul, bref hôte de passage. Il ne pouvait pas ne pas y retrouver des échos de son enfance. Ah ! s'il en parlait ! S'il pouvait l'inviter à arpenter ces lieux qui furent son royaume à lui, évoquant sa jeunesse et ce qui l'y avait enchanté, se plaisant à raconter l'histoire de l'écusson à quatre étoiles, de la tête de cerf dans la salle à manger, du cor, des courses dans les chemins qui se perdaient au travers des sous-bois, ou des jeux autour du lac vers lequel il se dirigeait.

Yann savait qu'il rêvait. Il n'y avait aucune raison que le duc se confie à lui de la sorte. Pourtant s'il rêvait d'une telle promenade c'était parce qu'il était heureux et se sentait tellement plus proche du duc désormais ! Et le duc avait-il de vrais amis pour partager ses secrets comme lui avec Loïc ?

VIII

YANN ATTEIGNIT LE LAC. Ici d'étroites bandes de sable s'étiraient entre le pré et l'eau. Plus loin la rive était encombrée d'abondantes touffes de jonc. Il marcha quelques mètres encore et sur sa droite apparut, entourée d'une haie basse, la prairie où étaient dressées quatre tentes. De l'une s'évadaient des accords de guitare. A proximité plusieurs jeunes s'affairaient autour d'un feu rougeoyant sans presque aucune fumée. D'autres étaient assis en demi-cercle sur des rondins de bois face au *monsieur*. Dès qu'il avait pénétré dans la prairie, Yann l'avait repéré. Il lui tournait le dos. Cependant quelqu'un avait lancé : “Ah ! voilà pour la cuisine !” et le *monsieur* s'était levé et venait à lui :

– Bonjour Yann ! Merci de nous apporter ce paquet... la commande, n'est-ce pas ?

– Bonjour Monsieur ! dit Yann acquiesçant de la tête, voici, de la part de l'aubergiste.

– Tu peux appeler le *monsieur*, Ludwig, remarqua un grand garçon avec une figure amusée.

– Tout à fait ! maintenant, appelle-moi Ludwig, comme eux… Comment va ton chien ?

Ludwig ! Yann reçut ce nom comme un coup au cœur... Serait-ce ? mais non, il y avait tellement de gens qui portaient ce nom !

Cependant un cercle s'était formé autour de Yann.

– Yann a un chien magnifique, expliqua Ludwig.

– Oh ! il n'est pas à moi. Je l'accompagne seulement et le soigne. Le duc de Roalsforth doit le présenter bientôt à un concours.

– Le duc serait-il là ? demande Ludwig.

– Non, pas encore. Il voyage de son côté en carrosse. Il devrait arriver au début de l'après-midi.

Ils avaient paru étonnés quand il avait mentionné le carrosse et on lui posa des questions.

– C'est son habitude depuis toujours, mais le duc ne joue pas au grand Seigneur, je puis vous l'assurer.

Yann s'apercevait qu'il n'admettait pas qu'on se moque du duc. Comme Selma il le défendait !

– Combien de temps demeure le duc ? le sais-tu ? s'enquit Ludwig.

– Il repart demain dans la matinée, je pense, Monsieur Ludwig.

Plusieurs sourirent, il avait de nouveau dit : *monsieur*, mais ils souriaient gentiment.

– Ecoute Yann, si cela te gêne de le nommer : *Ludwig* tout court, tu peux dire : Père Ludwig.

Yann ouvrit de grand yeux, hagards... *Père Ludwig !* les deux même mots balbutiés par son père, ses derniers mots ! mais Ludwig baissait la tête semblant réfléchir, puis s'adressant à ses garçons :

– Puisque le duc passe la nuit là-haut, nous pourrions lui proposer d'être des nôtres ce soir ?

Il regarda Yann :

– En effet, nous préparons pour ce soir, à la tombée de la nuit, une fête entre nous. Si le duc acceptait l'invitation nous en serions très honorés.

Yann ne pouvait répondre, mais d'emblée il souhaita que le duc accepte.

– Pour toi il n'y a pas d'hésitation, nous comptons sur ta présence après le souper.

– Oh merci ! fit Yann. Cependant son esprit était ailleurs. *Père Ludwig*, se répétait-il en regardant vaguement le campement. Tout de même, serait-ce lui ? comment interroger ? Certes pas devant tous ceux-là maintenant, peut-être cet après-midi, profitant d'une occasion. Il le fallait absolument.

Le campement comportait quatre tentes, de même couleur bleu foncé, et, à l'écart, une autre verte plus grande, surmontée de deux courts morceaux de bois assemblés en croix. Ludwig avait remarqué l'attention de Yann :

– C'est la tente de prière, dit-il, chacun peut s'y recueillir quand il le désire... Wilhem, montre-la à Yann.

Un garçon, le plus jeune de tous, semblait-il, entraîna Yann vers la tente verte.

– Ludwig est un prêtre, expliqua-t-il, il a organisé ce camp pour nous, mais l'a décidé au dernier moment. Pour cela, nous ne sommes pas nombreux, d'ailleurs les catholiques sont en très petit nombre dans notre pays, tu le sais, je pense.

– Vous êtes tous catholiques ?

– Oui, à part trois ou quatre. Nous nous retrouvons régulièrement avec Ludwig durant l'année.

– Moi aussi je suis catholique !

– Ah ! fit Wilhem, et il lui tendit la main.

Il entrouvrit la tente. Une faible lumière de bougie brillait dans un coin, près d'un gros livre posé ouvert sur une table basse. Une large image était accrochée sur la toile du fond : un homme revêtu d'une longue robe qui s'avançait suivi de nombreux moutons.

– C'est "le bon berger", dit simplement Wilhem.

Devant l'étonnement de Yann il ajouta : "Jésus, qui est venu sur terre chercher tous les hommes pour en faire ses amis" tu ne connais pas ?

Et Wilhem se tut en contemplant l'image. Yann aussi ne dit rien, mais il se rappela que Loïc lui avait parlé de choses semblables quand il lui apprenait à lire.

Au moment où ils sortaient Yann distingua sous la tente, dans l'ombre d'un coin, un garçon, la tête inclinée entre ses mains.

– Qu'est-ce qu'il fait ? demanda-t-il à voix basse.

– Il pense à Dieu, il prie.

– Et moi, si je redescends chez vous cet après-midi, je pourrai me tenir là, comme lui ?

– Bien sûr !

Tous deux rejoignirent les campeurs toujours assis sur les rondins. Ils discutaient avec animation. Ludwig les calma d'un signe de la main :

– Vous seriez d'accord, je suppose, pour que Yann partage notre repas ?

Un grand cri donna la réponse.

– Cela me plairait beaucoup, dit Yann en rougissant,

mais je dois retourner à l'auberge. Ils ne commenceront pas le déjeuner avant que je revienne, ils m'avaient même prié de ne pas trop tarder car le duc arrive bientôt. Je regrette Monsieur Ludwig et...

Tous applaudirent.

– Ah ! j'ai encore dit : *Monsieur*. Pardonnez-moi.

– Sans importance. Tu ne me connais pas depuis bien longtemps. Cela viendra vite.

Et le Père Ludwig regarda Yann fixement, bizarrement. Yann avait baissé les yeux. Il sentit ce regard sur lui. Cela ne dura qu'un instant. Timidement il releva les yeux.

– Yann, on ne te retient pas. A tout à l'heure. J'irai inviter le duc à notre fête de ce soir quand il sera installé.

IX

YANN REMONTA RAPIDEMENT vers l'auberge. Sa tête bouillonnait. Quelle surprise que ce *Monsieur* se fasse appeler *Père Ludwig !* Mais peut-être d'autres personnes portaient aussi ces deux mêmes noms ? Il sentait qu'il désirait que ce Père Ludwig fut en effet celui que son père avait désigné... Il faudrait qu'il s'en assure dès cet après-midi…

Il ralentit sa marche. Mais, si c'est bien lui, il connaissait donc son père, sans doute étaient-ils amis tous les deux. Comme cela est extraordinaire ! Par quel hasard aussi campait-il justement ici, comme venu exprès à sa rencontre… Par quel hasard ? Mais la mère de Loïc affirmait qu'il n'y avait pas de hasard car "Celui qui mène le monde" pouvait souffler des idées à n'importe qui, disait-elle, et nécessairement d'heureuses idées ! Et Yann songea à la tente verte où dans le silence obscur un des jeunes priait.

Le Père Ludwig avait déclaré qu'il rencontrerait le duc pour lui parler de la veillée que préparerait son groupe. Oh ! que le duc y vienne, qu'il retrouve ce soir une joie un peu semblable à celle de l'autre soir lointain où des amis lui offraient le jeu d'une bataille navale sur le lac… comme l'avait suggéré Loïc et Olaf… Mais oui, voilà qui est possible après tout puisque l'aubergiste a entreposé tout le matériel d'alors. Les garçons qu'il a vus seront bien capables d'évoquer les anciens guerriers débarquant à l'assaut de rives étrangères. Gustave leur détaillera en secret comment la joute avait été représentée et ils en feront la surprise au duc… Le Père Ludwig trouvera les mots pour obtenir du duc qu'il se rende à la veillée et, lui, il le convaincra de proposer ce jeu à son groupe.

Yann s'enthousiasmait. Comme devançant le temps il voyait de frêles embarcations, des figures grimées d'attaquants, des torches illuminant la nuit, des reflets de danses sur l'eau, et le duc épanoui qui revivait, après une trentaine d'années, sa dernière fête à l'auberge. Yann ne se retenait pas de déjà applaudir…

Mais il fallait aussi que Loïc et Olaf arrivent à temps ! "Loïc, Olaf, par ici, cria-t-il vers l'horizon boisé, venez au plus vite, j'ai besoin de vous".

A la maison l'aubergiste, planté en attente sur le pas de la porte, sembla rassuré de l'apercevoir enfin. Dans la salle la pendule à balancier égrenait les douze coups de midi.

X

LE REPAS FUT PRIS RAPIDEMENT. De temps en temps Gustave bondissait vers la fenêtre laissée entrouverte. Il réclamait le silence absolu, tendait l'oreille, puis regagnait sa place comme à regret. Il avait cru percevoir au loin le son des grelots de l'attelage. "On ne sait jamais, disait-il en s'asseyant, mais je pense qu'il ne sera là que vers les deux heures, comme d'habitude." Il n'en demeurait pas moins nerveux et aux aguets. Pendant ce temps sa femme multipliait les allées et venues à la cuisine où mijotait le ragoût qu'elle servirait au duc. Habitué à ces manèges, le chauffeur souriait béatement, appréciant ces minutes de délai qui lui permettaient de siroter à loisir un petit verre de genièvre. Il ne souhaitait pas que se déclenche trop vite la valse de la vraie alerte.

Elle fut pourtant donnée, et conformément aux prévisions de l'aubergiste, un peu après que les coups de deux heures eurent sonnés. Plus qu'au son des clochettes des chevaux, le carrosse s'annonça par le tambourinage de ses grandes roues sur le pavage de dalle de la chaussée. Brusquement il surgit au dernier détour. Tous étaient en place devant l'entrée de la maison, et l'aubergiste, et sa femme, et le chauffeur et Yann. Deux chevaux blancs s'approchaient, trottant de front, guidés par un cocher qui, d'une main tenait les rênes, de l'autre faisait claquer son fouet en signe de salut. L'équipage avait fière allure, digne du carrosse vert pâle agrémenté de nombreuses dorures. Les chevaux virèrent pour s'immobiliser contre le perron. L'un d'eux hennit, comme s'il avait voulu, après le cocher, marquer lui aussi sa satisfaction d'être enfin à bon port.

L'aubergiste se précipita et ouvrit la portière. Le duc sortit de l'ombre, s'inclina, puis dressé de toute sa taille sur la marche du carrosse, fit un geste amical à ses hôtes. Un bref moment il se tint ainsi, plus imposant que jamais, enveloppé dans une large cape, puis il mit pied à terre, se retourna et appela :

– Venez, mes amis, descendez.

Alors deux silhouettes se détachèrent dans l'encadrement de la portière, deux silhouettes menues auprès du duc, deux silhouettes de jeunes garçons !

Yann eut peine à étouffer un "oh !" de stupéfaction, tandis que le duc affichait un visage rayonnant de malice devant ses hôtes :

– Mais oui, fit-il, je les ai cueillis à une quinzaine de kilomètres d'ici, abrités sous un arbre, lors d'un passage de pluie. Ils projetaient justement de faire étape chez vous. Gustave ! tu leur accorderas bien un coin de pré pour monter leur tente... Cocher, veuillez sortir leurs sacs du coffre... et, s'adressant à Yann : ils s'appellent Loïc et Olaf, deux frères, vous ferez vite connaissance. Tu pourras leur faire admirer Kiri, n'est-ce pas ?... Se porte-t-il bien ?

– Très bien, Monseigneur, dit Yann, en saluant, et il vint tendre la main à Loïc et Olaf, s'efforçant de garder un air naturel... mais les mains se serrèrent longuement.

Les arrivants furent conduits à la salle de l'auberge, le duc, le cocher, mais aussi Loïc et Olaf qui pourtant certifiaient qu'ils étaient munis de provisions. Le duc ne voulait rien entendre :

– Vous n'allez tout de même pas les laisser mourir de faim, s'esclaffait-il en lorgnant la femme de l'aubergiste, ils sont mes invités, je les prends en charge... leurs provisions ! ils y piocheront une autre fois.

Ils se trouvèrent donc attablés, avec le cocher, dans la cuisine tandis que le duc s'asseyait à la table fleurie de la salle, face aux fenêtres qui s'ouvraient sur un grand espace de prairies et de bosquets jusqu'aux rives du lac. L'aubergiste s'était posté tout contre, prêt à intervenir au moindre désir du duc. Il tenait à la main une bouteille poussiéreuse sortie tout droit de sa cave. Il fit couler quelques gouttes dans le fond du verre que le duc leva en direction de la fenêtre. Il jaugeait la teinte du liquide. Après quoi il le huma, le porta à ses lèvres et finalement approuva de la tête. Alors, précautionneusement, l'aubergiste acheva de remplir le verre, veillant, à la fin, à faire virer la bouteille d'un demi-tour pour qu'aucune goutte ne tombe et ne ternisse la nappe immaculée. Ensuite le duc l'invita à trinquer avec lui.

Yann observait discrètement de la cuisine. A l'évidence le duc et le cocher rééditaient une fois encore un rite immuable... rite d'accueil seulement, car déjà les deux hommes bavardaient joyeusement comme de vieux amis.

A leur table, les trois autres voyageurs avalaient une abondante soupe riche en légumes. La maîtresse de maison assurait le service, secondée par Yann qui s'arrangeait pour s'éloigner le moins possible de ses amis... le cocher n'était sans doute guère bavard, mais sa présence interdisait aux garçons de se parler librement. Cependant Yann apprit que les deux frères avaient cheminé à pied une vingtaine de kilomètres, qu'ils s'étaient reposés la nuit sur de la paille dans une grange au bord de la route, et qu'au matin, ils avaient tout simplement agité les bras à l'approche du carrosse. Il bruinait légèrement... alors le duc avait prié le cocher de stopper l'attelage et leur avait offert de monter près de lui. Ils avaient fait un voyage très agréable. Le duc les avait un peu interrogés, s'était étonné d'une telle randonnée, avouant qu'à leur âge il aurait été ravi de pouvoir faire de même... puis il avait surtout parlé de l'auberge, de son "site plein de charme", d'aventures de chasse, et d'histoires que rapportent les paysans de la région.

Le cocher écoutait avec intérêt. Il reconnut qu'ils avaient eu de la chance. Depuis le temps déjà lointain qu'il menait les chevaux, c'était la première fois que d'autres gens que les membres de la famille, ou des amis proches du duc, avaient voyagé ainsi avec lui.

A son tour, après avoir vanté l'excellent accueil de la maison, Yann rappela que l'aubergiste était venu voir les chiens ce matin. Ils avaient eu ensuite une longue conversation... très intéressante ! et il était allé porter, de sa part, un paquet au campement des jeunes, "ceux dont vous serez bientôt les voisins. Ils sont accompagnés par un monsieur fort aimable qu'ils appellent : Ludwig, mais son nom exact est : Père Ludwig.

Ce disant Yann avait conservé un ton banal, en regardant pourtant avec insistance Loïc et Olaf. Loïc fronça les sourcils : "Drôle de nom", dit-il seulement, et Olaf qui écarquillait les yeux s'en fit l'écho : "Oui, vraiment, un drôle de nom !" Le cocher, quant à lui, sortit de son mutisme en informant que, à ce que des gens de la ville lui avaient raconté, "certains chrétiens désignent ainsi leurs pasteurs, avec le mot *Père*, puis Yann ajouta : "en tout cas, ceux d'en bas ont une tente spéciale pour y aller prier s'ils le veulent".

Un silence suivit. Ce que Yann venait d'annoncer ne cessait de résonner dans leur tête : Ludwig, le Père Ludwig ! – était-ce possible ! – mais ils ne pouvaient là ni questionner, ni même reprendre innocemment le sujet, tenus à laisser croire que leurs routes ne se croisaient que depuis quelques minutes.

– Ce groupe de jeunes, annonça Yann, a l'intention de présenter ce soir une petite fête au bord du lac et tout à l'heure le monsieur...

– Le Père Ludwig, tu veux dire, coupa Loïc.

– Oui, bien sûr, le Père Ludwig... tout à l'heure, il montera ici voir le duc pour l'y inviter. Ils m'ont dit qu'ils souhaitaient aussi que j'y vienne.

– Nous nous y rendrons tous, décréta la femme.

– A quelle heure ? demanda le cocher.

– A la tombée de la nuit.

Le repas du duc se prolongeait. Enfin il se leva et vint vers Yann :

– Il me plairait de voir les chiens, surtout celui que tu sais. Propose à tes camarades de venir avec nous. Je parie qu'ils ne le regretteront pas. Ensuite ils auront largement le temps de choisir un bon emplacement près de l'endroit où Gustave, comme il me l'a dit, a autorisé un groupe de jeunes à s'établir. Tu pourras les y mener. J'aimerais encore que, dans l'après-midi, tu sois à la disposition du cocher. Entends-toi avec lui... les chevaux comme les chiens réclament des soins, la litière, la pitance, le bichonnage...

Et le duc riait de bon cœur...

XI

LOÏC ET OLAF S'EXTASIÈRENT devant les chiens. Ils considéraient surtout Kiri dont Yann leur avait vanté les exploits. Tout de suite ils avaient remarqué ses allées et venues haletantes à son approche. Le duc avait sorti son petit carnet et le feuilletait, gardant cependant un œil sur le chien et aussi sur ses deux invités. Il épiait leurs réactions et n'était pas peu fier de les voir tant admiratifs. A l'envie, il répétait : "Quelle allure ! quelle classe !". Gustave hochait la tête selon son habitude quand il ne savait trop comment s'exprimer.

– Yann, demanda le duc, ne nous gratifierais-tu pas de quelques aperçus de son savoir-faire ?

Mais à ce moment la femme de l'aubergiste déboucha en courant :

– Monsieur le duc, il y a là un monsieur, celui qui est avec les jeunes près du lac. Il désire vous parler.

– Eh bien ! qu'il vienne, qu'il se divertisse d'abord avec nous !

La minute d'après Ludwig se présenta et salua le duc :

– Je savais que vous aviez de très beaux chiens, dit-il, croisant le regard de Yann.

– En effet, fit le duc, et vous n'en connaîtrez pas souvent d'égal à celui-ci. Je suis honoré que vous arriviez à point pour une petite distraction peu ordinaire. Soyez des nôtres. Nous causerons ensuite... et il adressa à Yann un signe amical. Il pouvait commencer.

Yann se tint au dehors de la cage qui se prêtait mal à de larges évolutions. Il voulait en finir assez vite. Il se raidit face à Kiri, claqua des doigts. Le chien de son côté ne bougeait plus, les yeux rivés sur son maître avec une attention extrême. Mais, quelques secondes – qui semblèrent à tous de concentration – Yann baissa les yeux. Il songeait à son père… Savait-il, dans son monde mystérieux, que ses dernières paroles, son ultime message, étaient accomplis... "Ludwig ! le Père Ludwig, sûrement lui... je l'ai trouvé ! il est là, près de moi"… et en cet instant, absent de tout ce qui l'entourait, il rejoignait son père dans un royaume plus beau que fut le leur aux jours les plus beaux… Le temps était comme suspendu… Puis il respira, le cœur plein de soleil, souriant encore à ce paradis aussi vite quitté qu'entrevu. Personne n'avait soupçonné que, la durée d'un éclair fugitif, il venait de vivre un bref et lointain voyage. Chacun avait pensé qu'il souriait à Kiri… Et maintenant il entreprenait de le mener à sa guise. Le chien devinait tout. Il comprenait que, dès que son maître se mettait, tel un derviche, à tournoyer sur place avec des contorsions désordonnées, il devait l'imiter, se trémousser comme un clown, pivoter alternativement sur ses quatre pattes et glapir aussi bêtement qu'un roquet de salon mal élevé. De même quand, insensiblement, Yann abordait un autre registre, comme de balancer sur un tempo de valse tantôt le corps, tantôt la tête, ou de se couler dans le mouvement de quelques autres facéties qu'il lui proposait, toujours Kiri demeurait en accord total avec l'impulsion du rythme indiqué.

C'était fini, la présentation avait été courte. Les applaudissements éclatèrent.

XII

LE DUC FÉLICITA YANN CHALEUREUSEMENT et lui confia ses deux invités, avant d'emmener Ludwig avec qui il commença à déambuler sur la terrasse de l'entrée de la maison. L'aubergiste et le cocher étaient retournés à la salle. Enfin les amis pouvaient se regarder longuement, se parler, cesser la comédie de faire semblant d'une première rencontre.

Mais ensemble, tellement émus, ils se sentaient soudain incapables d'entamer le récit des deux derniers jours. Qui prendrait le premier la parole ? par où débuter ? Ils se regardaient… puis éclatèrent de rire.

– Le repas s'éternisait et je piaffais, dit Loïc, mais il est quand même grand seigneur ton duc !

– J'attendais impatiemment moi aussi, appuya Olaf, mais nous avons été récompensés de notre persévérance par ton numéro avec Kiri. Je n'aurais jamais cru qu'un chien puisse montrer une telle intelligence.

– Et le Père Ludwig ? susurra Loïc.

– Oui. Je l'ai rencontré hier soir en promenant Kiri derrière la maison. Il était seul et lisait tout en marchant. Nous avons échangé quelques mots à propos du chien, mais l'orage menaçait et il est descendu vite au camp. Il m'avait demandé mon nom sans pourtant me dire le sien, sinon qu'il m'invitait à l'appeler *Monsieur*. J'étais impressionné par son regard comme s'il cherchait à lire mes pensées. Extraordinaire, n'est-ce pas ? En fait tout a été extraordinaire depuis la dernière fois que nous nous sommes vus ! Cela remonte à deux jours, deux jours si remplis qu'ils me semblent avoir duré des mois... Il faut que vous sachiez...

Et Yann raconta la bataille avec Irdin et l'ordre du majordome qu'il ne quitte plus le château, perdant alors tout espoir d'accompagner les chiens jusqu'à cette auberge, puis la visite du duc au chenil, et l'insistance de sa petite-fille pour voir Kiri "danser", la bonne humeur du grand-père qui avait cédé volontiers à sa demande, et l'idée sournoise, qu'il avait eue au cours de la "danse" d'amener Kiri à sauter une fois encore entre les arceaux du puits, en sorte qu'il chute sûrement sur la dalle pour la faire vaciller.

– Tout a fonctionné ainsi. Le majordome, très mécontent de l'incident, m'a enjoint de monter dans ma chambre et de n'en plus bouger, mais, peu après, Irdin est venu me chercher car personne ne pouvait approcher du chien devenu furieux. Après que je l'eus calmé et aidé à sortir du trou, le duc, en dépit de la sanction du majordome, a ordonné que je parte tout de suite avec le chauffeur et les deux chiens. Brave Kiri ! c'est à lui que je le dois... Malheureusement cette histoire ne m'a rien appris de nouveau, car je ne sais pas ce qui s'est passé ensuite au château… pourtant j'imagine la stupeur du duc quand on lui aura décrit ce souterrain qu'il pressentait et l'envers de Roalsforth, puisque certainement il y aura dépêché des explorateurs... s'il ne s'y est pas lui-même aventuré ! De toute façon il ne nous en parlera pas, il n'y a aucune raison qu'il nous en parle.

– Il a donc connaissance de la salle avec la céramique du trèfle, remarqua Olaf.

– Probablement, et il se sera souvenu des histoires du peintre à propos des bons chevaliers du temps passé. Il aura été ravi d'apprendre que Roalsforth fut vraisemblablement un lieu de leurs retrouvailles, par contre il n'était nullement au courant des odieuses activités de plusieurs membres du *Trèfle bleu* d'aujourd'hui. Je le sais, car depuis ce matin j'ai l'assurance que ce n'est pas le duc que j'ai vu entrer dans la maison abandonnée de ton village, Loïc, mais son frère cadet avec qui je l'avais confondu…

Loïc et Olaf sursautèrent.

– Oui ! l'aubergiste me l'a affirmé, sa mort n'était que des bruits que la famille a laissé circuler.

– Oh, Yann ! me croiras-tu, interrompit Olaf, sur la route nous avons eu la même pensée que ce n'était peut-être pas le duc. Nous bavardions en nous rappelant ce que tu nous avais décrit du tableau et de la ressemblance des deux frères… Quelle nouvelle ! Comment n'y avons-nous pas pensé plus tôt ?

– Olaf, au château ce frère n'existe plus pour personne, et je vous avais souvent dit qu'il était mort !

– Voilà qui change bien des choses, opina, Loïc.

– Tout à fait. Auparavant je me reprochais souvent d'admirer le duc comme Selma. Est-ce que j'avais raison de me persuader qu'il ne devait rien savoir des faits et gestes de certains de ses amis ? Or c'étaient des connaissances de son frère… Pourvu qu'il n'en sache pas plus lui-même.

Et Yann répéta presque mot pour mot la conversation du matin subitement interrompue quand l'aubergiste, après avoir dénié la réalité de la mort du pauvre garçon, puis souligné sa ressemblance avec son aîné, commença à en parler davantage.

– L'aubergiste m'a quitté très vite ensuite. Je suis revenu sur ses paroles et subitement j'ai compris que j'avais tout brouillé. En même temps je réalisais que le frère du duc était, très probablement, à l'origine des "malheurs" dont parle continuellement Selma et que, si elle les tait, c'est pour ne pas jeter une sorte de déshonneur sur la famille.

Après un temps de silence :

– Et Ludwig ! le Père Ludwig ! interrogea Loïc, que sais-tu sur lui ?

– Presque rien. L'aubergiste ne le connaissait pas avant qu'il frappe à sa porte avant-hier avec son groupe de jeunes. Ce matin, lorsque j'ai porté un paquet aux campeurs, j'ai entendu ce nom, cela m'a fait un choc, puis j'ai pensé que beaucoup d'autres s'appelaient peut-être de même. Pour cela j'étais impatient de vous voir et d'avoir votre avis et...

Olaf l'interrompit :

– Vous n'avez rien remarqué ? sur sa chemise ?

– Il porte un cordon avec une petite croix, fit Loïc.

– Il l'avait déjà hier et ce matin, confirma Yann.

– Vous n'avez rien constaté d'autre ?

Leurs yeux interrogèrent Olaf.

– Eh bien ! il était à côté de moi quand tu allais débuter tes tours avec Kiri. A ce moment tu as souri. Je ne sais pourquoi sa main s'est alors relevée sous la croix, il s'est baissé et j'ai vu sous sa veste entrouverte une médaille, comme la tienne, accrochée aussi au cordon.

– Quoi ! s'exclama Yann en bondissant. Et il fouillait sa poche avec anxiété.

– Non ! Je l'ai encore, je craignais de l'avoir perdue.

Il se rassit et enfouit la tête entre ses mains... "au moment où tu as souri", a dit Olaf… au moment donc où il retrouvait son père qui lui avait laissé comme ultime mission de garder cette médaille et de joindre un *Père Ludwig*. Ses yeux se mouillèrent.

Il écarta ses mains :

– Je suis absolument sûr qu'il ne l'avait pas ce matin, au camp.

– Sans doute l'a-t-il mise seulement tout à l'heure.

– Mais pourquoi ?

– Et si c'était prévu !

– Comment prévu ?

– En signe de reconnaissance, par exemple. Un signe pour toi Yann ! Je n'affirme rien, je cherche... nous cherchons…

– Pour moi, souligna Loïc, Olaf a raison. Je suis d'avis que ce Père Ludwig a connu ton père et que, s'il est venu avec son groupe dans les parages, c'est pour te voir et te parler.

– Mais pourquoi ?

– Yann, rappelle-toi la dernière parole de ton père qui te priait de retrouver le Père Ludwig. A lui il a dû demander pareillement de tout faire pour te rencontrer. Sans doute prévoyait-il qu'il courait un danger… Si le Père a choisi ces lieux pour son camp ce n'est certainement pas sans raison, et qu'il porte une médaille comme la tienne, n'est pas, non plus, j'en suis certain, une simple coïncidence.

– Mais dans quel but faudrait-il que lui et moi nous nous rencontrions ?

– Nous l'apprendrons un jour comme nous découvririons pourquoi ton père attachait tant d'importance à la médaille. Suppose en effet que le Père Ludwig veuille absolument te trouver, alors il se renseigne, apprend que tu t'occupes des chiens, que de ce fait tu seras à l'auberge à la fin de l'été en même temps que le duc, et donc retient l'emplacement. Hier il t'a demandé ton nom, comme le ferait n'importe qui, mais il t'a caché le sien vu le peu de temps dont vous disposiez ou à cause de l'orage menaçant. Ce matin, ce sont ses jeunes, m'as-tu dit, qui t'ont dévoilé son nom, moi je pense qu'il aurait préféré te l'apprendre de seul à seul. De même pour la médaille. Cette explication me semble plausible. Si elle est bonne sûrement il ne te dévoilera sa médaille que lorsque vous serez ensemble, sans personne d'autre auprès de vous.

Yann demeurait interdit. Il regarda le lac, cette nature sans complication où chaque chose était bien à sa place, limpide et claire. Ainsi accueillait-il les mots de Loïc… Il jeta un gravier dans l'eau et suivit les ondes qui s'élargissaient.

– Donc tu es d'avis que nos médailles, à lui et à moi, seraient un signe qui nous permettraient de nous reconnaître tous deux ?

– C'est une idée mais je ne peux en exclure d'autres, évidemment.

Olaf avait écouté attentivement.

– Yann, dit-il, conduis-nous maintenant au camp.

Nous guetterons le Père. Quand nous le verrons descendre vers les tentes tu nous quitteras pour remonter à l'auberge. Alors tu passeras près de lui et, si Loïc a bien raisonné, comme je le pense, ce serait étonnant qu'il ne s'arrange pas pour te faire voir sa médaille. Toi, tu en profiteras pour lui montrer la tienne, nommer ton père, commencer une conversation…

– Une conversation qu'il espère sans aucun doute, dit Loïc.

Yann ferma les yeux, serra fort la médaille, puis se leva :

– Vous avez raison , c'est ce que je dois faire. Venez.

XIII

CEPENDANT LA SUITE NE SE PASSA pas exactement de la sorte car, à peine avaient-ils été accueillis au camp et avaient-ils choisi un emplacement, que le Père Ludwig les surprenait, franchissant la barrière de l'enclos. L'aubergiste l'escortait.

Tous deux s'approchèrent.

– Je constate avec plaisir que vous vous entendez à merveille, plaisanta le Père.

L'aubergiste hocha la tête :

– A leur âge les présentations sont rapides.

– Voilà un endroit parfait, dit le Père désignant le campement, et je suis heureux qu'il reste encore une bonne place près de nous pour les derniers venus.

– Nous vous en remercions, fit Loïc.

Tous les trois avaient, dès son arrivée, jeté les yeux sur le Père... Aucune croix, aucune médaille, seulement quelques centimètres d'un cordon entourant le cou avant de disparaître sous la veste légère maintenue bien fermée.

Un garçon du camp vint trouver Ludwig. Ils échangèrent des mots rapides et Yann devina qu'il parlait de la soirée. Alors il s'enhardit :

– Puis-je poser une question ?

– Certainement, certainement ! répliqua le Père.

– J'aimerais savoir : le duc sera-t-il à votre fête à la tombée de la nuit ? Vous l'avez invité ?

– Eh bien oui ! Yann, le duc sera avec nous, et tous les hôtes de l'auberge également, et peut-être même le chien, car j'en ai parlé au duc.

Yann se tut. Il ne se réjouissait pas à l'idée qu'il devrait, une nouvelle fois, inventer des pitreries avec Kiri. Il rêvait d'une fête bien différente. :

– Cela ne t'emballe pas, semble-t-il ?

– Si... non... je ne sais pas. J'avais en vue autre chose.

Et, d'un trait, il exposa son rêve d'évolutions sur le lac, offertes au duc, cherchant appui auprès de l'aubergiste qui lui avait décrit avec tant de chaleur le jeu de la bataille navale et l'avait assuré que c'était faisable à nouveau. L'aubergiste ébahi, mais visiblement conquis, dodelinait de la tête :

– Ma foi oui, répétait-il, si les garçons se sentent d'attaque pour essayer, pourquoi pas ? J'ai tout conservé dans l'entrepôt... Ah ! cela, je ne m'y attendais pas ! Certes ce serait une très belle chose.

Le Père Ludwig n'avait pas réagi, cependant son franc sourire était de bon augure. Quelques jeunes s'étaient rassemblés autour de Yann et de l'aubergiste. Celui-ci, maintenant leur détaillait ses souvenirs de la fameuse veillée montée par les amis du duc.

– Donc, s'enquit Ludwig, une bonne idée ?

Unanimement ils répondirent qu'il n'y avait pas à hésiter. Certains prétendirent même avoir déjà pensé profiter du lac pour imaginer un numéro de la soirée, mais ils ne se doutaient pas qu'on pourrait leur prêter des embarcations.

– Qu'à cela ne tienne, trancha l'aubergiste, je le redis, rien de plus facile. Accompagnez-moi, je vous montre tout ce que je garde.

Le Père Ludwig, Yann, Loïc et Olaf restèrent seuls. Le cœur de Yann battait fort. Il était heureux, pas totalement cependant. Sa proposition de veillée avait été acceptée, et avec beaucoup d'enthousiasme, pourtant il devait accomplir une autre démarche qui s'avérait malaisée puisque le Père Ludwig n'avait pas exposé la médaille qu'Olaf certifiait avoir remarquée. Alors Yann comprit que le Père, ignorant leur amitié, se tiendrait sur la réserve tant que les deux frères seraient présents.

– Je vous laisse vous installer, dit-il alors, le cocher aura bientôt besoin de moi là-haut et, avant de le rejoindre, j'ai envie de faire un détour par la tente verte.

Il avait dit cette dernière phrase en regardant le Père Ludwig, comme s'il sollicitait une permission.

– Cette tente est pour tout le monde, remarqua le Père, à l'image de celle des Hébreux autrefois dans le désert... “la tente de la rencontre” et il proposa :

– Yann, je t'accompagne pour vérifier si la lampe brûle toujours ?

Yann fit un signe affirmatif. Son cœur battait fort. Ils traversèrent en silence le camp, vide pour quelques instants. Parvenu à la tente et écartant la porte de toile pour entrer le Père murmura tout en articulant soigneusement les syllabes :

– Il fait chaud à l'intérieur, le soleil de midi caresse la maison de Dieu…

Simultanément il déboutonnait sa veste.

Mais Yann ne voyait plus que la croix et surtout, pendue au même cordon, une médaille identique à celle que lui avait transmise son père mourant. Elle se balançait, comme exprès, sur la poitrine du Père Ludwig. Alors, sans prononcer le moindre mot, il mit la main à sa poche, en sortit sa médaille à lui, et la présenta au Père qui la contempla longuement.

– Elles sont pareilles, fit-il enfin, elles portent la même annonce qu'elle est la mère de tous.

Puis il la prit, la retourna et lut tout haut l'inscription.

– Il n'y a plus de doute, dit-il.

Et, la lui rendant, il l'invita avec une grande douceur :

– Yann, asseyons-nous, nous avons des choses à nous dire, beaucoup de choses.

Cependant le Père alla d'abord refermer soigneusement l'ouverture de l'entrée. Yann s'aperçut que la veilleuse devant l'icône du berger était éteinte. Le Père ne semblait pas s'en soucier. Il parlait à voix basse :

– Cette médaille, je l'aime beaucoup. Je la porte depuis longtemps... mais la tienne, Yann ?

– La mienne, répondit-il d'une voix tremblante, hachée, mon père me l'a amenée en cachette, en pleine nuit…

– Comment cela ? fit Ludwig.

– Oui, c'est vrai, et ils l'ont assassiné !

– Ah ! s'écria Ludwig en se penchant vers lui, mais qui ? pourquoi ?

– Je ne sais pas, il faisait sombre, très sombre, je n'ai pu voir.

– Quand était-ce ?

– Il y a trois jours. Il m'avait donné rendez-vous dans une tour d'un château où j'étais gardé comme dans une prison.

Et Yann pleura silencieusement…

Sans questionner davantage, Ludwig lui avait pris la main. Puis il se leva et avec grande piété transmit une nouvelle flamme à la petite bougie, et il revint s'asseoir à sa droite. L'image du berger retrouvait une sorte de vie. Yann la regardait de ses yeux embués. Il se rappelait les paroles de Wilhem : "C'est Jésus venu sur terre chercher tous les hommes pour en faire ses amis." Du revers de sa main il essuya ses paupières :

– Juste avant de mourir, murmura-t-il, mon père a dit : *Ludwig... le Père Ludwig...* Il n'a plus eu la force d'achever. Quand j'ai entendu votre nom ce matin, j'ai pensé que, peut-être était-ce vous, que peut-être, de là où il est désormais, mon père, je ne sais comment, vous avait conduit jusqu'à moi, et maintenant avec la médaille, j'en suis sûr.

– Oui Yann, je suis venu à cette auberge à cause de lui et de toi. J'espérais vous y rencontrer tous deux et vous voir l'un et l'autre de mes propres yeux. Maintenant ton père échappe à notre regard, mais il est avec nous encore... Yann, je le connaissais et, récemment, nous avons passé un moment ensemble.

Et Ludwig entama un long récit.

XIV

"AUTREFOIS, QUAND NOUS ÉTIONS un peu plus jeunes que toi, nous fréquentions la même école. Nous avions le même âge et avions noué une bonne amitié. J'aimais retrouver Jean, je veux dire ton père."

– Comment ! fit Yann... Père Ludwig, il ne portait pas ce prénom mais...

– Yann, appelle-moi Ludwig, tout court, comme les jeunes, comme ton père.

– Je vais essayer... Son prénom c'était Wilhem, le même que celui du garçon à qui vous avez demandé ce matin de me montrer cette tente. Moi je ne le nommais pas ainsi. Il ne l'aurait pas voulu, d'ailleurs je m'étais rendu compte que ce prénom ne lui plaisait pas.

– Sans doute, répondit Ludwig, tu as raison, mais pour moi c'était Jean. Tu comprendras tout à l'heure... Nous bavardions interminablement. J'admirais beaucoup son ingéniosité pour bâtir des cabanes dans les bois, ou réaliser une balançoire avec des lianes ou encore agencer, avec deux ou trois morceaux de bois, des moulins miniatures qu'animait ensuite le courant d'un ruisseau. Je m'étonnais de le voir transformer le moindre objet, de rebut souvent, en une figure inattendue. Et nous parlions de tout ce qui nous passait par la tête... Que de bons moments nous avons vécus ensemble, sans soucis !

– Parliez-vous de Dieu parfois ?

– Oh ! souvent. Nous recevions une éducation religieuse. Je songeais déjà à me consacrer à Dieu. Il nous arrivait d'en discuter.

– Qu'en disait-il ?

– Il me disait que ce serait très bien, et il me promettait de garder le secret comme je le lui avais demandé.

Ludwig ferma les yeux quelques instants. Il était ému. Yann aussi, qui découvrait que son père avait connu une amitié un peu à l'image de la sienne avec Loïc. Mais il était inquiet de savoir ce qui s'était passé ensuite.

– Cela n'a pas duré ? Vous vous êtes quittés ?

– En effet. Lorsque Jean atteignit ses quinze ans ses parents durent partir au loin pour leurs affaires. Nous avons correspondu quelque temps. Mais petit à petit les lettres s'espacèrent et, depuis maintenant douze ans environ, il ne répondait plus aux vœux que je continuais fidèlement à lui adresser au début de chaque nouvelle année. Or, il y a trois semaines environ, comme je te l'ai dit, je l'ai revu.

Alors Ludwig raconta qu'il avait d'abord éprouvé une très grande surprise en découvrant, glissée sous sa porte, une missive de Jean. Comment était-elle arrivée ? peu importait. Jean suppliait Ludwig de le retrouver au plus vite dans un restaurant dont il indiquait l'emplacement, en précisant quelques dates et heures possibles où il s'y tiendrait. Il insistait pour que personne, absolument personne, ne soit informé de ce rendez-vous, ni ne puisse le soupçonner, fut-ce au restaurant le jour venu. Lui-même porterait un foulard vert foncé. Ludwig s'était donc rendu au restaurant et s'était assis seul à une table. Presque aussitôt après un homme, une casquette enfoncée sur la tête, y entrait. Sans le foulard vert Ludwig n'aurait certainement pas identifié son ancien ami. Celui-ci en entrant lui jeta un coup d'œil rapide mais gagna une autre table inoccupée. Ludwig comprit. Comme l'aurait fait n'importe qui, il invita à haute voix l'arrivant à prendre place à sa table. L'autre accepta. Pourtant, une fois installé, il demeurait silencieux. Etonné Ludwig le voyait, très perturbé, inspecter sans cesse de sa place les alentours comme s'il redoutait quelque danger. A part deux clients éloignés près du comptoir, la salle pourtant était vide. Alors Jean avait rapproché sa chaise tout contre celle de Ludwig et s'était décidé à relater son étrange aventure, à voix très basse.

Son adolescence avait été sans histoire. Il s'était marié. Assez vite un petit garçon était venu égayer le foyer. Il fut baptisé et nommé Yann.

En même temps Ludwig s'était tourné vers lui, Yann. Il le regarda le temps d'un sourire, affectueusement, et reprit :

Des mois s'écoulèrent jusqu'à un dimanche de juin où, pour permettre à ta maman légèrement souffrante de se reposer tranquillement, Jean, ton papa, décida de t'emmener te promener. Tu avais alors un peu plus d'un an. Il prit sa voiture, roula une petite heure, s'enfonça

dans les bois par un chemin à peine carrossable et s'arrêta dans une clairière pour un repas sur la mousse. Il joua ensuite avec toi qui courais vaille que vaille en zigzag devant lui. Cependant il était intrigué par une fourgonnette stationnée derrière un bosquet. Il s'en approchait quand soudain un coup de feu éclata et un homme déboucha de derrière en s'enfuyant. L'homme fit quelques pas poursuivi par les deux autres et s'écroula. Toi, tu avais poussé un cri et t'étais réfugié près de ton père. Les deux individus, revolver à la main, s'immobilisèrent net en vous voyant et braquèrent sur vous leur arme. Puis l'un d'eux s'avança vers Jean, le salua et déplora qu'il se soit trouvé par hasard dans ce coin perdu. Hélas pour lui, il avait été témoin d'un “regrettable” règlement de compte. En conséquence ils ne pourraient plus le laisser retourner chez lui. Et aussitôt les deux complices lui intimèrent l'ordre de monter dans la fourgonnette avec toi.

– A partir de là ton père butait contre un grand vide, ne se souvenant plus de rien, jusqu'à ce qu'il se fut retrouvé sur un lit, où il venait de se réveiller très las, dans une chambre qu'il ne reconnaissait pas. Il était clair qu'il avait été endormi. Auprès de sa couche un inconnu était posté qui se vanta d'abord de s'être “bien occupé du petit garçon qui dormait dans une chambre voisine”. Après quoi l'étranger se présenta comme étant le porte-parole d'une association clandestine dont dorénavant Jean serait un membre, qu'il le veuille ou non. Dès lors il serait à demeure dans ce coin isolé.

– Le *Trèfle bleu* ! le royaume ! balbutia Yann. Et il se prit la tête entre les mains.

Ludwig ne dit rien. Peut-être n'avait-il pas entendu ou pas compris. Il continuait :

– Puis les deux hommes avertirent ton père : de temps à autre on aura recours à ses services comme cela lui sera expliqué plus tard, quand il se sera acclimaté à sa nouvelle vie. Bien entendu ses papiers lui avaient été soustraits qui seraient sous peu remplacés par d'autres portant un nouveau nom et un nouveau prénom. Quant à toi, ils pourraient te relâcher vu ton très jeune âge, mais ils détenaient là un otage précieux. Donc ton père t'élèvera à la condition de ne rien te révéler de la situation. Par précaution il ne devra t'apprendre ni à lire ni à écrire, ni évidemment t'envoyer à l'école. En effet, des représailles seraient exercées sur toi, immédiatement et sans pitié à tout signe de rébellion, qu'il cherchât, par exemple, à tromper la vigilance des membres du groupe pour tenter de s'enfuir, ou qu'il communiquât avec qui que ce soit en vue de quérir du secours. Qu'il sache qu'il était désormais très éloigné des siens, pourtant, si jamais il réussissait à les rejoindre avec toi, ou à les alerter, tu en subirais les conséquences : de cruelles sanctions, et ton père pourrait alors le constater, leur groupe avaient des hommes de main à leur service au-delà même des frontières. Bref, il avait tout avantage à accepter son sort, profitant somme toute d'un "lieu fort agréable, avec une plage rien que pour vous deux".

– Ainsi se trouvait-il avec toi dans une impasse, soupira Ludwig.

– Et mon père n'a pas tenté de s'échapper, à cause de moi, n'est-ce pas ?

– Oui, il s'était résolu à patienter, en paraissant accepter ce que ces gens lui imposaient. Il croyait qu'il vous serait plus facile de vous enfuir quand tu aurais un peu grandi, en même temps qu'il espérait que les mois, voire les années, passant, la surveillance se relâcherait.

Depuis le début Ludwig parlait sans éclat, d'une voix sourde qu'il adoucissait pour dédramatiser au mieux le récit. Il s'interrompit, joignit les mains, releva légèrement la tête et fixa l'icône du berger. Yann sut qu'il priait et lui-même dans le silence de la tente, comme retiré du monde, se sentait traversé par des bouffées de tendresse pour son père. Il se rappela la mystérieuse phrase du *monsieur*, le Père Ludwig : la veille au soir : "Il y a eu deux Jean. Le premier s'est effacé après avoir encouragé le second à suivre les pas d'un envoyé de Dieu". Mais Ludwig n'avait pas terminé.

– Ton père m'a donc fait part de cette odieuse histoire de votre enlèvement, puis il m'a expliqué comment tu avais été récemment séparé de lui et conduit au château de Roalsforth. Il venait d'apprendre qu'il serait bientôt engagé dans des actions pouvant entraîner, à son insu, des meurtres, et qu'il ne te reverrait plus... puisque toi-même tu devais être sous peu initié aux mauvais coups de la bande et forcé d'y participer. Il avait donc décidé de partir avec toi, au plus vite et le plus loin possible bien qu'il mesurât tous les dangers que vous encouriez. Comme il était au courant de la coutume du duc de faire halte ici et qu'il savait que tu l'accompagnerais à cause des chiens, il optait de profiter de cette occasion, conscient que de longtemps il ne s'en présenterait plus d'aussi favorable. Il se dissimulerait dans des fourrés près du lac et, à la faveur de la nuit, vous vous échapperiez tous les deux... Néanmoins si, d'ici là, vos ravisseurs lui commandaient quelque opération tout à fait inacceptable – cela risquait d'être imminent – alors il tenterait, même au prix de sa vie, l'impossible pour t'arracher tout de suite du château et de leurs mains. Yann ! ses craintes étaient fondées. Evidemment il a été acculé à cette ultime décision puisqu'il t'y a donné rendez-vous cette triste nuit mais a été entraîné dans un guet-apens. Je ne m'étonne plus d'avoir attendu vainement ici un signal de lui ces derniers jours.

De nouveau Ludwig joignit les mains, se recueillit. Yann sentait ses yeux se gonfler, mais il lui fallait être fort, tout n'était pas encore dit. A mi-voix il demanda :

– Et vous avez choisi de venir ici, avec vos jeunes, parce que...

– Afin de le soutenir. Il était si désemparé qu'il m'avait convoqué à ce restaurant pour me livrer son lourd secret. Il désirait qu'un autre le partage et te le transmette, au cas où il lui arriverait malheur... Hélas il voyait juste ! Dans cette éventualité, il me demandait aussi d'être sur place, près de l'auberge, lors de ton passage dont il connaissait la date à quelques jours près et celle de l'exposition où tu accompagnerais les chiens. Tu vois, il te confiait déjà à moi. Il m'a imploré : “Je serai là aussi, sinon, c'est que… Alors tu prendrais soin de Yann, l'aiderais à sortir de ce guêpier, le protègerais. Je suis sûr que tu saurais le ramener à sa mère... elle l'attend depuis si longtemps !”

Ludwig serra Yann contre lui :

– Ta maman, Yann ! dit-il en l'embrassant.

– Oui, je pensais à elle tout à l'heure... C'est difficile de me représenter... peut-être que...

Mais il ne sut en dire davantage. Il mélangeait tout à la fois le souvenir de la boulangère, de rares visages croisés dans des rues, quand, petit, il avait parfois accompagné son père hors du royaume, d'autres figures aussi, à peine entrevues derrière des fenêtres du village de sa folle équipée... et surtout la mère de Loïc, dont il avait souvent essayé d'imaginer les traits... En même temps ses yeux se portaient sur la médaille au cou de Ludwig. Celui-ci poursuivit :

– Je n'ai pas hésiter à promettre à ton père qu'il pouvait totalement compter sur moi, sans trop savoir encore comment je me débrouillerais. Ensuite j'ai eu l'idée de ce camp, bon prétexte pour que, personne ne s'étonnant de me voir circuler de-ci de-là, il me soit commode d'établir des liaisons entre ton père, obligé de se tapir dans l'ombre, et toi-même. Mais, avant tout, je voulais le rasséréner par ma présence. Alors, Yann, je l'ai vu aussitôt soulagé. Il devenait un autre homme, à l'image de l'ami d'autrefois. De fait à ce moment notre amitié se renouait plus forte encore qu'autrefois. Un peu plus tard nous nous quittions ! C'était il y a environ trois semaines. Mon groupe a monté les tentes près du lac avant-hier afin d'être ici à temps. Depuis lors je guettais ton père, j'espérais, je ne savais pas...

Ludwig avait baissé la voix. Il se tut. Yann aussi restait silencieux. Il se revoyait auprès de son père, blessé à mort, qui articulait avec peine : *Ludwig, le Père Ludwig*, et guidait péniblement sa main vers le portefeuille.

– Mais la médaille, Ludwig, pourquoi voulait-il tant me la remettre ?

– Ton père m'en avait parlé en apercevant la mienne. Il me disait que ta mère en avait choisi une semblable pour ton baptême. Quand les ravisseurs vous ont poussés dans la camionnette, tu l'avais à ton cou. Il a réussi à la subtiliser en brisant la chaîne et à la cacher. Sinon ils te l'auraient enlevée, comme ils ont enlevé les papiers de ton père, car d'une certaine manière ta médaille avec ses inscriptions est une marque de ton identité. C'est pour cette même raison que ton père a jugé très important que tu la recouvres quand il s'est rendu compte qu'on cherchait à vous séparer définitivement... par ailleurs il était persuadé qu'avec cette médaille la "dame du ciel" – c'était ses mots – veillerait très spécialement sur toi. Yann, je crois qu'elle nous a déjà beaucoup aidés !

– Oh oui !

– Elle nous aidera encore, fit Ludwig, et, prenant la main de Yann :

– Ma promesse à ton père est sacrée.

– Une sorte de pacte ?

– Tout à fait ! Yann, quand le duc repart-il ?

– Demain après-midi.

– Tu l'accompagnes ?

– Oui, il est prévu que je demeure près de lui deux ou trois jours, la durée de l'exposition canine, puis que je revienne à Roalsforth...

– Tu n'y reviendras pas ! Je ferai tout pour cela.

Yann esquissa un sourire :

– Ludwig, c'est bien ce que j'envisageais déjà. Car j'ai deux amis – personne au monde ne le sait – ils sont tout proches et je peux compter sur eux pour trouver un abri. Mais, à quatre, ce sera désormais beaucoup plus facile.

– Comment ? s'étonna Ludwig.

– Nous parlions tout à l'heure ensemble.

– Quoi ! seraient-ce les deux frères ? Que veux-tu insinuer ?

– Ce sont eux, Loïc et Olaf, et leur arrivée ici, ne doit rien au hasard... comme la vôtre. C'était convenu entre nous.

Ludwig était vraiment stupéfait.

– Et tu ne m'as rien dit encore !

– J'allais le faire, mais comprenez, je voulais auparavant vous écouter, être absolument sûr que vous étiez le *Père Ludwig* que mon père avait désigné, même si je n'en doutais presque plus. Je ne vous ai pas – ou si peu – interrompu, tellement étaient importantes pour moi, et extraordinaires, les confidences de mon père que vous me rapportiez.

Maintenant, à mon tour, je dois vous raconter une autre histoire, la mienne, d'abord ordinaire au début, du moins en ce que j'en connaissais, mais devenue très étrange depuis un peu plus de quatre à cinq mois. Un soir, en effet, je remontais de la plage et approchais de la porte de la maison. J'ai surpris une conversation de mon père avec un étranger. Elle m'a bouleversé, car des paroles mystérieuses de l'intrus, que je captais, m'ont tout à coup fait prendre conscience que ma vie était celle d'un "sauvage" coupé du monde, en même temps que je m'apercevais que mon père me cachait des choses. Je comprends pourquoi aujourd'hui ! mais à ce moment j'ai ressenti une très forte désillusion. Je n'avais que lui, je croyais que nous n'avions aucun secret l'un pour l'autre. J'ai imaginé que désormais se dressait une sorte de fossé entre nous deux. J'aurais dû parler, oui, Ludwig, j'aurais dû parler car je l'aimais toujours beaucoup, mais le fossé m'a paru infranchissable. Je me suis tu… Oh ! pourquoi ?

Yann tremblait. Il laissa aller ses pleurs puis reprit :

– C'est alors que Loïc s'est égaré dans le royaume...

– Le royaume ?

– L'endroit en bordure de la mer rien que pour mon père et moi, où nous vivions à l'écart. Je le trouvais merveilleux. Un après-midi, par hasard, Loïc s'est aventuré par là. Bêtement nous nous sommes battus, et pourtant, aussitôt après, il m'a offert son amitié. Je n'ai rien révélé à mon père. Je redoutais qu'il m'interdise de fréquenter Loïc. Et ainsi nous avions également notre secret. Cette amitié a tout changé dans ma vie. Nous nous voyions souvent sur une petite plage isolée. Bientôt nous nous disions tout. Cependant mon père s'absentait de plus en plus fréquemment. Cela m'inquiétait, nous en discutions. Or, un soir, je l'ai vu dans un village voisin, se rendre à une réunion clandestine. Hélas ! Maintenant je sais aussi pourquoi... Ludwig, avez-vous jamais entendu parler de *Trèfle bleu* ?

– Oui, je me souviens. Jean a prononcé cette expression à propos de la bande d'individus qui le tenait à sa merci, mais je n'ai pas bien saisi... J'ai plutôt mémoire que ce fut le nom d'une très ancienne confrérie d'Eglise, vouée au soulagement des malheureux.

– Ludwig, on m'a déjà dit cela, mais je parle d'un autre *Trèfle bleu*, celui justement que nommait mon père, car j'ai découvert également que les participants de cette réunion avaient adopté ce même nom pour leur bande, en reprenant l'emblème d'autrefois, un trèfle de couleur bleue... évidemment dans le but de dissimuler leurs véritables activités.

Ludwig ne perdait pas un mot des paroles de Yann :

– Je m'explique maintenant, dit-il, les propos de ton

père. J'ai cru sur le moment qu'il mélangeait plusieurs histoires, il était fort perturbé. Yann, ce que tu m'apprends est très sérieux. Il faudra y revenir et en parler au duc, mais continue...

– Quand j'ai commencé à soupçonner que mon père était sous la coupe de mauvaises personnes, et que j'ai décidé de sortir de mon silence sur le bateau qui me retirait du royaume, ce n'était plus possible, il était trop tard ! Ils m'empêchaient de me rapprocher de lui. Ah ! si j'avais su plutôt dans quelle machination il était enfermé je l'aurais aimé autrement... il serait peut-être là en ce moment ! Pourquoi avons-nous été trop muets ensemble ?

De nouveau il tremblait. Ludwig le laissa se calmer puis écarta doucement les mains dont il voilait ses yeux :

– Yann, regarde-moi. Ne raisonne pas ainsi. Tu as agi comme tu croyais devoir le faire. Si tu pouvais l'entendre avec tes oreilles, du royaume qu'il habite désormais, ton père te parlerait comme moi maintenant.

Yann se ressaisit :

– Pendant ces trois derniers mois, je suis allé de surprises en surprises dont personne, hormis Loïc, puis Olaf, et, si j'ose dire Kiri, n'a été au courant. Grâce au chien, je suis tombé sur l'entrée, perdue depuis plusieurs siècles, de l'envers sous terre du château, un extraordinaire domaine de couloirs et de grottes, et j'y ai repéré des marques du *Trèfle bleu*, celui d'aujourd'hui.

– Et le duc ignore tout ! s'étonna Ludwig.

– Il l'ignorait, j'en suis certain, jusqu'à hier, mais depuis il commence peut-être à savoir, car il a vu la dalle du puits basculer...

– Mais quelle dalle, Yann, de quoi parles-tu ?

– C'est vrai, dit Yann d'une voix lasse, je n'ai pas du tout assez détaillé. Mon histoire comme ça ne tient pas debout. Pour la saisir, et pour que vous soyez assuré que je ne divague pas, je devrais la reprendre depuis le jour où, près de notre maison, j'ai dégagé sur une vieille roche, par hasard, le dessin bleu d'un trèfle. Il s'est passé tellement de choses ! Aurons-nous le temps ?

En effet, des bruits de voix se rapprochaient. Il s'y mêlaient quelques ordres sonores clamés par l'aubergiste. Les jeunes apportaient les embarcations. Tout près, dehors, quelqu'un cria : "Ludwig ! Ludwig !" et, presque en même temps, Wilhem passait la tête sous le voile de la tente :

– Ludwig, venez voir les...

Il n'acheva pas.

– Ah ! vous êtes occupé ! Je vous laisse...

– Wilhem, dis-leur que je vous rejoins au lac tout à l'heure et...

Le garçon était déjà reparti.

– La fête de ce soir ! j'avais oublié, dit Yann... Ludwig, ils ont besoin de vous, et moi je ne peux m'attarder ici, à cause du cocher qui doit m'attendre. D'ailleurs il vaut mieux que nous ne nous fassions pas remarquer à bavarder interminablement ensemble, ne pensez-vous pas ? Alors je vais prier Loïc et Olaf de prendre ma place et de vous conter notre aventure à chacun, en n'omettant aucun détail, comme vous l'avez fait en me racontant l'histoire de mon père. Et vous aussi, vous leur direz ce que vous venez de m'apprendre, n'est-ce pas ? Il faut qu'ils sachent.

Yann faisait effort pour se contenir. Au creux de sa main il serrait toujours la médaille comme on serre une main affectueuse.

– Mais Yann...

– Si ! Ludwig, je préfère que vous entendiez Loïc. Nous sommes amis, comme peut-être jamais deux personnes n'ont été amies, et cette amitié fait partie de notre aventure. Loïc sait tout. Il ne sera pas étonné de ma demande... et puis je crains d'être retenu là-haut, à l'auberge, jusqu'à la veillée.

Ludwig n'insista pas. Les motifs de Yann étaient raisonnables. Il s'en remettrait donc à Loïc. Il n'était pas non plus sans avoir pitié de Yann, s'il relatait lui-même des faits qui, inévitablement, feraient resurgir en lui de fortes et douloureuses émotions.

En sortant de la tente Yann porta son regard vers l'icône :

– Ludwig, dit-il, j'aimerais que vous me parliez de Dieu et de son royaume, comme vous en parliez avec mon père autrefois.

– Ce n'est pas facile de parler de Dieu.

– Même pour vous !

– Oui ! même pour moi. Une seule personne a su en parler tout à fait parfaitement...

– Qui ?

– Son Fils, venu chez les hommes justement pour cela.

– Le berger du tableau ?

– Lui-même.

– Vous m'expliquerez...

XV

Par petits pas Yann gravit le sentier qui mène à l'auberge. L'orage de la veille rôdait aux alentours. Mais l'aubergiste, qui prétendait ne jamais se tromper quand il prédit le temps, avait tapoté sur le baromètre de la cuisine et avait déclaré que la journée serait chaude avec un ciel un peu laiteux. Cela ne se gâterait que plus tard dans la nuit. Il l'avait répété à l'instant aux garçons, en les certifiant qu'ils n'avaient rien à craindre pour la veillée.

Par petits pas Yann se rapprocha de l'auberge. Quand il se retournait il apercevait près du lac les jeunes qui s'agitaient. Ils venaient, à quatre, de mettre à l'eau la première des barques. Ils chantaient. Ils étaient heureux.

Etait-il heureux lui, Yann ? il ne le savait.

La tragédie vécue jour après jour par son père s'imposait inlassablement à sa pensée. Il éprouvait une vive compassion pour lui qui avait été, depuis une douzaine d'années, interdit à vie de confidences. Il s'expliquait maintenant son affection retenue. Il était donc aimé ainsi, silencieusement, pour qu'il soit à l'abri de possibles représailles. Comme avait dû être grande sa souffrance ! Il se sentait apaisé de pouvoir lui murmurer à l'intime de lui-même : “Je l'ai trouvé le Père Ludwig, selon ton dernier désir.” Et il se promenait dans le temps encore tout proche où, insouciant, il grandissait auprès de lui... Il retrouvait tels sourires, tels mots affectueux, tels éclairs de joie dans ses yeux.

Yann songea aussi à Selma, à ses paroles confiantes en un avenir qui dépassait la mort. Loïc et le Père Ludwig y croyaient également, mais comment concevoir cet autre royaume ?

Il allait pénétrer dans la salle quand il fut interpellé :

– Dis-moi, mon garçon, les choses vont-elles bien en bas ?

C'était le duc. Yann qui marchait tête baissée, tout à ses réflexions, ne l'avait pas vu, enfoncé dans un fauteuil d'osier, à l'extrémité ombrée de la terrasse, tirant d'épaisses bouffées de sa pipe. Mais sans attendre de réponse il enchaînait :

– Ma foi, je me réjouis que Gustave ait bien accueilli cette jeunesse... Et les deux benjamins que j'ai cueillis sur la route ? Vous avez fait connaissance ?

– Oui, Monseigneur... Ils sont installés auprès des autres. Tous préparent la veillée de ce soir.

– Ah ! une fête ! Il y en eut de très belles ici autrefois. Ils m'ont demandé de venir après le souper. J'ai compris que cela leur ferait plaisir et je m'y rendrai très volontiers avec tous les gens de l'auberge. Pour l'instant il est préférable que j'aille me promener à l'écart de leur campement, et qu'ils gardent la satisfaction de me faire la surprise de leur programme, comme toi tu m'as fait la surprise de me présenter un arlequin de chien.

Timidement Yann leva les yeux vers le duc, mais il ne manifestait dans le ton aucun signe de reproche. Il se montrait plutôt enjoué.

– Tiens ! Allons donc le voir, dit-il.

Il remercia Yann des bons soins tout à fait évidents qu'il prodiguait à Kiri, se félicitant que la chute sur la dalle du puits n'ait entraîné aucune vilaine conséquence. Il ajouta :

– Yann, les objets familiers voilent parfois des secrets insoupçonnés...

Puis, après un temps d'arrêt, comme s'il méditait tout haut, il dit encore lentement :

– Il peut en être de même avec les hommes.

Subitement Yann éprouva une indéfinissable impression de malaise, comparable à celle ressentie quand, sans savoir pourquoi, on a peur. Toutefois elle fut sans durée, aussi vite évacuée que le duc redevenait jovial :

– Gustave est en bas, n'est-ce pas ?

– Oui, il donne des conseils pour la veillée.

– Pour la fête, veux-tu dire. Ah ! Gustave ! il n'a pas changé. Quand nous avions ton âge il s'activait déjà pour toutes les fêtes d'ici.

A ce moment Kiri qui somnolait, étendu sur la paille de la cage, se redressa en grondant. Son flair l'avertissait de l'arrivée de quelqu'un. Et de fait, la minute d'après le cocher se présentait. Il venait chercher Yann comme convenu. Yann prit congé du duc.

Il s'agissait d'étriller les chevaux et de nettoyer le carrosse. Ensuite les bêtes seraient ramenées à la ferme voisine où elles avaient été louées pour le temps du séjour du duc à Roalsforth. Le carrosse y serait aussi remisé. Le cocher indiqua à Yann comment l'aider et se mit lui-même au travail sans plus dire un mot. Ce silence était bien venu lui laissant tout loisir de penser, ou à la fête qui se préparait près du lac, ou au Père Ludwig peut-être à l'écoute de Loïc, ou au duc, ou à Selma qu'il ne reverrait plus puisque Ludwig l'avait assuré qu'il le soustrairait à la bande…

Le chauffeur passa par là. Il prit à l'écart le cocher et les deux hommes semblèrent discuter. Yann n'y fit guère attention, d'ailleurs il ne pouvait entendre. Puis ils se rapprochèrent du carrosse que le chauffeur examina avec curiosité, comme s'il le voyait pour la première fois et il flatta les chevaux.

– Bon, dit-il enfin, entendu comme ça. Dans une demi-heure je vous retrouve à la ferme et vous reconduirai ici.

Il fit de la main un signe d'amitié à Yann et s'en alla.

L'attelage fut bientôt prêt. Le cocher confirma à Yann qu'il était du voyage, car, si jamais le fermier était absent, son aide serait utile. Après quoi il ouvrit la porte du carrosse et avec un sourire un peu forcé s'amusa à imiter le geste cérémonieux qu'il réservait d'habitude au duc et à sa famille, quand il les invitait à prendre place. Sans façon Yann s'assit sur le coussin arrière capitonné de cuir. Le cocher referma la porte, gravit les deux marches de son siège et fit claquer son fouet.

Yann fermait à moitié les yeux. Il était seul, à la place seigneuriale, maître à bord du carrosse ! Que dirait le majordome s'il le voyait là à cette heure ? et Irdin qui resterait pantois ? et le cuisinier qui applaudirait ? et Selma ? Il se figura leur étonnement et le savoura comme si réellement, par un hasard impossible, tous le croisaient au bord de la route... Et se dessina aussi le regard admiratif de Christine : "Alors toi, tu te promènes comme grand-père, avec des chevaux pareils !" mais la route de terre à travers champs et bois était déserte et le carrosse roulait sans gloire, au rythme régulier des sabots des deux chevaux qui n'avaient pas plus de panaches ou de grelots que le cocher n'avait de livrée aux galons d'argent. Pourtant Yann s'accrochait à ces images fantasques en regardant vaguement le paysage qui se déroulait derrière les vitres.

Le chauffeur arriva à la ferme en même temps que l'attelage. Le fermier était là. Il prit en charge le carrosse et les chevaux, comme c'était entendu chaque fois que se terminait le séjour du duc au château. Cependant le cocher se montrait impatient de repartir. Il le notifia au fermier sans ambages. Le chauffeur approuva avec un léger sourire énigmatique... Le temps tout de même de se verser encore un verre et de trinquer, et la voiture démarra. Bientôt Yann constata que le trajet emprunté différait de celui de l'aller. Le chauffeur, le voyant étonné, allégua que cette route, certes plus longue, permettait d'échapper aux cahots et à la poussière du chemin de terre, tout juste bon pour une calèche. Et puis le cocher et lui-même projetaient de s'arrêter – oh ! pas très longtemps – chez un ami qui tenait un bar à la sortie du village qu'on allait traverser. Yann ne répliqua rien. Il ne pouvait évidemment objecter qu'il désirait être rapidement de retour à *l'auberge des quatre étoiles* pour descendre avant le repas du soir vers le campement, y retrouver Ludwig et les deux frères, et s'enquérir de ce qu'ils pensaient, maintenant qu'ils partageaient les mêmes secrets... A moins que le passage chez l'ami soit vraiment de courte durée, il n'avait plus d'autre espoir que de chercher à se glisser, durant la veillée, auprès de Ludwig ou de Loïc pour recueillir quelque écho de leurs conversations de l'après-midi. De toute façon leur conciliabule devrait être bref et rapide, donc insuffisant pour bien s'expliquer. Sa déception était grande.

XVI

LE BAR ÉTAIT UNE ÉCHOPPE BASSE et mal éclairée adossée à une maison de deux étages. Le cocher et le chauffeur en franchirent la porte, dirent un mot au patron et allèrent s'asseoir directement, comme des habitués, à une table au fond de la pièce. Yann demeura sur le seuil, hésitant à les suivre, mais le patron lui fit signe et l'orienta vers une place près des fenêtres, puis il assura le service : une bouteille de jus de fruit pour Yann, du café et des cigarettes pour les deux hommes auprès desquels il resta debout... Apparemment ils ne se souciaient pas le moins du monde de Yann dont la minime chance d'une halte brève était évanouie désormais.

C'était la première fois de sa vie qu'il se trouvait planté dans un tel décor. Il l'observa curieusement. Une famille était déjà là, trois enfants, dont un bébé criard, attablés devant des bols de lait et leurs parents. Au comptoir, un vieux paysan perché sur un tabouret qui sirotait à petites gorgées une chope de bière... D'autres clients entrèrent... s'installèrent... ressortirent. A chaque fois un grelot tintait au haut de la porte. Le patron se précipitait, accueillait, servait, remerciait et, dès qu'il avait quelque répit, regagnait la table du fond. Yann remarqua qu'à chaque fois aussi le cocher et le chauffeur se retournaient brusquement vers la porte, comme s'ils guettaient la venue de quelqu'un, puis reprenaient leur conversation. Yann ne s'était pas trompé. Le grelot venait encore de donner son signal, mais cette fois le chauffeur se leva et s'avança au devant de l'individu qui entrait... Oh ! cette casquette enfoncée jusqu'à mi-yeux, ce bâton de marche qui frappait les carreaux du sol, cette voix qui cria un *bonsoir* à la cantonade... il reconnaissait ! Au royaume, de derrière un buisson, il avait épié cet homme et l'avait suivi ensuite emporté par un irrésistible élan... Instinctivement Yann se tassa sur son siège. Il n'avait pourtant aucune raison d'essayer de se faire oublier, car l'homme ignorait que Yann s'était attaché à ses pas autrefois, il ignorait qu'il l'identifiait là. Tous l'ignoraient, et le cocher, et le chauffeur, et le patron du bar.

Yann ne pouvait détacher les yeux du nouveau venu que les autres écoutaient attentivement. Comme il déplorait de ne pouvoir rien entendre ! Mais un doute naquit. A Roalsforth il s'était lourdement trompé en confondant le duc avec son frère… il pourrait en être de même en croyant reconnaître cet homme. Alors il se leva et s'approcha de leur table tranquillement :

– Je vais dehors me dégourdir un peu les jambes, annonça-t-il, et je vous attendrai devant la porte...

– Comme tu veux, répond le cocher.

– A ton gré, appuya le chauffeur, ce ne sont pas tous les jours que nous nous retrouvons tous les trois... pardon, tous les quatre... hein patron ! Rassure-toi, nous serons de retour pour le repas... et pour la fête, bien sûr.

Cependant Yann avait pu jeter un regard sur la main gauche de l'homme. Le poignet portait une longue cicatrice, et même, comme s'il fallait une autre preuve, voilà qu'il sortait de sa poche une pipe, celle qu'il l'avait vu fumer à l'orée du village, ce fameux soir qu'il n'oublierait jamais.

XVII

GUSTAVE DÉPLORA QUE LA VOITURE ait ramené Yann fort tard, il lui aurait été utile pour les préparatifs du repas du soir, mais ses récriminations contre le chauffeur tombaient mal à propos, car sa femme, quant à elle, lui reprochait d'être demeuré beaucoup trop longtemps avec les jeunes d'en bas, tandis qu'elle assumait seule tous les services. La bonne humeur n'en souffrit pas pour autant. Le chauffeur et le cocher donnèrent un coup de main, "pour se faire pardonner", disaient-ils en riant, et la *Gustavette* – c'est ainsi qu'ils nommaient la femme de leur ami – se mit à chantonner. L'aubergiste, lui, allant et venant, lorgnait sans cesse le lac et multipliait les clins d'œil à Yann, manière de lui rappeler qu'ils étaient tous deux dans le secret du sommet de la soirée que serait la bataille navale... Un air de fête précédait déjà la veillée. Yann pourtant avait du mal à se mettre à l'unisson. Depuis l'arrêt au bar il sentait le spectre du *Trèfle bleu* dans les parages. Quelle confiance pouvait-il désormais accorder avec certitude au chauffeur et au cocher ? Il fallait sans tarder informer Ludwig et ses deux amis, mais par quel moyen ?

Le duc fit irruption dans la salle. Il descendait de sa chambre où il s'était enfermé pour examiner des dossiers importants. Il demanda si carrosse et chevaux avaient bien réintégrés leurs quartiers d'hiver. Rassuré, il déclara plaisamment que le bon air de la campagne aiguisait son appétit. Il tenait cependant à ce que le souper soit frugal. Pour mettre tout en place, l'aubergiste sollicita, un délai de cinq à dix minutes auquel le duc acquiesça de bonne grâce. Il se mit à arpenter la terrasse et soudain disparut. Yann ne douta pas qu'il ait eu goût d'allonger sa marche jusqu'au chenil. En effet, réapparaissant, il lui tapota familièrement l'épaule :

– Ça va mon garçon ! ton ami Kiri m'a fait bon accueil. J'ai lu dans ses yeux qu'il était satisfait... tout juste s'il ne m'a pas confié qu'il te remerciait.

Il rit de bon cœur, puis, s'adressant à Gustave, il souhaita voir renforcée la serrure de sa chambre. Etonnante cette demande, car rien n'indiquait par ailleurs qu'il fut inquiet. Gustave promit qu'il allait faire tout de suite le nécessaire.

Ainsi, pensa Yann, le duc vivra sereinement la fête de tout à l'heure !

XVIII

DANS UN PEU PLUS D'UNE HEURE l'ombre de la nuit serait totalement victorieuse des dernières clartés du jour. L'été aussi était à sa fin et la course du soleil se raccourcissait sensiblement d'une semaine à l'autre. L'atmosphère avait été lourde depuis le matin, entretenant un air tiède, indécis, mais le temps ne basculerait pas avant le milieu de la nuit, continuait à affirmer Gustave. La veillée se déroulerait donc dans d'excellentes conditions.

Gustave avait collaboré presque tout l'après-midi avec les jeunes et, sitôt le souper terminé, il descendit le premier vers le lac. Il s'estimait responsable du déroulement des opérations, en particulier des jeux sur l'eau. Sa femme et Yann débarrasseraient la table et rangeraient la salle. Ils devraient verrouiller soigneusement la maison quand ils la quitteraient les derniers. Ils apporteraient alors quelques boissons qui seraient offertes à tous pour clôturer la fête. Ce serait sa surprise.

Sur ce, Ludwig se présenta à l'auberge pour chercher le duc et l'accompagner. Ludwig était en bonne forme. Plusieurs personnes s'acheminaient déjà par le sentier vers le lac. Elles s'étaient transmises l'invitation de Gustave qui avait désiré que ce soit "comme autrefois", lorsque les parents du duc proposaient à des proches voisins de participer à certaines fêtes et divertissements. Ludwig et le duc avaient approuvé. Le duc serra des mains, appela celui-ci ou celle-là par son prénom. La plupart étaient des paysans du coin avec qui il avait souvent joué dans son enfance. Beaucoup étaient accompagnés de femme, enfants, petits-enfants.

Le duc s'installa sur un fauteuil rustique – Gustave avait tout prévu – il offrit à Ludwig la place à sa droite, à la femme de l'aubergiste celle à sa gauche. Yann s'assit sur l'herbe auprès d'elle. Un quatrième siège était réservé pour Gustave, mais probablement il en profiterait peu, car il se dépensait partout. Pour lors, à défaut de siège, il indiquait ou une souche, ou une pierre plate, ou un espace moussu, s'efforçant de satisfaire au mieux chacune des vingt à trente personnes déjà présentes. En même temps, il les disposait en un vaste arc de cercle derrière le duc. Le cocher et le chauffeur étaient là également, à courte distance. Yann ne put s'empêcher de jeter une fois encore un coup d'œil sur eux.

Il avait aisément repéré Loïc et Olaf, un peu à l'écart. Le duc s'en étant aperçu leur fit signe de s'approcher près de lui. Ils se levèrent et remercièrent : "C'était très aimable." Cependant, tout à l'heure, ils iraient se mêler au groupe des acteurs, car ils leur avaient réservé un petit rôle. Le duc s'en réjouit et esquissa un "bravo" des mains. Et Yann qui projetait, quand tout le monde regarderait les jeunes, d'aller discrètement les informer de la halte au bar, et de se renseigner comment s'était passée l'après-midi avec Ludwig ! Ce serait impossible ! De même impossible de parler confidentiellement à Ludwig... Il devrait donc patienter jusqu'à la fin de la fête qui justement commençait.

XIX

UN GRAND GARÇON S'AVANÇA, guitare en bandoulière, suivi de la quinzaine de ses camarades. Il arborait un foulard rouge noué autour du cou et un gigantesque chapeau à plumes avec lequel il salua d'un ample geste circulaire. Il se présenta : *Erik*, et il annonça :

– Oh ! il ne s'agira que d'un modeste spectacle, comme ils ont coutume d'en monter entre eux. Leur désir était que se distraient, en premier le duc dont la présence les honorait, puis l'aubergiste et sa femme qui témoignaient de beaucoup de gentillesse en facilitant leur trop bref séjour... et, bien entendu aussi, toutes les autres personnes présentes qu'ils remerciaient à l'avance, confiant qu'elles se montreraient bienveillantes.

Sans plus attendre, Erik saisit sa guitare et le groupe entonna un chant repris presque aussitôt par tous. Un des jeunes battait un tambour rudimentaire. Yann ne connaissait pas ce chant, probablement du folklore local, car la femme de l'aubergiste le fredonna d'abord, puis rapidement y alla de bon cœur. Maintenant le duc en murmurait les paroles en accompagnant le rythme par un discret balancement de la main. Le chant racontait l'histoire d'un oiseau qui portait un message de paix à des bébés au berceau, puis les retrouvait quand ils avaient grandi et plus tard encore lorsqu'ils étaient devenus de timides amoureux. L'oiseau voletait ainsi de chaumières en chaumières, de palais en palais.

Tout était neuf pour Yann. Il observait attentivement, cris, rires, yeux pétillants... tout l'enchantait.

Erik excellait à soutenir l'entrain. Il avait réclamé des danseurs qui sachent le pas convenant à la chanson plusieurs fois recommencée. Dans un brouhaha bon enfant d'aucuns se décidèrent, d'autres se mêlèrent aux premiers petit à petit et, finalement, ne restèrent assises que les personnes les plus âgées... La veillée avait démarré. Elle se poursuivit avec jongleries, sauts acrobatiques, clowneries, diverses danses en forme de farandole... Yann, conquis, se laissa sans peine entraîner par Loïc dans une ronde. Ludwig et le duc de leur place, l'aubergiste sur le côté, encourageaient par leurs applaudissements.

Le sortilège d'un temps de fête avait transformé ces gens dont la vie régulière et monotone comportait peu d'imprévu et Yann se sentait proche d'eux, bien que leur existence soit tout autre que celle qu'il avait vécue jusqu'alors Ils participaient aisément à ces distractions simples de la veillée. Tout à l'heure, avec leurs enfants, ils regagneraient tranquillement leur domicile, mais lui !... Même si Ludwig avait promis de l'aider à rejoindre sa mère l'avenir semblait fort incertain... Loïc et son frère ! il y songeait aussi. Il les avaient engagés dans une aventure qui sans aucun doute touchait à sa fin. Sous peu ils s'en iraient... Non jamais il ne les oublierait comme ce marin et son ancien ami Börg...

Mais la fête ramena Yann au présent.

Erik, invitait chacun à retrouver sa place. La soirée ne faisait que débuter.

Et voici que parut un cheval de théâtre monté par une belle princesse. La tête du cheval avait été découpée dans du carton fort. Les naseaux, les yeux, les oreilles étaient vigoureusement cernés de noir. On devinait le corps de la bête sous une étoffe flottante, badigeonnée de teinture baie. Elle tombait presque jusqu'à terre sans pourtant cacher l'extrémité de pantalons, et, en guise de sabots, quatre gros souliers. La monture progressait cahin-caha, heurtant des mottes de gazon, cependant la cavalière tenait bon. Sous le voile, serti d'une couronne, Yann reconnut Olaf. Un énorme collier, confectionné avec des rondelles de fer-blanc enfilées le long d'une liane, pendait à son cou. La belle exécuta un simulacre de tour d'honneur, s'inclina devant le duc, adressa aux spectateurs d'abondants baisers de ses doigts qui caressaient ses lèvres. Une ovation éclata. La guitare soulignait, par accords et notes piquées, chaque mouvement du cheval et de la princesse qui s'approcha du bord de l'eau. Elle sauta à terre. Et, tandis que le cheval s'abreuvait, elle se pencha et contempla, comme en un miroir, son visage sur l'onde. Las ! en écartant ses clairs cheveux de laine, qui glissaient devant ses yeux, elle accrocha le collier et la liane se brisa. Les perles tombèrent à l'eau. La princesse poussa un cri et courut en tous sens le long de la berge, telle une désespérée, gémissant : "Mon collier... mes perles !", puis elle s'affaissa prostrée à terre...

Alors un grand silence emplit le vallon. Yann aussi fut saisi par la force du mime et éprouva la même compassion qui, soudain, unit petits et grands devant la désolation de la princesse. Cependant, dans l'ombre qui s'épaississait, jaillit la lumière d'une demi-douzaine de fagots auxquels on mettait le feu. Elle éclaira un berger chaussé de bottes et enveloppé d'une opulente houppelande en peau de mouton. Il marchait lentement, bâton à la main. De temps à autre il se retournait et balayait l'air d'un geste solennel qui prétendait rassembler un troupeau imaginaire. Simultanément, il émettait un sifflement bizarre qui déclenchait l'hilarité de l'assistance. Le berger rejoignit le lac et tout à coup tressaillit. Il désigna du doigt quatre lumignons, chacun posé sur une étoile dorée, qui flottait à la surface de l'eau. Ils étaient apparus à l'instant – on ne savait par quel subterfuge – à proximité de la rive. Le berger risqua quelques pas dans l'eau, s'empara des étoiles et les déposa aux pieds de la princesse qui s'évanouit dans ses bras. Le duc se dressa et cria un grand *Bravo*, aussitôt interrompu, car la princesse, revenue à elle, frappa de la main l'épaule gauche du berger en proclamant :

– Berger, désormais tu seras un de mes nobles chevaliers !

Puis elle se tourna vers le duc et esquissa une révérence.

– Oh ! Oh ! répéta le duc en frappant ses mains de plus belle.

L'assistance entière se leva et ovationna à grands cris la princesse et le berger... et le cheval qui se trémoussait allègrement. L'aubergiste n'était pas le moins enthousiaste. A travers le succès de la mise en scène il se sentait fêté. N'était-il pas celui qui faisait vivre *l'auberge des quatre étoiles* et qui avait suggéré de représenter la légende ? Il agitait les bras interminablement, puis se précipita vers les acteurs et dévoila, sous les atours de la princesse et du berger, Olaf et Wilhem, et, sous le caparaçon du cheval, Loïc et un jeune du groupe. Il les amena au duc et à Ludwig qui les félicitèrent chaleureusement.

Erik avait repris son instrument. Pour la troisième, quatrième, cinquième fois peut-être, il proposa le même chant de l'oiseau, que tous scandèrent toujours avec le même entrain, sans se lasser. Le batteur de tambour se déchaîna, mais adroitement Erik ralentit le rythme et adoucit les accords. Le calme se rétablit.

Depuis longtemps le soleil avait disparu et le jour baissait rapidement.

Erik endossa une veste bariolée, troqua son chapeau à plumes contre un long bonnet de velours à l'italienne et se trouva transformé en troubadour. Il déroula une sorte de parchemin et, sur une mélodie de trois ou quatre notes, entama le chant d'un poème qui contait l'histoire d'anciens marins et constructeurs d'embarcations capables d'affronter les mers. En même temps les proues orgueilleuses de trois drakkars se profilèrent au loin sur le lac. Les bateaux s'approchèrent, chacun guidé par deux rameurs. Un troisième marin, debout, tenait le mât. Quand ils passèrent, l'un après l'autre, devant le duc, les équipages poussèrent des cris rauques, entrecoupés de sons de corne, et la voile rectangulaire fut dressée.

C'était très beau. Les spectateurs étaient muets d'admiration. L'aubergiste, lui, s'en donnait à cœur joie, il brassait l'air par de grands gestes. Le visage du duc était rayonnant. Yann le regardait presque autant que les bateaux. Il savait ce que devait évoquer pour lui ce spectacle car la fête d'autrefois avait été aussi l'épilogue de jours heureux et la préface d'une longue suite de peines au sein de sa famille, ces "malheurs" que Selma gardait si secrets.

Tandis que les drakkars défilaient une seconde fois, mais de front, en ordre impeccable, le troubadour poursuivait la saga qui vantait la vaillance d'ancêtres avides de découvertes et de conquêtes. Le chant détaillait l'épopée de ces héros qui n'avaient craint ni les coups, ni la mort. Les drakkars prirent le large.

Alors, de l'autre bout du lac, une seconde flottille apparut, sans ressemblance avec la précédente, mais d'également trois bateaux. Yann admira l'ingéniosité de la construction : des planches encordées à des tonnelets. Elle reçut aussi son lot d'applaudissements. Le troubadour expliquait que ses marins – des habitants de cette côte – s'étaient réfugiés dans une crique plus loin, par crainte des drakkars. Maintenant qu'ils les avaient vu s'éloigner ils pouvaient revenir tranquilles chez eux. A terre, leurs amis les saluaient en allumant des feux... Effectivement les berges du lac s'éclairaient de la flamme de fagots que Gustave, aidé de Loïc et Olaf, allumait prestement... Mal leur en prit, continuait la saga, car voilà que les drakkars, alertés par les lueurs, rebroussaient chemin et, au son de hurlements affreux, se disposaient à l'attaque. Un frisson parcourut la couronne des braves gens qui, de la pelouse, avaient les yeux braqués vers les deux groupes ennemis.

Les premières escarmouches s'engagèrent. Les marins des drakkars lancèrent des javelots, les autres une salve de flèches. On s'étonna de voir au bout de peu de temps les drakkars reculer tandis que leurs adversaires, sur des embarcations peu maniables, peinaient à les poursuivre. Mais, dès qu'ils s'estimèrent à une distance suffisante de la côte, les drakkars, subitement, virèrent de bord et se précipitèrent sur eux pour les couper de leur base. Alors la vraie bataille se déclencha Les navires des deux camps se frôlèrent, se cognèrent, les rames s'emmêlaient, à moins qu'elles ne deviennent des engins de combat pour faire choir à l'eau le rival. Des vociférations furieuses remplissaient l'air, des pétards s'y joignirent. Puis des torches furent brandies et projetées comme des brûlots répandant une odeur de combat... Finalement l'affrontement se mua en simulacre d'abordage qui poussa à l'eau tous les acteurs dans une explosion de cris de joie. Les *hurrahs* des spectateurs y firent immédiatement écho. Une liesse générale emplit la nuit rougeoyante de brasiers.

XX

YANN AVAIT VÉCU AVEC ÉMOTION le spectacle. Il observa le duc qui s'entretenait à voix basse avec Ludwig et Gustave. Le duc se tourna vers lui et lui fit signe.

– Yann, dit-il, ces garçons sont merveilleux. Je veux leur exprimer ma reconnaissance. Il t'est certainement possible de présenter Kiri et de jouer avec lui comme tu sais si bien faire. Allez ! apporte-moi aussi le cor suspendu au-dessus de l'entrée de la salle à manger de l'auberge. Yann je compte sur toi.

Le Père Ludwig, à l'évidence, l'encourageait. Ce souhait du duc ne surprit guère Yann. Il en était même satisfait. Il avait besoin de participer davantage à la veillée qui l'avait comblé lui aussi. Il contourna donc les spectateurs, passa devant Loïc et Olaf :

– Qu'y a-t-il ? où vas-tu ? demandèrent-ils.

– Chercher Kiri, murmura Yann, et plus bas :

– Quand tout sera fini, restez par ici. Je ramènerai Kiri au chenil et reviendrai. Attendez-moi, je dois absolument vous parler.

A mi-pente, sur le sentier, il marqua une pause. En avant il distinguait l'auberge comme une large tache, tout juste moins sombre que les silhouettes des arbres environnants. En arrière, bien plus bas, les flammes lointaines des fagots évoquaient des essaims de lucioles multipliés par leurs reflets sur le lac. Au hasard des tourbillons elles faisaient briller un instant les insectes d'hommes qui s'agitaient.

Alors, immobile entre la fête d'en bas et l'auberge délaissée, Yann réalisait l'étrangeté de son destin. Il était encore comme nulle part, tel un sauvage déraciné de son royaume et projeté sur une autre planète qu'il ne faisait que commencer à découvrir même si depuis hier il avait appris tant de nouvelles choses… Mais ce n'était pas le moment de rêver ! Il lui revenait, avec Kiri, de clore cette extraordinaire journée.

Il repartit escorté par les sonorités de la fête qui avait maintenant besoin de lui, et qui le pressait de faire vite. Il saisit le cor, referma soigneusement à clé la porte et se rendit au chenil guidé par les rayons d'une lampe prise au passage dans la cuisine. Kiri semblait l'attendre, comme à Roalsforth, lorsqu'il se glissait dans le silence nocturne aux rendez-vous du chien. Ce soir, à l'aise, il n'aurait pas à se cacher pour danser avec lui. Tous deux seraient illuminés par l'éclairage des fagots embrasés. Certes, leur exhibition serait limitée car il devrait tenir le chien en laisse, mais il avait tellement confiance en lui ! Il s'entendrait avec Erik pour qu'il enchaîne les ritournelles dont le succès ne se démentait pas et, avec son artiste de bête, il improviserait une chorégraphie la mieux possible adaptée à la musique.

XXI

YANN DÉVALA LA PENTE tiré par le chien. Quand ils surgirent de l'ombre, les gens plutôt craintifs, frayèrent volontiers un passage. Yann les rassura et tranquillement s'approcha du duc pour lui remettre le cor, puis il recula jusqu'au bord du lac et signifia à Kiri de se tenir à ses pieds. Ils devaient attendre que les combattants de la joute marine soient tous là. Ils étaient allés aux tentes revêtir des habits secs, mais Gustave leur avait demandé de faire vite en leur annonçant que le duc, ravi, voulait, comme point final de la soirée, leur offrir à son tour un divertissement. Kiri, quant à lui, s'était assis sur son arrière-train. Il ne perdait aucun des mouvements des uns et des autres, impérial, oscillant la tête de droite à gauche, de gauche à droite, lentement. Chaque fois que, sous la chaleur du feu, résonnait le claquement d'un bois des fagots, il l'accusait par un léger tressaillement, et ses yeux, lorgnait attentivement l'origine du bruit sans que sa tête dévie, ensuite il reprenait l'inspection avec une remarquable concentration. Il considéra plus longuement le duc et Ludwig, se rappelant sans doute qu'ils ne lui étaient pas inconnus. Simultanément tous les spectateurs avaient leurs regards rivés sur le chien, avec des visages épanouis qui traduisaient leur admiration. Kiri le séducteur, avant même de se produire, avait conquis la faveur de l'assemblée.

Yann caressa le chien. Tous les jeunes étaient revenus. A eux deux désormais d'occuper la scène. Durant un bon quart d'heure ils y réussirent magnifiquement, soutenus par la musique tantôt douce, tantôt puissante, tantôt lente, tantôt endiablée. Parfois le duc prenait le relais en embouchant le cor, et les sons cuivrés des sonneries élargissaient indéfiniment l'espace. Des acclamations ferventes fusaient de toutes parts.

Yann était totalement heureux. Quelques secondes il retrouva l'éblouissement inexprimable qui le transportait parfois au royaume. Et son regard rencontra celui du duc tandis qu'il s'employait minutieusement à accorder les arabesques du chien à la mélodie du cor. Comment avait-il pu, un jour, craindre qu'il fut un adversaire !

Le duc fila les derniers sons qui s'atténuèrent progressivement jusqu'à n'être plus... Après un ultime bond, Kiri se posa en douceur.

Un grand élan secoua l'assemblée qui se dressa et acclama interminablement le duc et Yann. On les entourait et félicitait de mille manières. La plupart des enfants n'avaient plus peur du chien et cherchaient à le toucher délicatement puis à le caresser. Cependant Loïc et Olaf s'étaient avancés, bien qu'il fut évidemment exclu de pouvoir parler tranquillement au milieu de cette cohue. Tout à fait à propos Gustave détourna quelque peu l'attention en apportant verres et boissons. Yann fut servi dans les premiers. Il expliqua à tous qu'il allait reconduire Kiri au chenil, mais qu'il redescendrait aussitôt. Il rappelait par là aux deux frères qu'ils devaient l'attendre. Il savait que, Kiri et lui une fois partis, les gens ne s'attarderaient pas indéfiniment et qu'il aurait alors loisir de raconter à Loïc et Olaf, et aussi, espérait-il, à Ludwig, son après-midi, avec la réapparition de l'homme du *Trèfle bleu*.

XXII

Yann remonta en hâte vers l'auberge, tiré violemment par Kiri qui, étrangement, au fur et à mesure qu'il gravissait le sentier, manifestait une agitation allant croissante tout à fait anormale, secouant sa laisse par saccades désordonnées accompagnées de gémissements plaintifs.

Oh ! Soudain devant les cages Yann se figea interdit. Il comprenait : sa lampe éclairait le deuxième chien gisant sur le sol de sa cage. Il serrait encore dans sa mâchoire un quartier de viande rouge provenant d'on ne savait où. Si ! nécessairement de la main d'un individu qui l'avait infesté d'un violent poison et l'avait glissé entre les barreaux avec l'intention d'éliminer le chien... Mais quoi ! pas seulement ce pauvre chien ! Car il apercevait dans la cage vide d'à coté, celle de Kiri, un quartier semblable… Ainsi le meurtre de Kiri avait aussi été programmé. Le forfait ne pouvait remonter qu'après l'affrontement des bateaux, lors de la parade en bas, quelques minutes plus tôt. Le criminel avait agi précipitamment sans se rendre compte, dans le noir, que cette cage était vide.

Et Yann de se formuler sur le champ une explication : la fête battait son plein, l'auberge était vide. C'était su dans le voisinage. Quelle belle occasion pour réaliser le mauvais coup ! Mais voilà, il y avait les chiens – c'était su aussi – qui allaient probablement aboyer et donner l'alarme. Il était nécessaire de les supprimer. De plus l'affaire serait forcément très vite découverte et les chiens au flair très sûr, seraient immédiatement lancés à la recherche des malfaiteurs… autre raison de s'en débarrasser…

Yann était bouleversé. Il se pencha vers Kiri qui jappait sourdement sans détacher les yeux du cadavre de son compagnon et de ses bras il entoura son col en murmurant : *Kiri, Kiri…*

Des accents de cor montaient toujours d'auprès du lac. Manifestement le duc avait apprécié la fête. Pendant quelques minutes il la savourerait encore en se plaisant à prolonger ses sonneries... Yann se demanda si une sonnerie semblable n'avait pas un peu plus tôt couvert les premiers aboiements du malheureux chien empoisonné quand s'était approché celui qui lui portait la mort... à moins qu'il l'eut déjà connu et l'ait alors accueilli silencieusement… Serait-ce vraiment possible ?

Mais, qu'ils soient un ou plusieurs, chaque instant retardait maintenant la poursuite des malfaiteurs. Il devait donner immédiatement l'alarme, et….

Or brusquement Kiri se redressa, ses oreilles s'agitaient, ses narines semblaient capter des indices dans l'air. Il y eut trois secondes de suspense et, d'un coup, ses muscles puissants tendirent tout son corps vers la maison en bousculant la laisse, avec une telle force que Yann faillit choir. "Kiri, calme-toi, calme-toi", ordonna-t-il à voix très basse, pourtant il crut avoir aussi perçu, quand Kiri avait bondi, un bruit tout juste audible, comme des voix étouffées provenant du coté de l'auberge. Kiri forçait de plus belle. Alors Yann choisit de s'en remettre au chien...

Il fut ainsi conduit au perron et, du perron, à la porte d'entrée de l'auberge qu'il avait fermée tout à l'heure à double tour, après avoir décroché le cor. La porte n'était pas forcée. Kiri s'y arrêta sans hésiter, y appuya ses pattes de devant et renifla plusieurs fois la poignée, mais comme Yann commençait à fouiller dans sa poche pour y atteindre la clef le chien se rabattit sur le sol et de nouveau força sur la laisse avec des yeux suppliants. Ils les tenait tournés vers Yann le priant de le suivre aveuglément. Yann se laissa faire. Il comprenait que des individus, ayant en vain tourné la poignée, s'étaient repliés vers la façade arrière de l'auberge où ils avaient d'ailleurs l'avantage de pouvoir se permettre, sans crainte, n'importe quel tapage. Kiri, museau au sol, alerté par son flair, entendait bien remonter cette piste. Il tirait Yann qui contourna ainsi la maison tout en restant attentif à ne laisser filtrer qu'un mince filet de lumière de sa lampe. Mais cela suffit pour qu'après avoir dépassé le mur latéral lui apparaisse un espace de désolation... spectacle pire que ce qu'il aurait pu imaginer. Impitoyable, le faisceau éclairait tour à tour la grande porte de l'arrière de l'auberge, complètement disloquée, gisant à terre au milieu de débris de verre et de porcelaine, des bouts de planches éclatées, des papiers épars, et un gros madrier, qui, selon toute vraisemblance, avait été utilisé comme bélier pour éventrer l'entrée, maintenant ouverture béante…

Yann se rappela qu'en arrivant dans la salle à manger, pour le repas du soir, le duc avait exprimé à Gustave son désir qu'il consolidât le verrou de sa chambre et il avait fait mention de dossiers importants sur lesquels il venait de travailler… Des "dossiers importants"! et même probablement tellement compromettants pour d'aucuns, qu'ils devaient coûte que coûte être récupérés... Inévitablement il songea au *Trèfle bleu*, dont un adepte au moins rôdait aux alentours il n'y avait pas si longtemps.

En fait, l'effraction et la "visite" de l'auberge avaient été menées rondement, au plus en une dizaine de minutes, le temps qui s'était à peu près écoulé pendant que Kiri égayait ses admirateurs... Brusquement Yann y pensa : si ceux qui ont osé un tel coup se trouvaient encore dans les parages… peut-être même dans un recoin de l'auberge, le chien les dénicherait facilement. Alors il donna du mou à la longe et laissa Kiri pénétrer dans le petit hall. Il marchait à sa suite, le cœur battant, enjambant des vêtements tombés d'un portemanteau et des éclats brillants, fragments d'un vase qui s'était brisé. Impatient Kiri avançait en escaladant les marches de l'escalier de bois vers le premier, et unique étage, au fond duquel, depuis toujours, le duc réservait sa chambre. Oui, c'était bien par là qu'il fallait aller : la chambre du duc n'avait pas mieux résisté que celle d'en bas, défoncée certainement avec la même poutrelle qui, le coup accompli, avait été jetée au dehors brutalement, à travers les vitres de la fenêtre. Des voyous qui se seraient battus en se jetant des liasses de papiers à la figure n'auraient pas produit un tableau plus triste que celui que présentait la chambre... les tiroirs du bureau, à terre, vides, quelques registres et cahiers, des livres, et surtout de multiples papiers éparpillés sur la table, le lit, le sol... Tout indiquait que, effectivement, l'opération avait été prestement effectuée par des gens à la recherche d'un objet précis, des gens qui couraient désormais. Cependant ils n'auront pas eu encore le temps de prendre beaucoup de large… Il était donc urgent de se précipiter vers le lac et de déclencher, avec Gustave, une battue de tous les hommes encore présents...

XXIII

OR, AU MOMENT MÊME OÙ YANN revenait au seuil encombré de planches éclatées, une vive lumière braquée droit sur ses yeux l'aveugla. Instantanément il riposta en hurlant affolé :

– Vas-y, Kiri, mords, attaque !

– Doux, doux, le chien ! entendit-il, en réponse.

Kiri s'agita un peu, comme désemparé, mais ne bougea pas plus... et un rire éclata qui le glaça sur place, puis une voix qui ne lui était pas étrangère :

– Il ne fera pas de mal, nous nous connaissons bien, n'est-ce pas mon chien, n'est-ce pas Yann ?

Simultanément la lumière, qu'il retourna alors vers la voix, éclaira le visage d'Axel, l'ami du duc, l'amateur de chiens, qui en un tour de main avait arraché sa fausse barbe, s'était décoiffé d'une perruque et ôtait ses lunettes. En face de Yann c'était bien le jeune homme qui l'avait une première fois déjà surpris dans la bibliothèque de Roalsforth, en le traitant de "canard sauvage".

– Vous me ferez donc toujours peur ! vociféra-t-il. Que faites-vous ici ? C'est vous qui...

– Pas du tout, je ne suis pas un brigand... mais moins de bruit ! Cette fois je ne plaisante pas, c'est trop sérieux.

– Et ce déguisement ?

– Pour ne pas me faire reconnaître, des gens du château. Je suis de la police. J'ai toujours été de la police.

Axel en effet, portait à la ceinture un étui avec un revolver dont la crosse dépassait légèrement. Il avait suivi le regard de Yann. Très brièvement il lui expliqua que, de fait, il avait toujours appartenu à la police et que le duc lui avait demandé récemment, de revenir incognito à Roalsforth – il lui fournirait des détails plus tard – Pour l'instant il s'agissait des malfaiteurs, qu'il avait malencontreusement laissé filer, au moment où ils s'échappaient de l'auberge : “Ils sont deux et se sont évanouis dans la forêt, avec probablement l'intention de rejoindre une voiture complice dans les environs”. Alors, puisque par chance, il rencontrait Yann avec le chien, il utiliserait son aide immédiatement. Tout en s'expliquant il s'approchait du lourd madrier que les malfaiteurs avaient tenu en main pour briser la porte de l'auberge, puis celle du bureau du duc. Il le dégagea des décombres et le présenta à Kiri. Aussitôt le chien le flaira de part en part, puis, raidissant sa laisse, il entraîna Yann vers la lisière de la forêt, proche d'une dizaine de mètres, jusqu'au départ d'une piste à peine visible qui s'enfonçait dans les bois.

– C'est bien ce que je pensais, dit le jeune homme, ils se sont enfuis par là. Voilà pourquoi, ni toi, ni moi, nous ne nous sommes pas trouvés face à face avec eux. Certes, par ce temps bouché, et en pleine nuit, notre gibier ne tentera pas de se frayer au hasard un autre chemin à travers d'épais taillis. Remontons cette piste.

En effet, dehors il faisait très sombre. L'air lourd s'était rechargé de nuages. Gustave avait prédit juste quand il annonçait le beau temps, mais seulement jusqu'au soir…

– L'obscurité nous est favorable, dit Axel, elle les oblige, même en suivant le sentier, à s'éclairer au minimum. Ils en sont donc réduits à une marche prudente et lente, au contraire de nous qui avons l'avantage d'être guidés par le chien, comme les aveugles que conduisent d'autres de sa race. Ce chien n'a pas besoin de lumière. Pourvu que nous les rattrapions avant qu'ils n'atteignent une route carrossable où, je parierais n'importe quoi, une voiture les attend.

Axel avait développé ce raisonnement à voix basse.

En tête Kiri, s'engageait déjà sur la piste. Lui s'était placé derrière le chien, effleurant à main courante la laisse que Yann tenait solidement fermant la marche.

Ils n'avaient progressé que d'une quinzaine de pas quand Axel s'avisa de bloquer la laisse :

– Yann, un instant ! fit-il, je me rends compte que je t'engage inconsidérément dans cette poursuite qui peut devenir dangereuse. Je n'ai pas le droit de te l'imposer. Confie-moi seulement le chien. Il m'est indispensable pour les débusquer et...

– Absolument pas, coupa Yann, nous allons ensemble. Kiri ! en route !

Cependant ils avançaient difficilement, veillant à éviter les bruits de feuilles froissées ou de branches écartées qui se rabattaient brusquement. Quand la tension de la laisse se relâchait ils comprenaient que Kiri hésitait devant quelque obstacle, une souche en travers du sentier, un embranchement de la piste... ou autre chose. Alors ils redoublaient de précautions, employant aussi ces brefs répits à épier le moindre son insolite.

Un éclair stria le ciel. Le grondement qui suivit venait encore de loin, mais des gouttes de pluie tambourinèrent bientôt sur le feuillage. L'ondée fut sans durée. Néanmoins les éclairs se multipliaient de plus en plus, infiltrant leurs jets de lumière d'un bout à l'autre des profondeurs de la forêt.

Ils débouchèrent dans une clairière. A peine s'y tenaient-ils que, tout près, un craquement de bois les mit en garde. Axel se retourna vivement et arrêta Yann de la main gauche. Au même moment, à la lueur d'un éclair, Yann vit briller, dans son autre main, le revolver qu'il venait de dégainer. Kiri tirait avec plus de force...

– Reste là, murmura Axel. Stoppe bien le chien.

Et, avant que Yann eut pu dire quoi que ce soit, il s'était écarté en longeant la lisière indécise de la clairière – du moins c'est ce qu'il sembla à Yann – Trois ou quatre secondes plus tard un autre éclat de lumière d'orage jaillit dans la nuit, lui accordant le temps minuscule d'un regard alentour. Cela suffit pour qu'il distinguât le jeune homme, à peu de pas, abrité derrière le fût d'un gros arbre. Il pointait son arme vers un rideau de broussailles. Kiri avait aboyé sourdement. Soudain éclata le bruit sec d'un coup de feu et, aussitôt après, un second. Yann sentit un coup violent à l'épaule. Malgré lui sa main se desserra. Il se rendit compte vaguement que le chien lui échappait et bondissait dans le noir. Tout vacillait autour de lui, ses jambes se dérobaient... Il s'affala sur le sol moussu tapissé de feuilles mortes humides.

Cinquième partie

Autour de Yann

I

QUAND YANN ENTROUVRIT LES PAUPIÈRES il lui sembla être devenu l'hôte d'un monde de blancheur baigné de lumière : les murs de la chambre, les boiseries de la fenêtre qui laissait pénétrer la lumière du soleil, la couverture du lit et, tout près de lui, une dame très jeune, revêtue d'une blouse immaculée, qui lui souriait :

– Bonjour Yann !

Il tressaillit. La voix de Ludwig au pied du lit...

– Bonjour Yann ! bonjour Yann !

Répercutée, comme en écho, par celles de Loïc et Olaf !

Il voulut se redresser pour se tourner vers eux, mais aussitôt une douleur aiguë l'arrêta. Alors il s'aperçut qu'un bandage lui immobilisait le bras droit. Il ne put que dévier légèrement la tête. De ses yeux lourds il les devina tous les trois, affublés également d'une blouse blanche.

– Yann, fit la dame, vous sortez tout juste de la salle d'opération. Vos amis insistaient avec entêtement pour vous voir, ne fut-ce qu'un instant. J'ai cédé, mais ils ne doivent pas rester. Il faut vous reposer. Ils reviendront plus tard quand tout ira mieux.

Yann referma les yeux. Il se sentait terriblement las.

– Oui, Yann, entendit-il, – c'était Ludwig qui parlait –

aujourd'hui nous voulions seulement te rappeler notre amitié. Nous repasserons bientôt. Nous aurons beaucoup de choses à nous raconter, des bonnes choses ! Maintenant ne pense à rien. L'infirmière a raison, repose-toi.

... Les deux coups de feu... le choc à l'épaule... Kiri qui s'élance dans la nuit... Il revoyait tout cela.

– Et Axel... et Kiri ? interrogea-t-il dans un souffle.

– Sois tranquille, ils ont été parfaits.

Il fit un effort pour les regarder et maintenir deux ou trois secondes, comme un merci, les yeux vers eux, puis il sombra dans l'inconscient.

II

VERS LE MILIEU DE L'APRÈS-MIDI du lendemain, l'infirmière les conduisait de nouveau à la chambre de Yann.

– Votre ami va beaucoup mieux. Hier il était encore sous l'effet de l'intervention chirurgicale et de l'aneshésie. La balle a traversé le bras et s'est arrêtée juste avant le cœur. Il a fallu l'extraire. Une opération délicate... c'est quasiment un miraculé ! La nuit a été excellente. Après quelques autres semblables nous serons en mesure de le libérer. Ménagez-le quand même.

Elle releva l'oreiller de Yann, l'aida à se tenir presque assis et quitta la pièce.

Yann remarqua la présence d'Axel.

– Il désirait te rencontrer, fit Loïc, cela se comprend, et, comme me l'a conseillé Ludwig, je l'ai aussi mis au courant de nos rencontres et de notre histoire.

– Oui, reconnut Ludwig, nous avons estimé que nous devions nous dire tout ce que nous savions pour l'aider à découvrir les ramifications de cette bande de bandits et empêcher de nouveaux malheurs. Car le duc lui a confié l'enquête. Sais-tu qu'il travaille en lien avec la police depuis longtemps, et déjà quand il avait pris le poste de maître chien à Roalsforth où vous vous êtes connus.

– En effet, et c'était mon secret, approuva Axel en souriant. Le duc – il t'en parlera sans doute – était inquiet de certains faits inhabituels et m'avait engagé pour y observer la vie quotidienne des uns et des autres. Pour les mêmes motifs il m'a fait revenir au château ces derniers jours, mais à titre d'ami… et avec le déguisement que tu sais.

Axel se leva, prit la main de Yann :

– Yann me voilà maintenant rassuré, car j'ai eu très peur quand je t'ai découvert inconscient au pied de l'arbre qui devait te protéger.

– Oh Axel, merci ! mais, dites-moi, comment cela s'est-il passé ? Je ne me souviens plus de rien après le premier coup de feu.

Et d'un petit signe Yann les invitait tous à s'asseoir et à se rapprocher du lit.

Alors, en quelques mots Axel expliqua qu'ayant repéré à la lueur d'un éclair un premier malfaiteur, il avait fait feu sur l'homme qui avait aussitôt répliqué de plusieurs coups en sa direction et finalement déchargé complètement son arme. Ce ne pouvait être qu'une de ces balles qui avait atteint Yann par ricochet sur le tronc de l'arbre qui abritait Axel. Kiri avait aussitôt bondi et terrassé le malfaiteur qu'Axel menotta. Cependant son compère affolé s'enfuyait en déchargeant également son arme tout à fait au hasard. A son tour il était stoppé par Kiri et menotté lui aussi. A ce moment-là seulement Axel découvrit Yann inanimé.

– Et vous m'avez porté à l'auberge ?

– Non, je t'ai laissé, protégé par Kiri qui menaçait les deux bandits dès qu'ils esquissaient le moindre geste. Il fallait agir vite. J'ai jugé plus rapide de courir chercher du secours. Le duc venait de se rendre compte du saccage de son bureau. Par chance Gustave arrivait à l'auberge avec quelques amis qu'il avait invités à prendre un verre. Et j'ai emmené tout ce monde à la clairière où tu gisais toujours inconscient. Immédiatement tu as été transporté à cet hôpital avec la voiture…

III

LA VOITURE ! INTERROMPIT YANN, celle du château ?

– Oui. Mais elle était déjà là stationnée vide sur une route toute proche de la clairière. Gustave qui connaît parfaitement la forêt se doutait bien que les bandits auraient prévu d'assurer ainsi leur fuite. Il était allé voir sans attendre…

– Ils l'avaient volée ? interrogea anxieusement Yann.

– Nous l'avons d'abord cru. Hélas, alors que je me préparais à démarrer pour te déposer ici, un de nos compagnons est intervenu et a crié :

– Gustave, viens voir, cette crapule ressemble fort au chauffeur du duc. Et il avait raison. Un des hommes menotté était le chauffeur qui avait garé là la voiture en attente.

Yann baissa la tête. Il comprenait pourquoi il avait été relégué seul à une table avec son jus de fruit dans l'échoppe du cabaretier qui avec les trois autres s'entretenaient sûrement du coup prévu dans la nuit à la faveur de la fête. Et la présence de l'homme à la cicatrice prouvait leur lien avec le *Trèfle bleu.*

Yann ressentait une tristesse pesante Il aurait souhaité que ne fussent pas dans le coup des gens dont il avait été compagnon deux jours avant. Il regarda Axel :

– Vous n'aviez pas reconnu le chauffeur en l'arrêtant ?

– Non, je l'avoue. Je ne pouvais guère l'éclairer à cause de son complice qui courait encore. D'ailleurs je ne l'avais rencontré que très rarement à Roalsforth.

– Savez-vous qui était son complice ?

– Non, mais l'instruction le révèlera.

– Je ne serais pas surpris que ce complice garde à un poignet une belle cicatrice.

La figure d'Axel marqua un très vif étonnement :

– En effet. Je l'ai remarquée en lui passant les menottes. D'où tiens-tu cela ?

Yann les mit brièvement au courant de la tournée en voiture avec le chauffeur et le cocher, et de l'arrêt au bar, l'après-midi qui avait précédé la fête.

– Le cocher serait donc également impliqué dans... dit Loïc sans achever sa phrase.

– Comment en sont-ils arrivés là ? murmura Yann...

Axel interrogea :

– Le chauffeur était-il présent quand, devant le duc, Kiri est tombé sur la dalle ? Je ne me rappelle plus.

– Non, mais le cocher l'était justement !

– Eh bien voilà ! dit Axel, il aura réalisé à cet instant que la majestueuse grotte, puis la pièce où étaient déposés les papiers de la bande, seraient visitées. Il alarme ses camarades. L'un d'eux est dépêché à la cachette pour les retirer... trop tard, je les avais précédés…

– Quoi ! dit Yann, visiblement étonné.

– Axel, intervint Olaf, tu nous l'as raconté à nous, mais Yann ne sait pas que tu as examiné la grotte…

A ce moment l'infirmière frappa un léger coup à la porte et l'entrebâilla. Le Père Ludwig qui n'avait encore rien dit jusque-là comprit. D'ailleurs il s'apercevait à quel point Yann vivait intensément ces évènements en le voyant tour à tour abattu ou agité, presque tremblant, le visage fiévreux… Il se leva :

– Mes amis, nous oublions que Yann sort d'un grave accident. Il a besoin de repos.

– Oh Père ! en deux mots, je voudrais qu'Axel me dise, la grotte… quelle cachette ?

IV

C'EST VRAI, FIT AXEL SE RAPPROCHANT du lit, pardonne-moi, Yann… Donc tandis que tu partais en voiture avec Kiri pour l'auberge, le duc m'a demandé de voir où menait l'escalier sous la dalle. J'ai ainsi visité la grotte puis le petit local et le panneau avec le trèfle en mosaïque bleue. Heureusement que j'ai eu l'idée de le tâter un peu fort car je me suis aperçu qu'il dissimulait, comme un couvercle, une niche où étaient rassemblés beaucoup de papiers très importants et compromettants de la bande. Je les ai pris et remis au duc qui les a apportés avec lui à l'auberge pour les examiner… Et, comme tu le sais, profitant de la fête et de l'auberge délaissée, les bandits ont mis sens dessus dessous la chambre du duc pour récupérer au plus vite ces papiers. Peut-être, ayant constaté que Kiri avait échappé à leur tentative d'empoisonnement, craignaient-ils qu'il soit lancé à leur poursuite. De toute façon, ils étaient pressés d'agir quelqu'en fussent les moyens. Et nous, il nous faut féliciter le chien et son flair remarquable... Quant aux documents, sois tranquille, je les leur ai repris…

Mais Yann parut s'endormir. Ils entendaient sa respiration plus régulière. Sur la pointe des pieds Axel, Olaf, puis Loïc et Ludwig gagnèrent la porte… cependant un grincement et vivement Yann se redressa à moitié, l'air hagard :

– Ah ! vous partiez… non, restez encore un peu. Je pensais à mon père. Ludwig je vous en prie… Ludwig, pourquoi ont-ils aussi voulu sa mort et l'ont-ils attaqué en pleine nuit ? Qui a ouvert la porte à l'assassin ? Ludwig dites-moi… qui l'a fait pénétrer dans le château ? Kiri était trop loin ce soir-là… Ils sont donc tous de la bande !

Comme s'il lui fallait évacuer un trop-plein d'images, d'un coup les nerfs cédaient et les larmes refoulées embuaient les yeux…Yann se fit suppliant.

Le Père Ludwig posa la main sur son front brûlant :

– Repose-toi, oublie cela, bientôt nous saurons tout.

– D'ici peu la bande n'existera plus, j'en réponds, affirma Axel.

– Mais pourquoi ont-ils tué mon père ?

Olaf s'approcha :

– Parce qu'il voulait te voir. C'est son cœur qui le poussait. C'était tellement important pour lui, il t'aimait tant ! Quand il m'a parlé j'ai senti qu'il était bon.

– Oui, reprit Ludwig, toute son histoire le montre, celle que je t'ai dite sous la tente. Ecoute Yann, l'horrible nuit où il est parvenu à la *Tour des Gladiateurs* il a fait semblant d'accepter de s'y rendre pour exécuter un mauvais coup qu'on lui avait prescrit, mais que, en conscience il refusait. Souviens-toi de ce qu'il m'avait confié que je t'ai répété... Je pense d'ailleurs que ce mauvais coup devait être perpétré dans le château même et c'est comme cela qu'il a pu y avoir accès... Oui, il aura fait semblant d'être d'accord, jouant son va-tout pour te joindre en secret. D'où le rendez-vous transmis par Olaf. En même temps il t'apportait la médaille. Peut-être projetait-il alors de t'arracher de là, je ne sais comment... ou de te presser de fuir au plus vite, dès le lendemain sans doute ?

– Parce qu'il sentait une menace imminente contre lui, contre moi ? murmura Yann.

– Je le suppose. Comme il m'en avait parlé, il avait envisagé ce cas extrême... sinon il aurait attendu... Hélas quelqu'un l'épiait dans le château. Quand il lui a paru que ton père se détournait de sa triste mission, il a éclairé un instant le couloir pour mieux le situer et l'attaquer. Oh Yann ! tu ne pourras oublier cette nuit, mais qu'elle entretienne en toi la mémoire de ce que nous savons tous et qui est le plus beau, son long et courageux dévouement pour toi. Lorsqu'on aime pour de vrai, on fait fi de sa propre vie pour que l'autre vive.

Yann écoutait plus serein. Il se souvint avoir entendu des mots assez semblables quand assis sur le sable du royaume près de Loïc il commençait à déchiffrer des phrases dans le livre... Il regarda Ludwig qui se tenait maintenant les yeux clos. Ses doigts étaient croisés juste au-dessous de la médaille sur sa poitrine, et ses lèvres silencieuses remuaient. De même il ferma les yeux. Sa médaille le reliait à son père mourant. Que Dieu l'accueille dans son royaume à lui, peut-être pas très différent de ce qu'était le leur, mais, d'où étaient bannis toute méchanceté, tout secret.

Yann avait chaud, peut-être un peu de fièvre, son imagination l'emportait de-ci de-là, tandis qu'il s'endormait. Beaucoup de choses encore à réfléchir avec Ludwig et avec Loïc… il était fatigué... une autre fois... quand il serait complètement rétabli.

V

Le lendemain, Ludwig frappa à la porte dans la soirée. Il demeura debout déclinant l'invitation de Yann à s'asseoir auprès du lit.

–Je me contente de passer rapidement. J'ai des problèmes délicats et urgents à régler au loin. Dès mon retour, dans trois ou quatre jours, je viendrai te voir.

Puis Ludwig sortit un livre de sa serviette :

– Pour toi ! tu regarderas. Prends ton temps.

Il l'embrassa et le quitta. L'infirmière suivit juste après.

– Yann, vous vous portez de mieux en mieux. Dès demain ou après-demain on pourrait vous permettre de vous envoler s'il y a un bon nid pour vous accueillir... mais il est entendu entre vos amis et la direction que nous vous gardons encore un peu.

– Combien de temps à votre avis ? demanda-t-il.

– Eh bien ! le temps qu'il faudra.

VI

UNE NOUVELLE NUIT, UNE NOUVELLE MATINÉE... Des coups martelèrent la porte.

– Entrez ! fit Yann.

Dans l'embrasure se profila l'infirmière mais elle restait sur le seuil :

– Yann ! une visite qui vous fera plaisir.

Elle esquissa une révérence et s'éclipsa.

Le duc s'avança, un peu majestueux, selon son habitude. Instantanément Yann se redressa et referma le livre, celui de Ludwig.

– Bonjour, Yann ! comment allez-vous ? comment vas-tu, veux-je dire. J'ai enfin réussi à me libérer.

Le duc se pencha et lui donna un baiser sur le front, comme il l'avait vu faire avec Christine.

– Je constate que tu as bonne mine. Alors donnons-nous du temps pour parler.

Yann sentit qu'il avait rougi, ce n'était pourtant pas sa première rencontre avec le duc !

– Je ne vais pas décliner longuement tes louanges ni détailler l'estime que j'ai pour toi, continua le duc, tu le sais déjà et tu en rougirais davantage encore. Maintenant je voudrais que nous bavardions à la manière dont cela se passe en famille... en famille où l'entente règne.

Un court silence, une ombre sur le visage du duc.

En même temps il approcha un fauteuil près du lit, s'y installa et ouvrit sa serviette de cuir dont il tira une enveloppe d'où dépassaient des photographies.

– C'est ma tirelire de souvenirs, les uns tristes, d'autres plaisants. Tu as prié le Père Ludwig de m'informer des tiens. Ainsi j'ai appris que dans ta courte vie s'est déjà inscrit un long chapitre d'inquiétudes et de souffrances.

Le duc caressa affectueusement la joue de Yann :

– Yann, je suis le maître de Roalsforth. J'aurais dû connaître ce qui se tramait au cœur de ce château que j'aime, or il se trouve que c'est par toi que j'ai eu connaissance d'évènements qu'autrement j'ignorerais sans doute encore, je t'en remercie à nouveau. Aujourd'hui tu as le droit de tout savoir…

Le duc choisit dans l'enveloppe une photographie qu'il tendit à Yann :

– Prends-la, tu y distingues presque la même scène que celle du tableau dans mon bureau du château. Cette dame, ma mère, est morte très âgée, il y aura bientôt deux ans. La petite fille auprès d'elle est ma sœur. Devenue grande elle s'est mariée avec un Américain qui l'a exilée dans son pays. Je ne reçois d'eux que de très rares nouvelles. Le garçon, à mon côté, en retrait près de notre mère, est, tu le devines, mon frère, Rodolphe, disparu de la famille vers sa vingt-cinquième année...

Et le duc montra à Yann d'abord une image mémento de la duchesse sa mère, puis un portrait de sa sœur, fière jeune fille à l'air un peu triste, et une autre photographie des deux frères, posant côte à côte. Qu'ils se ressemblent !

– C'est une des toutes dernières images que je garde de Rodolphe, quelques semaines avant mon mariage.

Il y arrêta son regard. Yann ne bougeait pas. Il mesurait le prix qu'il attachait à ce souvenir.

– Maintenant je te parle de ce malheureux Rodolphe.

A voix lente, le duc évoqua l'enfance de ce frère qui avait toujours été difficile, qui s'emportait vite pour des raisons futiles et qui cependant dévoilait un cœur généreux, quand, par exemple, il croisait un malheureux sollicitant une aumône. Leur sœur était douce et Rodolphe s'en prenait rarement à elle. C'était différent avec lui, l'aîné.

– Aux mauvaises périodes, dit-il, ma mère intercédait : "Je t'en supplie, ne lui réponds pas, il n'est pas commode, tu le sais. *Sois vainqueur du mal par le bien.* Elle ajoutait : "C'est une phrase de la Bible". Cette citation m'impressionnait et je m'efforçais de prendre exemple sur elle infiniment patiente. Cependant, je voudrais d'abord rappeler d'innombrables parties de jeux dans Roalsforth, quand la famille séjournait à l'auberge...

Simultanément le duc faisait défiler devant Yann des scènes que les photographies, un peu jaunies, avaient fixé pour toujours : une course, une partie de ballon, des baignades dans le lac, des chevauchées à cheval... Elles montraient les enfants qui grandissaient au fil des années. Il les contemplait d'abord quelques minutes avec une tendresse évidente avant de les passer à Yann. Plusieurs illustraient des instants de fêtes que Selma avait racontées. "Rodolphe y est", soulignait-il presque chaque fois qu'il l'y reconnaissait.

Le duc s'enfonça dans le fauteuil, croisa les mains, baissa les paupières :

– Ces images choisies risquent d'occulter la réalité de la vie quotidienne et de faire illusion, car le caractère de Rodolphe ne s'améliorait pas. A l'âge d'homme, après des études médiocres, il commença à mener une vie vagabonde et les affrontements avec mon père se multipliaient. Mon père était un homme droit, profondément juste, à la fois intransigeant sur les principes et capable de nous accorder une grande confiance. Il la maintint le plus longtemps possible à Rodolphe qui en abusait. Plusieurs fois ma mère intervint auprès de mon père pour qu'il le dépannât de dettes encore légères. Le mal cependant était plus profond qu'il n'y paraissait. Des bandes de voyous qu'il fréquentait attisaient son goût immodéré de l'argent et lui faisaient miroiter monts et merveilles, en l'initiant progressivement à des opérations et des trafics plus que louches... Cela couva dans l'ombre quelques années, puis le drame éclata deux ou trois jours après la fête du soir à l'auberge qui avait suivi mon mariage. Tous de retour à Roalsforth nous débutions le repas de midi autour de la grande table familiale. Le majordome, le père de l'actuel, était des nôtres. Selma assurait le service. Rodolphe arriva en retard. Le matin il avait eu une discussion avec le duc mon père qui s'était opposé à ce qu'il invitât au château des compagnons – il les nommait ainsi – qu'il ne connaissait pas. Notre conversation joyeuse rappelait la bataille navale sur le lac. Rodolphe s'assit, sembla écouter d'une oreille distraite les propos des uns et des autres et, tout à coup, se leva en nous regardant ma femme et moi : “Hein ! vous êtes heureux tous les deux, et votre vie s’annonce belle, s’écrie-t-il. Tant mieux pour vous ! La mienne aussi figurez-vous, mais désormais je la vivrai ailleurs qu’ici, puisque mes amis n’ont jamais droit de présence en cette maison”. Un silence glacial s’abattit sur la salle. Cependant mon père avait jailli de son siège : “Qu’est-ce qui te prend, Rodolphe ? Il ne dépend que de toi de t’entourer de jeunes gens corrects, au lieu de brailleurs qui te font perdre la tête comme maintenant, et d’autres qui ont maille à partir avec la police. Je te le répète, je n’accepterai jamais sous mon toit une telle compagnie.” Et, s’efforçant d’atténuer sa colère, il lui rappela qu’il était, comme les autres, chez lui à Roalsforth pourvu qu’il respectât les règles de la famille et y mit du sien. Au lieu de se calmer Rodolphe renchérit. Il déclara qu’il saurait se débrouiller avec ceux-là que son père rejetait, qu’il n’avait plus besoin de son argent et que, de toute façon, on ne le reverrait plus. Il sortit en claquant la porte... Ce fut un coup terrible pour mes parents et nous tous. Du jour au lendemain notre vie familiale bascula dans une tristesse sans remède, car les jours passaient, vides de nouvelles. D’ailleurs en disparaissant Rodolphe avait emporté la plupart de ses effets. A la demande instante de ma mère, mon père entreprit des recherches discrètes... inutiles. Auparavant, le soir même du drame, tous ceux qui en avaient été témoins avaient convenu d’en garder le secret absolu. Il en allait de l’honneur de la famille. A quiconque s’inquiéterait de l’absence prolongée de Rodolphe, on répondrait qu’il s’était expatrié, sur un coup de tête, pour rejoindre une jeune fille dont il était follement amoureux. Cette explication romanesque satisfit l'un ou l'autre curieux, surtout parmi le personnel et les gens du voisinage qui s'habituèrent à ne plus le croiser, puis, avec le temps, racontèrent qu'il était mort… Voilà, Yann, la triste histoire que seuls, Selma et le majordome d'aujourd'hui, connaissent et que j'ai dû révéler aussi à Axel en le priant de la tenir secrète.

– Axel en effet, m'avait dit, quand je lui ai succédé pour m'occuper du chenil, que Rodolphe était mort.

– Oui, Yann, parce que, quand ce bruit a commencé à courir, je lui ai demandé de ne pas le démentir. Je comprends et regrette que cela t'ait trompé.

VII

LA RESPIRATION DU DUC SE FIT plus rapide. Evidemment par ce récit il avait revécu des jours tragiques. Néanmoins il se ressaisit et adressa à Yann un semblant de sourire, puis il se leva et circula à petits pas dans la chambre. Yann le considérait en silence, avec respect, avec pitié. Il s'étonna qu'il n'ait pas encore mentionné, le *Trèfle bleu* dont Ludwig lui avait nécessairement parlé… Justement, comme s'il avait deviné le duc s'immobilisa :

– Il est clair que mon frère a été débauché par des vauriens qui finalement l'ont tenu à leur merci. Yann ! il s'agit, je l'ai appris ces jours-ci, de la même bande que celle qui a embrigadé ton père de force et l'a tué, la bande de brigands qui se réclame d'un trèfle bleu !

– Ah ! fit Yann, vous pensez cela parce que le Père Ludwig vous a appris que j'avais vu votre frère se rendre dans une maison abandonnée, où mon père l'a suivi de peu ?

– Oui, opina le duc, et aussi pour d'autres motifs. J'ai hâte de savoir ce qu'est cette association, mais Axel s'en occupe. Les papiers qu'il a recueillis dans la chambre souterraine que la trouée du puits a permis d'atteindre... il t'a informé, je suppose ?

– Oh ! oui, dit Yann, j'ai visité cette grotte avant Axel, mais je n'avais pas découvert la cache des papiers.

– C'est vrai, le Père Ludwig m'a raconté ton expédition... étonnante ! Eh bien ! ces papiers sont en train de révéler l'organisation et le fonctionnement de cette troupe maudite qui, je le répète, ose s'appeler *Trèfle bleu*, le nom d'une très honnête confrérie de chevaliers d'autrefois. Bientôt nous en saurons davantage…

Le duc se rapprocha de Yann et, amicalement, enserra ses mains entre les siennes, puis il reprit sa marche presque sur place et retourna au fauteuil :

– Ecoute Yann, ce n'est pas tout. Avant ton inattendue, disons... sorte de rencontre, avec Rodolphe – et tu l'as confondu avec moi, n'est-ce pas ?

Le duc sourit tristement, Yann baissa les yeux...

– Auparavant donc, et après un silence de nombreuses années que j'avais cru définitif, Rodolphe s'était déjà rappelé à nous de manière très étrange par un billet retrouvé à Roalsforth dans un coffret de ma mère, au lendemain de ses funérailles, il y a un peu plus d'un an. Sentant sa fin approcher elle avait voulu revenir pour y mourir au berceau de la famille. Il y était écrit ceci :

Maman,

J'ai appris, peu importe comment, que votre vie est à son terme. Je vous aime toujours. Le mauvais fils qui vous a fait souffrir essaye de se racheter en aidant encore des gens dans la misère.

Priez Dieu pour moi.

Signé :

Rodolphe proche de vous...

Ma mère était fort croyante. J'ai la consolation d'être certain que cette missive a adouci ses derniers jours.

Ce billet de Rodolphe, dont ma mère n'avait pas parlé, m'a fait réfléchir. Comment lui avait-il été transmis ? Que signifiait ce *proche de vous ?* Rodolphe rôdait-il parfois à proximité ? De plus des gens à la même époque prétendaient, selon le majordome m'avoir aperçu dans les environs – trompés évidemment, comme tu le fus, par notre ressemblance – alors que j'étais très loin. Si donc il avait des complicités dans le voisinage il devait être possible d'en surprendre des indices. Aussi je me suis résolu à m'offrir les services d'un détective professionnel. Un ami me recommanda Axel que j'installai pour un an au château, comme maître-chien. Il t'a déjà expliqué cela, je crois...

– Oui, mais seulement ses séjours à Roalsforth avant-hier ici, en présence de Ludwig, Loïc et Olaf, et sans parler du billet de Rodolphe à votre mère…

– Je reconnais sa discrétion.. Je le leur apprendrai moi-même ainsi que ce que je viens de te révéler sur mon pauvre frère… Actuellement Axel participe aux interrogatoires de meneurs de la bande. D'ailleurs il devrait me rejoindre ici d'un moment à l'autre.

De fait depuis quelques minutes le duc surveillait sans cesse l'heure. Soudain il bondit, on avait frappé à la porte, mais il s'arrêta brusquement dès qu'elle s'ouvrit. Il attendait Axel et non l'infirmière.

Elle lui remit un pli déposé à son intention à l'entrée de l'hôpital, et se disposait à sortir…

– Attendez, Mademoiselle, dit-il sèchement, attendez donc, pourquoi être si pressée !

Il lut le papier, une fois, deux fois... ses traits se contractèrent. L'infirmière, figée devant cet homme grand et fort, respirait à peine. Le duc replia le papier, le fourra dans sa poche et s'efforçant de montrer un air apaisé :

– Pourriez-vous, Mademoiselle, servir un rafraîchissement à votre pensionnaire et, à moi, une tasse de thé.

Aussitôt qu'elle eut quitté la chambre il se rassit :

– Je l'ai un peu bousculée... elle n'y est pour rien la pauvre... Bon, je lui dois des excuses. C'est que je suis contrarié, Axel m'informe que l'enquête progresse fort bien, pourtant il affirme qu'il n'a pas d'autre alternative, pour mener au mieux son travail, que de prolonger de deux ou trois jours son absence... Yann, j'aurais aimé que ce brave garçon fût avec nous maintenant, avec déjà ses bonnes nouvelles… bonnes aussi quant à l'implication de mon frère, que j'espère minime, dans cette bande…

Yann ne répondit rien. Comme il comprenait les appréhensions du duc qui s'enfonça dans le fauteuil et respira bruyamment.

– Tu penses, j'imagine, que je suis trop impatient ? eh oui, tu as raison !

VIII

Au chevet de Yann le duc buvait son thé à petites gorgées. Leur conversation les portait vers les évènements qui les avaient rapprochés : la visite du chenil et les tours de Kiri, le basculement de la dalle du puits, la fête nocturne avec le lac pour décor… l'attitude du majordome.

– … Et si j'étais resté au château selon l'ordre qu'il m'avait donné, comme eut été différent le cours des choses ! vous êtes heureusement intervenu. D'autres fois déjà, je l'avoue, je n'avais pu me défendre de violents ressentiments envers lui.

– Je ne m'étonne pas qu'il t'ait déconcerté, reconnut le duc. Il n'admet aucune fantaisie, se montre souvent sec et raide, mais je réponds de lui. Il est totalement dévoué à Roalsforth.

– Il a quasiment accusé mon père de cambriolage…

– Pardonne-lui, comment aurait-il deviné alors ce qui se complotait à notre insu dans le château ? Yann ! je veux te le dire, le majordome m'a mis au courant de la tragédie de la nuit dès son lendemain matin. Il était bouleversé et avait grande pitié de toi. Aussitôt j'ai fait prévenir Axel que je savais en vacances dans la région, de venir d'urgence. Durant le temps de son long séjour au titre de maître-chien, mais pour moi comme observateur, nous avions lié une vraie amitié… Il arriva dès l'après-midi. Tout de suite il décida de se grimer pour que personne ne s'interroge en le revoyant. Puis il dissuada le majordome d'informer le cuisinier, dont il s'était toujours un peu méfié, de l'assassinat de la nuit.

– Le majordome avait cette intention ?

– Oui, car il t'avait justement engagé sur la recommandation du cuisinier qui affirmait avoir, par des amis, de bonnes informations sur ta famille.

– Quels amis ? Comme ceux qui avaient fait remettre une soi-disant lettre de mon père au majordome ! Est-ce possible ! Il mentait.

– Je ne sais encore, fit le duc quel rôle a joué exactement le cuisinier... Ce point aussi devra être élucidé. Finalement le meurtre de ton père a été gardé secret entre nous trois. Et c'est Axel qui a aidé le majordome à l'ensevelir et à le transporter dans la barque.

Le duc se tut, inclina la tête. Yann remarqua qu'il regardait la médaille posée sur la petite table à côté du lit. Il la désigna du doigt :

– Mon père me l'apportait, expliqua Yann aussitôt, je suis sûr qu'il risquait sa vie pour cela. Juste avant de mourir il a guidé ma main pour que j'atteigne son portefeuille qui ne contenait rien d'autre.

Et durant quelques instants le duc contempla la médaille...

– Pauvre enfant, dit-il à voix très basse… puis il prit la médaille et la porta à ses lèvres.

IX

DEUX JOURS PLUS TARD L'INFIRMIÈRE se présenta avec un peu de retard pour la visite quotidienne de la matinée. Une dame, vêtue, comme elle, d'une blouse blanche, la suivait :

– Bonjour Yann ! Je te présente Myriam qui me remplacera cette semaine. Je prends un court congé. Tu auras quitté notre maison à mon retour, le docteur me l'a encore assuré tout à l'heure. Yann, je ne t'oublierai pas.

– Moi non plus, et je vous remercie de vos bons soins.

L'infirmière l'embrassa et sortit. La nouvelle venue, plutôt intimidée, lui dit un mot d'accueil d'une voix douce et claire. Yann l'observait tandis qu'elle refaisait le lit et époussetait les petits objets de la chambre. De temps à autre elle se retournait et lui adressait un sourire, "comme une caresse" – Yann venait de s'avouer cette image – "comme une caresse !" C'est exactement cela, se dit-il. Certaines fois son regard avait l'air de se perdre dans le lointain... En même temps il distingua une alliance à son doigt... Il osa lui demander, l'après-midi, quand elle l'accompagna dans le jardin pour une première promenade, si elle était mariée.

– Oui, et j'ai une fille qui... mais quel âge avez-vous ?

– As-tu, rectifia-t-il... J'ai treize ans et demi.

– Une fille qui a donc une bonne année de moins que toi.

Et elle ouvrit son sac, en tira une photographie. La fille, pas très grande était jolie. Elle ressemblait à sa mère.

Ils demeurèrent un bon moment dans le jardin sans deviser beaucoup, cependant le temps ne parut pas long à Yann.

X

LE SOIR IL FEUILLETA TRANQUILLEMENT le livre très illustré que Ludwig lui avait apporté. Yann s'efforçait de déchiffrer les lignes qui expliquaient les figures, mais difficilement. Les leçons de Loïc s'étaient arrêtées depuis plusieurs semaines, alors qu'il commençait seulement à identifier les mots. Pourtant il se rappelait ce qu'il lui avait dit quand, assis près de lui sur le sable du royaume, il l'écoutait parler de l'enfant de Dieu, Jésus, car le livre racontait son histoire… Il se souvint que sa mère, se nommait Marie, la même que celle gravée sur sa médaille, et instinctivement il la compara à la nouvelle infirmière dont il avait vu, pareillement, les yeux errer au loin comme en un rêve... Il se rappelait que le fils de Marie étonnerait les foules, qu'il souffrirait, qu'il mourrait sur une croix... mais qu'il promettait le bonheur, avec lui redevenu vivant, à ceux qui l'écouteraient... Yann tournait les pages et reconnaissait les dessins qui disaient cette histoire. Quand il arriva à ceux de la croix, il pensa aux deux bois croisés accrochés par son père au mur de la cuisine de leur maison, vide désormais. Il y retournerait pour que Ludwig et Olaf la connaissent... mais pourquoi l'homme pendu sur la croix ? Il poserait la question à Ludwig avec toutes les autres.

Un des derniers dessins représentait un autre homme, jeune, avec une dame, toujours la même que celle de la médaille et du début du livre, comme si malgré les années, elle n'avait pas vieilli. Sous le dessin il déchiffra le mot : *Jean.* Chaque fois maintenant qu'il entendait ce mot son cœur battait plus fort, à cause de son père, forcément... Jamais sans doute il n'aurait su son vrai prénom, celui-là, si Ludwig ne le lui avait appris !

Il revint aux premières pages du livre, puis le ferma et demeura longtemps songeur... Il s'endormit avec des images du livre et d'autres du royaume et de son père.

XI

VOILÀ QUE S'ANNONCE UNE BELLE JOURNÉE, dit Myriam en tirant les rideaux et repoussant les volets.

– Je l'espère, mais le soleil n'est pas encore levé. Il tardera plus qu'hier. Chaque jour glisse vers l'hiver. Comment savoir ce que sera aujourd'hui ?

– Yann, est-ce seulement le temps dehors qui rend belle une journée ?

– Cela compte pourtant.

Elle ne répliqua pas mais sourit.

Avec le plateau du déjeuner elle apportait un bouquet de fleurs, déjà disposé dans un vase, et un napperon. Elle arrangea l'ensemble sur la table après avoir pris dans le creux de sa main la médaille qu'elle replaça sur le napperon, bien en vue, sans rien dire. Yann suivait ses mouvements. Il s'aperçut que sa main avait tremblé et il s'imagina – mais était-ce de l'imagination ? – que ses lèvres avaient remué, comme celles de Ludwig lorsqu'il murmurait une prière.

L'infirmière toujours souriante le regardait tout en lui beurrant des tartines.

– Vous paraissez heureuse, dit Yann, tout haut... Cela lui avait échappé !

– Oh oui ! C'est comme cela qu'on rend une journée belle... il y a des jours où c'est facile, d'autres moins.

– Et aujourd'hui ?

– C'est très facile.

– Comment cela ?

Elle fit une moue charmante et avoua : "C'est difficile à dire", puis, comme pour s'excuser, dans un mouvement très naturel, lui déposa un baiser sur le front.

Ainsi la matinée avait débuté d'une façon étrange.

XII

YANN AVAIT REPRIS LE LIVRE et s'exerçait à la lecture au hasard des pages. Il s'interrompit. "C'est difficile à dire", avait répondu la nouvelle infirmière. Chacun, songea-t-il, a ses secrets qui le forcent en bien des occasions à jouer un personnage, mais qui en fin de compte sont souvent dévoilés un jour ou l'autre. Il sait maintenant pourquoi Axel était au château et Axel n'ignore plus qu'il venait d'un "royaume".

Il se dirigea vers la fenêtre légèrement entrouverte. Un mince filet d'air frais lui caressa les jambes. Le soleil pâle grandissait doucement. Le temps de la journée s'annonçait beau. En cela Myriam avait bien prédit. Il pourrait avec elle flâner dans le jardin cet après-midi.

XIII

OR CE QUI SE PASSA SOUDAIN... il ne s'y attendait pas du tout. Un brouhaha dans le couloir... Myriam leur avait ouvert la porte... Loïc, Olaf, le duc, Ludwig, Axel, s'engouffrèrent dans la chambre. Myriam s'éclipsa !

– Nous y voilà ! déclara le duc d'une voix triomphale.

Sur le coup Yann avait sursauté. Ce sont bien eux.

– Nous y voilà ! reprit le duc en s'approchant de Yann, oui, tous auprès de toi. Nous y voilà aussi au bout, ou presque, de l'enquête.

Et il dévisageait Yann, amusé de son étonnement.

– Yann, tu ne rêves pas. Vois, j'ai réussi à réunir tes amis Loïc, Olaf et le Père Ludwig qui voyage beaucoup ces jours-ci ! et puis Axel qui a travaillé jusqu'à tout à l'heure sur les dossiers... et aussi notre majordome qui nous rejoindra incessamment. J'aurais souhaité amener encore le cher Gustave, et, même Selma. Ils se sont récusés. Je n'ai pas voulu trop insister, cependant l'un et l'autre désirent vivement te revoir. On arrangera cela.

Le duc se tourna vers tous :

– Mes amis, je vous sais gré de l'avancée de cette histoire qui, plus ou moins, nous a concernés les uns et les autres, mais toi surtout Yann. Le moment est venu que, au nom de la justice et plus encore au nom de la confiance et de notre amitié, il ne demeure entre nous aucun mystère, aucun secret. Et comme j'estime que la lumière est à ce jour pratiquement totale j'ai prié Axel, puis le majordome, de vous informer de ce que vous ignorez encore, c'est à dire des derniers acquits de l'enquête...

Le duc promena un regard circulaire sur la chambre :

– ... Mais cette pièce est trop petite pour nous six, d'ailleurs il ne convient pas que nous occupions une chambre de malade. Il n'y a plus de malade ici... oui, oui, je dis bien. Dès ce soir elle sera vide. Maintenant descendons dans la salle de réception que j'ai demandé que l'on nous prépare. D'ailleurs, Yann, une surprise t'y attend...

XIV

LA SALLE ÉTAIT SPACIEUSE, presque entièrement lambrissée de bois clair. Une table ovale, plus foncée, agrémentée d'une plante au feuillage carmin, en occupait le centre et des fauteuils faisaient demi-cercle devant une vaste cheminée où brûlait un feu.

Dès que Yann franchit la porte il poussa un cri et un frisson le parcourut. Il ne voyait que Kiri qui avait bondi à sa rencontre et dont les yeux se braquaient sur lui, il n'entendait que ses jappements de joie qu'il aurait reconnus n'importe où, il retrouvait le bonheur du contact de son poil qu'il avait tant de fois lissé... Le duc les regardait, épanoui. Yann se retint de se jeter dans ses bras... Cependant le duc le plaça à sa droite, à gauche d'Axel, et Kiri se coucha à ses pieds. A la gauche du duc, Ludwig. Tous s'installèrent. On pouvait commencer. Le duc fit signe à Axel dont la voix s'éleva :

– Vous êtes déjà tous au courant de l'existence d'une bande clandestine d'individus qui ont eu l'audace de se donner le nom de *Trèfle bleu*, le même que celui d'une très ancienne et vénérable confrérie de chevaliers dévoués au soulagement de misères de toute sorte. Ces individus s'unissent depuis longtemps déjà dans un but fort différent. J'en ai eu connaissance dans toute son ampleur ces jours-ci, en parcourant les documents trouvés, grâce à toi, Yann, et à Kiri, dans la cache souterraine de Roalsforth. Ce sont des archives qui, presque au jour le jour, relatent l'origine et la progression du nouveau *Trèfle bleu,* celui-là, que ta route a croisé depuis quelques mois, qui s'est attaqué à ton père à Roalsforth et qui s'est manifesté violemment à l'auberge de Gustave. Nous en avons pratiquement achevé l'examen. Grâce à leurs renseignements la police vient d'arrêter les principaux meneurs de la bande. Ils apportent en même temps des réponses à bien des questions...

Axel se tourna vers le duc, il hésitait... toussotait...

– Monsieur le Duc, avant que nous venions ici je vous ai exposé les avancées actuelles de l'enquête… Vous m'avez prié d'en faire part à nos amis, si j'ai bien compris ?

– Bien sûr, Axel, tout doit être dit, c'est une des raisons de cette réunion.

– Donc, continua Axel, depuis au moins trente ans, un groupe de dangereux malfaiteurs s'est constitué sous le nom de *Trèfle bleu*. En adoptant ce titre il est évident qu'ils visaient à entretenir une confusion dans l'esprit de ceux qu'ils projetaient de circonvenir. Et c'est vrai qu'aujourd'hui encore la référence aux antiques chevaliers, leur dévouement, leur générosité, le climat aussi de mystère, en séduisent plusieurs. Les recruteurs choisissent de s'adresser à des gens sensibles aux souffrances d'autrui mais peu scrupuleux, pour qui donc le secours à quelconque détresse légitimera des actes en réalité malhonnêtes. Bref, prétextant faire revivre la confrérie disparue, et toujours sous le couvert d'un strict anonymat, ils s'agrègent plus facilement des volontaires qu'ils manipulent ensuite à leur insu. En effet la loi du silence joue à fond, de plus en plus impérative pour ceux qui petit à petit passent de minimes délits à de véritables escroqueries. Les archives que nous avons saisies en fournissent de multiples exemples.

Axel en cita quelques uns.

– Et, poursuivit-il, vous vous doutez bien qu'une bonne part des fonds récoltés vont aux dirigeants de la bande. Cette manière d'agir est habituelle. Elle est menée de pair avec des enrôlements forcés, moins nombreux, certes, mais plus tragiques, les ravisseurs menaçant leurs victimes de cruelles représailles à la moindre rébellion.

Axel regarda Yann :

– Tu le sais, Yann, ce fut hélas le cas de ton père qui avait eu le malheur d'être témoin d'un mortel règlement de compte.

Après une lente et longue respiration Axel précisa :

– Les archives saisies relatent également comment ce triste *Trèfle bleu* a investi – c'est bien le terme – Roalsforth.

XV

AXEL S'ACCORDA UN RÉPIT. Personne ne bougeait. Yann revoyait son père. Il se rappelait le récit de Ludwig... Puis sa pensée le porta vers Rodolphe. Axel ne l'avait pas encore nommé mais il était clair qu'il avait dépeint aussi son itinéraire. A quel échelon du *Trèfle bleu* se situait-il ? Pourtant le duc se montrait serein, sans doute avait-il été informé de moins mauvaises nouvelles que celles qu'il craignait.

Le feu baissait dans l'âtre. Le duc se leva et rapprocha des bûches à moitié calcinées puis il se rassit et invita Axel :

– Axel vous m'avez expliqué hier comment, en effet, les malfaiteurs sont parvenus à investir Roalsforth…

– Certes, et ce fut très simple. Cela débuta, il y a sept ou huit ans par l'embauche d'un nouveau chauffeur qui avait présenté de très bonnes recommandations à son appui. Or cet homme – celui que nous avons arrêté – était lié à la bande depuis fort longtemps déjà. Son embauche lui valut de disposer d'une chambre dans une aile du château. En peu de temps il se lia d'amitié avec le cuisinier, puis, tablant sur son bon cœur, il le convainquit assez facilement qu'au nom d'une juste cause, il n'y avait aucun mal à prélever quelques denrées sur les livraisons destinées au château, ni même à détourner un peu d'argent en falsifiant légèrement les factures. Sans bien s'en rendre compte le cuisinier scellait ainsi une sorte d'entente avec la bande et se condamnait au silence sur de tels agissements. Cet homme jovial, bon enfant, ne dépassera pas le premier échelon dans la hiérarchie du nouveau *Trèfle* et ne saura rien de ses crimes, mais – manque de bon sens ou faiblesse devant son ami le chauffeur – il cèdera à ses instances et lui fera confectionner un double de la clé d'entrée du château. Vous l'aviez deviné, Père Ludwig. Ce fut lourd de conséquences puisque désormais le chauffeur pouvait introduire qui il voulait dans Roalsforth.

– Serait-il l'assassin de Jean, interrogea Ludwig à voix basse, ou le cocher son complice, dans l'attaque de l'auberge ?

– Le cocher ? Certainement pas, nous en avons des preuves, quant à ce chauffeur il se disculpe en accusant un autre membre important de la bande. Il l'aurait fait entrer dans le château sans avoir pour autant connu son projet.

Cependant Axel se montrait une nouvelle fois hésitant. D'un nouveau signe de tête le duc l'encouragea. Il continua :

– C'est que, pour ne rien cacher, il faut dire aussi, toujours d'après l'interrogatoire du chauffeur, que votre frère, Monsieur le duc, avait également été progressivement embrigadé dans les filets du *Trèfle*. Sans doute a-t-il dû participer plusieurs fois à de mauvais coup mais, grâce à Dieu, jamais à l'un qui ait entraîné la mort d'autrui. Il semble d'ailleurs qu'il ait toujours ignoré même l'éventualité de tels crimes…

Le duc avait fermé les yeux depuis qu'Axel parlait de son frère... pourtant à ces derniers mots il les rouvrit et les tourna brièvement vers le ciel. Yann l'avait vu, certain qu'il remerciait.

– Or, poursuivait Axel, il se trouve que lors d'une banale réunion du groupe – il y a trois ou quatre ans – la conversation dévie sur des histoires de châteaux anciens. Soudain Rodolphe se souvient. Il a vaguement parcouru autrefois dans la bibliothèque du château un vieux livre qui traite de ce sujet. “Si ma mémoire est bonne, Roalsforth y est nommé”, leur dit-il.

– Comment ! interrompit Yann !

– J'ai bien dit, appuya Axel, et comme vous, j'ai été très étonné. Oui Rodolphe avait feuilleté le livre quand il avait dix-sept ou dix-huit ans une des fois où il s'était réfugié et enfermé dans la bibliothèque comme cela lui arrivait souvent après des violentes altercations avec son père. Sur le moment personne ne semble réagir mais plusieurs ont entendu… le chauffeur sera sollicité pour, discrètement, en savoir davantage sur l'emplacement du livre. Quelques jours plus tard il le subtilise. C'est que tout ce qui concerne Roalsforth retient l'attention de la bande…

XVI

A CE MOMENT L'INFIRMIÈRE ENTRA apportant des boissons sur un plateau.

– Oh ! Grand merci, Madame, approuva le duc, et nous, accordons-nous alors une pause pour honorer ce que Madame nous offre.

Le duc s'était levé. L'infirmière lui versa du sirop, puis, ensemble ils bavardèrent tandis que Ludwig et Axel se servaient eux-mêmes. Olaf accroupi aux pieds de Kiri lui caressait l'échine à côté de Yann et Loïc demeurés assis. L'infirmière cependant quitta le duc et invita les garçons à venir à leur tour prendre un verre. Elle en profita pour passer la main sur le front de Yann… Le duc le remarqua :

– Oui, il fait chaud dans cette pièce. Ne pensez-vous pas, Madame qu'il lui serait bon avec ses deux amis, et, bien entendu, son chien, de prendre un peu l'air ? Tous les trois, pardon tous les quatre, détendez-vous donc par un petit tour dans le jardin.

Et de nouveau le duc prit à part l'infirmière et s'entretint avec elle.

Courte pause. Bientôt tous avaient regagné leur place et l'infirmière se dirigeait vers la porte emportant le plateau…

– Non Madame fit le duc, demeurez avec nous et laissez là ce plateau qui d'ailleurs garde encore de fort bonnes choses.

Mais un employé entra et annonça l'arrivée du majordome. Le duc l'alla chercher.

XVII

QUAND IL REVINT, POUSSANT DEVANT lui le majordome tous se levèrent. Le majordome salua, et, après une imperceptible hésitation à la vue de Kiri, s'avança et saisit la main de Yann qu'il garda serrée :

– Yann, on m'a dit beaucoup de bien de toi, que

j'ignorais. Je voudrais que tu oublies quand je t'ai traité avec rudesse et...

– Monsieur, c'est oublié, interrompit Yann s'imposant de le regarder avec bienveillance. Permettez-moi seulement de vous présenter le Père Ludwig. Il a bien connu mon père autrefois, et il l'a rencontré encore, il y a quelques mois. Mon père quand il se sut menacé m'avait confié à lui. Et voici Loïc et Olaf, deux amis qui furent auprès de moi lors de moments difficiles. Vous l'avez appris, je crois, le temps des secrets est passé.

Le duc avait entendu, sa figure s'éclaira.

– Monsieur, dit-il, en offrant un siège au majordome, vous arrivez, n'est-ce pas, de Roalsforth avec le livre de notre bibliothèque qu'Axel vous a prié d'apporter ? Nous en parlions justement…

Le majordome fit un signe affirmatif.

Et se tournant vers Ludovic et les trois garçons dont le regard semblait interroger, le duc précisa :

– En effet ce livre, celui qu'avait enlevé le chauffeur, a réintégré la bibliothèque récemment aussi mystérieusement qu'il en était parti… et vous vous en êtes aperçu tout de suite, n'est-ce pas Monsieur le majordome ?

– Eh oui ! de même que je m'étais aperçu de sa disparition il y a trois ans à peu près, en ayant remarqué un vide dans l'alignement d'un rayon, pourtant difficilement accessible, où étaient regroupés nos livres les plus anciens. Malheureusement il nous est revenu dans un piteux état et de ce fait a perdu toute sa valeur. Oh ! combien je me reproche de n'avoir pas mieux protégé nos richesses.

Ce disant le majordome extrayait d'une serviette qu'il tenait en main un volume d'assez grande dimension. Il l'ouvrit à la dernière page et l'exhiba à la vue de tous qui constatèrent, stupéfaits, une large déchirure au niveau de la reliure. Il était évident que les dernières pages avaient été arrachées… Le majordome soupira et se tourna vers le duc, puis regarda Axel :

– Je suppose que vous désiriez que je vous remette ce livre comme pièce à conviction dans l'enquête en cours. Pour moi j'aurais aimé être utile en vous informant de ce que contenaient les pages manquantes… Hélas ! je n'en ai gardé aucun souvenir sinon qu'il s'agissait d'histoires de châteaux d'autrefois et…

Axel l'avait écouté en souriant. Il l'interrompit :

– Cher Monsieur, soyez sans regret. Les feuilles manquantes sont retrouvées. Nous les avons reprises avant-hier dans une cache souterraine de Roalsforth…

Les yeux du majordome s'agrandirent, fixant tour à tour Axel et le duc, ses lèvres tremblaient, incapables d'émettre d'autres sons que des *Ah !* plusieurs fois répétés. Mais l'étonnement des autres était également manifeste, tandis que le duc, se penchait vers Ludwig et lui parlait à l'oreille en riant. Evidemment il savait. Il jouissait de la surprise générale et ne s'en cachait pas... Puis il s'adressa à Axel :

– La police a bien travaillé, je l'en félicite. Alors montrez-nous maintenant ces fameux papiers tant convoités.

Axel les sortit d'une grande enveloppe qu'il avait dissimulée jusque-là : sept à huit feuilles de même format que le livre et qui s'y ajustaient parfaitement.

– On pouvait s'en douter, dit-il simplement… Eh bien, sachez que ce feuillet sous forme d'appendice, complétait les chapitres précédents du livre qui traite effectivement de châteaux très anciens. L'auteur – il le souligne – veut en terminant préciser l'histoire de trois de ces châteaux, et y ajouter quelques gravures ainsi que les plans au sol… Ecoutez bien : ces antiques bâtisses l'intéressaient particulièrement parce que leurs Seigneurs furent membres de la confrérie du vénérable et ancien *Trèfle bleu* de laquelle, je suppose, lui-même faisait partie. De plus, un de ces trois primitifs châteaux se trouve être justement celui qui, plus tard agrandi, deviendra Roalsforth.

– Quoi ! s'exclama Yann, le *Trèfle bleu* ! ce serait donc pour cela que les feuilles ont été arrachées ?

– Il n'y a pas d'autre explication, assura Axel.

– Mais quelle utilité pour ces vandales, interrogea le Majordome ?

– Monsieur, j'y viens maintenant, fit Axel, en tournant lentement les pages du feuillet retrouvé qu'il dressait devant tous :

– Les premières pages exposent, exemples à l'appui, les très louables buts de la confrérie du *Trèfle bleu*… puis suivent des gravures des trois châteaux dont celle-là que vous devez reconnaître, Monsieur le Majordome, et toi aussi, Yann.

– Oh oui ! approuva Yann, la même, en plus grand, est affichée dans un couloir qui part de la Tour des Gladiateurs.

– Exact, dit le majordome.

– Et pour terminer voici le plan au sol de chacun des fameux trois châteaux dont le principal, celui qui nous intéresse spécialement.

Et Axel étala le plan de l'ancêtre de Roalsforth sur la table.

Il les laissa s'approcher et observer à loisir. Il leur fut facile de repérer le mur d'enceinte qui escaladait, ici ou là, de gros rochers représentés par des hachures, et de situer le terre-plein de la grande cour, le puits, la base de la muraille d'enceinte, celles des tours, et surtout de la plus grande, la Tour des Gladiateurs.

Le majordome écarquillait les yeux. De nouveau le duc, enfoncé dans son fauteuil, s'entretenait à voix basse avec Ludwig, mais son regard ne lâchait pas le groupe penché sur le document.

– Oh ! s'exclamèrent soudain et ensemble Yann et Loïc, tout en désignant sur le plan une ligne en pointillé qui partait du milieu du terre-plein, à l'emplacement du puits, devenait à peine visible sous les hachures, et s'arrêtait à la bordure de la mer.

– Mais bien sûr, affirma Axel, tout est là.

Yann examina de plus près :

– Le souterrain ! murmura-t-il, oui, c'est bien la marque du chemin souterrain… et ici, de la grande crypte, cet ovale presque effacé par le gris des rochers, et là, la suite avec le tunnel qui aboutit à la mer !

– Il semblerait, remarqua Loïc, que le pointillé ait été ajouté à la plume sur ce plan.

– Cela même, c'est certain confirma Axel, car si ce livre a été édité en plusieurs exemplaires, l'indication du souterrain devait rester secrète à tout étranger au château, comme évidemment le mécanisme d'ouverture du puits que Yann a découvert, puisqu'il s'agissait d'un chemin d'évasion en cas d'agression d'ennemis.

– Secret gardé de père en fils, souligna alors le duc. Ainsi, pendant un temps, les châtelains se seront transmis le livre, sûrement gardé très à l'abri, puis, on ne peut savoir quand, le livre aura été oublié dans un recoin perdu de la bibliothèque… c'est ce que je pense.

– Très probable en effet, reconnut encore Axel qui reprenait… Donc un jour, avec la complicité du chauffeur, le livre parvient aux meneurs de la bande. Ils remarquent le tracé manuscrit, soupçonnent sa signification, et n'ont plus qu'à prospecter, presque centimètre par centimètre, le bord de côte escarpé à l'endroit indiqué par le dessin jusqu'à ce qu'ils rencontrent des indices de la trouée vers la mer. Ils déblayent l'endroit et finalement mettent à jour la sortie. Je tiens cela, comme tout ce qui précède, du chauffeur.

– Ainsi, après plusieurs siècles, la grotte était de nouveau explorée ! Les meneurs de la bande estimèrent qu'ils ne pouvaient souhaiter un meilleur lieu pour y garder leurs archives secrètes. Qui donc, en effet, s'aventurerait dans ces parages difficiles d'accès et souvent interdits par la marée, sans compter qu'après chaque visite de la grotte son entrée serait de nouveau camouflée…

– Bref ! voilà, conclut Axel, ce que je pouvais vous dire au point où en est l'enquête. Il me semble que les questions les plus importantes, qui ont surgi les unes après les autres, s'enchevêtrant dans un mystère qui a paru parfois inextricable, sont maintenant à peu près résolues.

– Grâce à Dieu, réjouissons-nous, clama Ludwig. Tous battaient des mains.

XVIII

L'INFIRMIÈRE AVAIT ÉCOUTÉ avec attention Axel. Le duc l'invita à regarder, elle aussi, les plans, mais elle prétendit, après un coup d'œil rapide, qu'elle ne comprenait pas grand-chose à ces dessins… elle serait davantage à son affaire proposant de nouveau quelques boissons. Ce qu'elle fit en circulant souriante de l'un à l'autre qui reprenait place après être allé examiner le plan.

Insensiblement un moment de calme succédait, contrastant à l'agitation du va et vient précédent. Yann était assis contre Loïc devant l'âtre où mourait le feu. Il pensait au château dont la vie allait reprendre normale avec le majordome et Selma… et peut-être le cuisinier dont les yeux se seraient ouverts… il pensait à Axel qui poursuivrait l'enquête, puis en suivrait une autre, c'était son métier… à Loïc et Olaf qui retrouveraient leur famille se réveillant comme après le rêve d'une extraordinaire aventure, mais ce n'était pas un rêve, comme n'en n'était pas non plus leur merveilleuse amitié… comment pourrait-elle se continuer, car lui, où serait-il après l'exposition canine ? Ludwig lui avait promis de retrouver sa maman… Comment l'imaginer ? Et le duc ? et Rodolphe ? Justement, comme s'il y avait un transfert de pensée, Ludwig se tourna vers le duc et prit la parole :

– Votre frère Rodolphe...

Le duc ne le laissa pas achever sa phrase :

– Rodolphe n'a jamais su que le chauffeur avait enlevé le livre, ni qu'il existait un plan codé désignant le souterrain. Il s'était à cette époque embarqué pour rejoindre, au moins un temps, notre vieille sœur outre-Atlantique. C'est à son retour qu'apercevant le livre traînant sur la table d'un de ses "amis" il s'est fâché et a exigé sa remise en place.

– N'aurait-il pas souffert, dit Ludwig pensivement, d'apprendre que le berceau de la famille était devenu un repaire de malfaiteurs ?

– Je le crois, fit le duc.

Du silence de nouveau et Yann porta les yeux sur Ludwig. Il n'avait pas beaucoup parlé. Il avait beaucoup écouté. Yann comprenait qu'une sorte d'affection était née entre lui et le duc. Il en était heureux. Sur la poitrine de Ludwig se détachait la médaille semblable à la sienne. Elle était donc là aussi…

Mais Olaf avait pris le feuillet déposé sur la table et en tournait les pages avec son frère. Yann s'étant approché regardait par-dessus son épaule. Soudain, il désigna du doigt une des images :

– Oh Loïc ! s'exclama-t-il, ça, je reconnais.

Ses yeux semblaient dévorer la feuille : un bord de mer et une plage avec, en fond, un petit château dressé au sommet d'un large escarpement. Le majordome s'avança :

– Impossible, Yann, ce château n'existe plus depuis longtemps…

– Mais ce n'est pas le château que je reconnais, c'est l'endroit, le royaume. Regarde Loïc, là, après la plage du lapin le mur de roche d'où Punch a failli tomber, à la place de cette tour aujourd'hui le soubassement de ruines, vois, on distingue comme une ligne plus claire qui part en lacets du château jusqu'à la large plage en dessous où nous avions monté notre tente… le sentier était donc déjà tracé !

Loïc approuvait de la tête chaque parole de Yann.

– Suppose que le dessin du château soit remplacé par celui de notre maison nous aurions le même paysage que maintenant, que tu connais… tiens encore, tout petit, voilà le gros rocher de la crique où nous nous sommes battus…

Loïc était ému, presque autant que Yann qui lui prit la main…

– La pierre avec la mousse que j'ai grattée, elle portait la peinture d'un trèfle bleu, je comprends, elle a roulé vers le bord de la falaise quand le château s'est effondré !

– Voilà une preuve, s'il en fallait, souligna Axel en se rapprochant de la table, que ce vieux castel, dont il ne reste plus que des ruines dans ton royaume, était aussi la propriété d'un membre de l'ancienne confrérie.

Le duc écoutait. Il invita l'infirmière à venir avec lui regarder. Sans hésitation elle se leva et fut devant la gravure, immobile, la fixant intensément… Un temps de silence… Alors le duc se redressa de toute sa taille :

– Mes amis je veux dire en votre nom à Yann que nous sommes vraiment heureux de découvrir son royaume qui en notre cœur devient aussi le nôtre. Là ce n'est qu'une image mais, je te le promets, Yann, un jour nous nous y retrouverons, c'est notre souhait à tous... Que vous en semble mes amis ?

Les applaudissements crépitèrent.

– Et cela viendra dans un futur que j'espère très proche.

Le duc respira fort, se détendit et, très ému mais solennel, il poursuivit :

– Depuis tout à l'heure nous remontons une longue, une surprenante, une nécessaire route dans le passé, route difficile et fatigante qui nous a éclairés sur presque toutes les questions que nous nous posions. Il faut ouvrir dès maintenant cette route sur l'avenir – il porta les yeux sur Yann – Avant de l'aborder, puis de bientôt passer à table, je vous invite à une petite promenade dans le jardin. Yann, je flaire que ton chien sera satisfait de recommencer à s'ébattre librement sous le ciel de cette belle journée. Qu'il en profite... et nous aussi !

Le duc affichait une extraordinaire bonne humeur. Et puis n'avait-il pas dit : "ton chien" en appuyant sur le mot ? mais Yann n'eut pas le temps de s'y attarder car il parla encore :

– Bien entendu, Madame l'infirmière nous accompagne. Elle est là pour veiller sur toi, Yann, même si nous sommes vraiment heureux de te constater parfaitement rétabli. Tu as encore beaucoup besoin d'elle. A ton âge, comme ensuite d'ailleurs, on a toujours besoin d'un ange gardien.

Yann ne saisissait pas. Il jeta un regard sur le duc dont le visage rayonnait.

– Car désormais Madame cesse d'être infirmière, affirma le duc. N'est-ce pas ?

Et la dame retira sa blouse blanche en rougissant.

– Je ne comprends pas, murmura Yann...

Mais le duc ne répondait plus. Il était occupé à entraîner tout le monde dans le jardin de plain-pied avec la salle. Il semblait même pousser en avant Olaf et Loïc, derrière le majordome et Axel sorti très vite avec Kiri. En un rien de temps la salle s'était vidée, pourtant Ludwig demeurait sur le seuil :

– Madame, venez avec Yann.

Et le Père les emmena près d'un parterre de roses, sous une tonnelle qui abritait un canapé en osier.

– Asseyez-vous là... oui, oui, là... Yann, dit-il alors, en effet, ce bon ange gardien n'est pas une infirmière comme les autres, et même pas du tout une infirmière. Je suis parti il y a deux jours à sa recherche fort loin, parce que... elle t'attendait depuis très longtemps… parce que… mais tu vas comprendre...

La dame sourit à Yann qui sentait son cœur battre follement. En même temps elle ouvrait son sac à main et en sortait une photographie qu'elle lui tendit :

– Regarde, dit-elle, d'une voix infiniment douce.

C'était elle, un peu plus jeune, tenant un bébé près de son cœur. Au cou du bébé une médaille. Tout contre, un homme jeune aussi, un homme à l'air heureux... un homme qu'il reconnaissait : son père !

Instantanément Yann se jeta dans les bras de la "dame" tandis que le Père Ludwig s'éloignait discrètement...

Achevé d'imprimer en mai 2010,
par Présence Graphique,
pour le compte de Editea.
Dépôt légal avril 2009